Finn Crawley

LONDON
Ultramarathon

Thriller

Impressum

Texte & Umschlag:

Verlag: Selbstverlag
D-58119 Hagen
info@schiffgen.net
www.schiffgen.net

Oktober 2020

ISBN: 979-8685506092

LONDON ULTRAMARATHON

Ein Thriller
von
Finn Crawley

Self-Transcendence

»Running offers us the message of transcendence. In our running, every day we are aiming at a new goal ... every day we are running towards a goal, but when we reach that goal, we want to go still farther. Either we want to improve our timing or increase our distance. There is no end. Running means continual transcendence, and that is also the message of our inner life.«

Sri Chinmoy

Kapitel 1

Samstag 9:13 Uhr – Stewart

Ungeduldig schaute Stewart auf seine Armbanduhr. Dann spähte er wieder durch den kleinen Spalt zwischen den zugezogenen Vorhängen zur Toreinfahrt.

Auf der anderen Straßenseite hatte kurz vor der Zufahrt eine dunkle Limousine angehalten. Aus der Gegenrichtung näherte sich der braune Lieferwagen eines Kurierdienstes und passierte das Grundstück. Jetzt setzte sich die Limousine in Bewegung und bog von der Straße ab. Langsam glitt sie durch das schmiedeeiserne Tor auf den Kiesweg, der zum Haus führte. Zwei Minuten vor der vereinbarten Zeit. Ein schwarzer Vauxhall Insignia. Der Kies knirschte unter den Reifen des schweren Wagens, als dieser dicht vor dem Fenster, hinter dem Stewart stand, vorbeifuhr.

Vor der kleinen Treppe am Hauseingang hielt der Vauxhall. Stewart musste den Vorhang eine Handbreit zur Seite ziehen, um im spitzen Winkel zum Eingang gucken zu können. Er spürte, wie sich seine Nackenmuskulatur verkrampfte. Ein sicheres Zeichen von Anspannung.

Die Fahrertür öffnete sich. Ein breitschultriger, etwa dreißigjähriger Mann stieg aus und entfaltete seinen Körper zur vollen Größe. Dunkler Anzug, Sonnenbrille, Bürstenhaarschnitt. Der Hüne sah zurück zur Toreinfahrt, musterte die Zäune und Hecken zum Nachbargrundstück. Dann blickte er zum Haus.

Stewart hatte den Mann noch nie gesehen, auch wenn er diesen Menschenschlag inzwischen gut kannte. Häufig waren es ehemalige Soldaten – professionell, freundlich und unnahbar.

Stewart hatte festgestellt, dass die meisten seiner bewaffneten Begleiter, die ihn morgens abholten und nach London fuhren, sich nur mit ihrem Nachnamen vorstellten. Überdurchschnittlich viele seiner Beschützer schienen Mitglieder der großen englischen Familien Smith, Jones und Taylor zu sein. Nachmittags hingegen und tendenziell eher an sonnigen Tagen war auch schon einmal ein David, Michael oder Matthew dabei. Dass dies nicht die echten Namen seiner Begleiter waren, störte Stewart schon lange nicht mehr. Schließlich war er auch nicht der Andrew Davies, für den er sich seit einem Jahr ausgab. Maßgeblich für die Auswahl dieses Namens waren die 484.000 Treffer gewesen, die diese Namenskombination bei Google ergab, und die ihn auch vor der Neugierde seiner wissensdurstigsten Nachbarn schützte.

Stewart schnappte sich seine Tasche und verließ das Haus, ohne sich noch einmal umzublicken.

Sein heutiger Begleiter stellte sich als Tom vor – es war Samstag und versprach ein sonniger Spätsommertag zu werden.

Samstag 9.30 Uhr – Kim

»Du bist meine Glücksdroge«, flüsterte Kim.

»Als Polizistin solltest du dich von Drogen fernhalten.«

»Ich weiß.« Ein warmer Glücksschauer durchlief Kims nackten Körper. Um den Moment möglichst lange auszukosten, zog sie die beigefarbene Flanellbettwäsche hoch, bis unter das Kinn. Noch nie in ihrem Erwachsenenleben war sie so glücklich gewesen wie in den letzten neun Monaten. Verträumt schaute Kim sich die goldig schimmernden Reflexionen des Sonnenlichtes an, das von den kleinen Wellen des Grand-Union-Kanals gebrochen und durch die Kajütfenster der Silver Otter auf die weiße Holzdecke projiziert wurde.

»Ich stehe jetzt auf und mache mir ein großes Frühstück. Möchtest du auch etwas oder isst du später?«

»Ach, bleib doch noch ein bisschen im Bett. Komm, noch zehn Minuten«, flehte Kim und verzog ihren Mund zu einem schiefen Grinsen, bei dem sie die Oberlippe rechts etwas anhob.

»Nein, in drei Stunden ist der Start und da will ich nicht mit einem dicken Bauch voller Porridge an der Startlinie stehen.«

»Dick«, sagte Kim neidisch, während Fiona aufstand und ihren Bademantel überzog.

»So viel wie du in den letzten Monaten trainiert hast, kannst du dieses Adjektiv getrost aus deinem Wortschatz streichen.«

Fiona antwortete nur mit einem Lächeln.

Einem Lächeln zum Dahinschmelzen, fand Kim. Sie liebte einfach alles an Fiona. Ihren trainierten, aber durch und durch weiblichen Körper. Ihr langes und von Natur aus fast schwarzes Haar. Die Art, wie sie sich bewegte.

Kim schmunzelte zufrieden. Aber am Ende waren dies nur – wenn auch sehr begehrenswerte – Äußerlichkeiten. Was Kim im tiefsten Inneren ihrer Seele so unaussprechlich gut tat, wusste sie genau. Es war die Art, wie Fiona mit ihr umging. Das Gefühl war vom ersten Augenblick an da gewesen, als Fiona ihr zugeteilt worden war, um den Mord an dem Vorbesitzer der Silver Otter, dem Hausboot, das Kim seit sieben Monaten ihr Eigen nennen durfte, aufzuklären. Es hatte allerdings fast vier Wochen gedauert, bis Kim sich eingestand, welches Gefühl sie überkam, wenn Fiona in ihrer Nähe war. Es war reines, klares Glück – alles andere hatte sich später entwickelt.

Erstmals war sie einem Menschen begegnet, der sie vorurteilsfrei und ohne jegliche Wertung so annahm, wie sie war. Einem Menschen, der trotz ihrer Schwächen, deren sich Kim nur zu bewusst war, nicht versuchte, sie zu verändern, ihr aber trotzdem so viel Inspiration und Unterstützung bot, dass sie sich weiterentwickeln konnte – in ihrem Tempo.

Nein, Kim hatte nicht mit dem Laufen angefangen, dies war Fionas Steckenpferd. Aber sie hatte Fiona häufiger bei ihren langen Trainingsläufen auf dem Fahrrad begleitet. Das war schon einmal ein guter Anfang, war sie überzeugt.

Aus der Küche war das Klingeln der Mikrowelle zu hören. Die mit Wasser verdünnte Milch für Fionas Wettkampf-frühstück war heiß.

»Ist der Kaffee auch schon fertig?«, fragte Kim.

»So gut wie«, kam es aus der Küche zurück.

Knurrend erhob sich Kim aus ihrem warmen Bett. Mit etwas Überwindung schlüpfte sie in die klamme Jogginghose und in ein ebenso feuchtkaltes Kapuzenshirt, die auf einem

Stuhl in der Schlafkajüte lagen. Dann schlurfte sie langsam Richtung Küche.

Obwohl es erst Mitte September war, konnten die Nächte auf ihrem Hausboot jetzt schon richtig frisch sein. Und die Feuchtigkeit war auf dem Boot sowieso allgegenwärtig.

Erst letzte Woche hatte Kim auf der Suche nach weiterem Stauraum eine große Platte auf dem Boden des Steuerdecks angehoben und dabei eine Entdeckung gemacht. Statt des erhofften trockenen Lagerplatzes hatte sie den Motorraum des Schiffes entdeckt. Asche über ihr Haupt. Natürlich hatte sie gewusst, dass das Boot einen Motor besaß, aber sie hatte sich nie ernsthaft Gedanken darüber gemacht, wo dieser wohl untergebracht war. Schließlich nutzte sie die Silver Otter ausschließlich als Hausboot und nicht, um damit über die englischen Kanäle zu schippern. Unerfreulicherweise war dieser Motorraum nicht so trocken, wie er sein sollte. In der Bilge unterhalb des Motors hatte sich etwa knöcheltiefes braunes, brackig riechendes Wasser angesammelt, auf dem ein leichter Ölfilm schwamm.

Mühevoll hatte sie den Motorraum trockengelegt, nur um wenige Tage später festzustellen, dass sich ihr erneut der gleiche Anblick bot. Laut einem Bootsnachbarn war vermutlich der Faltenbalg der Propellerwelle undicht.

»Ah ja, alles klar«, hatte Kim nur geantwortet. Da sie sich weder unter einem Faltenbalg noch unter einer Propellerwelle irgendetwas vorstellen konnte, hatte sie George, ihren Vater, um Rat gefragt. Dieser hatte zwar von Technik ebenso wenig Ahnung wie sie, verfügte aber nach sechsunddreißig Jahren bei der Londoner Polizei über ein bestens ausgebautes Netzwerk, das die Werft, in der die Boote der Londoner Wasserpolizei gewartet und repariert wurden, mit einschloss.

Bereitwillig hatte George zugesagt, sich um alles zu kümmern und sogar den Transport der Silver Otter zu der an der Themse gelegenen Werft zu organisieren.

»Du träumst ja noch«, sagte Fiona, als sie Kim im Durchgang zur Küche entdeckte.

»Ich habe gerade daran gedacht, dass gleich noch mein Dad kommt, um die Silver Otter in die Werft zu schleppen und daran, welche Sachen ich alle vorher noch packen muss.«

»Schaffst du es dann noch rechtzeitig bis zum Start?«

»Sicher. Ich werde mir doch den Beginn deines großen Abenteuers nicht entgehen lassen«, antwortete Kim und lächelte Fiona liebevoll an.

Samstag 9.54 Uhr - Elena

Leicht nach vorne gebeugt stand Elena seitlich vor dem Wandspiegel mit dem goldenen Barockrahmen, der am Fußende ihres unbenutzten Bettes hing. Ihr pinkfarbenes Laufshirt hatte sie so weit hochgezogen, dass der Saum ihres schwarzen Sport-BHs zu erkennen war. Mit dem Daumen und Zeigefinger ihrer linken Hand formte sie eine kleine Bauchfalte.

Angewidert betrachtete Elena ihr Spiegelbild.

Ja, ich hasse mich und mein Leben – wenn man es denn so nennen kann. Und das ist bestimmt nicht nur Selbstmitleid. Warum werfe ich mir immer wieder selbst Steine in den Weg?

Dabei war sie vor einem Monat noch so gut im Plan gewesen und hatte mit ihren 54 Kilo bei einem Meter und siebzig Körpergröße ihr Wunschgewicht für ihren Wettkampf des Jahres schon erreicht.

Dann hatte sich Sue für den 24-Stunden-Lauf in Tooting nachgemeldet. Das hatte Elena völlig aus der Bahn geworfen, und mit ihrer Selbstdisziplin war es vorbei gewesen. Waagen lügen nicht.

Immer wieder Sue Lightfoot. Zwei Monate vorher hatte Sue noch groß auf Facebook verkündet, wie sehr sie Bahnläufe anödeten und dass sie im Herbst einen Hundertmeiler machen würde. Ja, Elena und Sue waren Freunde. Auf Facebook. Nur auf Facebook.

Zu häufig in den letzten fünf Jahren, seitdem Elena in England lebte, hatte sie der ignoranten und selbstgefälligen Sue auf dem Siegerpodest gratulieren müssen. Inzwischen versuchte Elena, die wenigen Ultraläufe, an denen sie pro Jahr teilnahm, so zu legen, dass sie nicht gegen Sue antreten musste.

Elena ging näher an den Spiegel heran und betrachtete sich.

Ich sehe aus wie ein Straßenköter. Genauso wie die traurigen, heruntergekommenen Hunde, die wir als Kinder immer mit Steinen beworfen haben, wenn sie dem Haus zu nahe kamen.

Das Blond ihrer gefärbten schulterlangen Haare war am Haaransatz deutlich herausgewachsen, so dass ihre natürliche Haarfarbe zum Vorschein kam. Dazu ihr blasses, hohlwangiges Gesicht, das ihre müden, braunen Augen überproportional groß wirken ließ. Und die dunklen Augenringe – die waren die Folge der letzten Nacht.

Elena hatte zwar in dem Krankenhaus, in dem sie als Ärztin arbeitete, schon vor Wochen angekündigt, dass sie dieses eine Wochenende unbedingt freihaben müsste, und trotzdem hatte man ihr wieder kurzfristig einen Bereitschaftsdienst aufgebürdet, als sich ein Kollege am Freitagmorgen krankgemeldet hatte.

Krankgemeldet! Erik zeichnete sich auch sonst nicht durch übertriebene Einsatzbereitschaft aus. *Vermutlich will er nur ein verlängertes Wochenende mit seiner neuen Flamme verbringen.*

»Kannst du den Dienst nicht übernehmen?«, hatte der Oberarzt gefragt. »Ist doch nur ein Bereitschaftsdienst, da kannst du dich doch zwischenzeitlich hinlegen. Und die anderen haben alle Familie«, hatte er mit einem entschuldigenden Lächeln achselzuckend hinzugefügt, wie er es immer tat, wenn er ihr noch einen weiteren Wochenenddienst abverlangte.

Und wie immer hatte sie diesen tiefen Schmerz gespürt, wenn er andeutete, dass sie keine Familie hatte. Natürlich hatte sie Familie. Halt nur nicht hier in London, sondern zu Hause in Sofia. Eine Mutter und zwei jüngere Brüder, die, um ihr eigenes Studium finanzieren zu können, auf Elenas regelmäßige Überweisungen angewiesen waren.

Elena hatte zugesagt. Wegen ihrer Brüder, aber vor allem wegen ihrer Patienten. Ganze zwei Stunden Schlaf hatte sie letzte Nacht bekommen. Keine idealen Voraussetzungen für den ersten 24-Stunden-Lauf ihres Lebens. Frustriert zog sich Elena eine Jacke über, griff ihre Sporttasche und verließ ihre Wohnung.

Kapitel 2

Samstag 10:50 Uhr – Kim

Das schwarze Kabinentaxi hielt vor dem Eingangstor des Tooting Bec Leichtathletikstadions. Wenige Sekunden später stieß Kim von innen die Fahrgasttür auf. Dann bugsierte sie ihren schweren, prall gefüllten Wanderrucksack durch die Türöffnung.

Fiona stand vor dem Stadion und lehnte entspannt an dem Eingangstor. Amüsiert sah sie zu, wie Kim sich mit dem großen Rucksack abmühte und ihn von außen an das Taxi stellte.

»Du brauchst mir nicht zu helfen«, knurrte Kim. »Ich komme schon alleine zurecht. Schone du dich mal schön für deinen Lauf.« Kim verschwand wieder im Fahrgastbereich, um kurz darauf schnaufend mit einem zusammengebundenem Zelt, einer Isomatte und einer orangefarbenen Plastiktasche zu erscheinen.

Lässig schlurfte Fiona zum Taxi und setzte sich den Rucksack auf. Kim bezahlte den Taxifahrer und schnappte sich ihre übrigen Sachen.

»Ist mit der Silver Otter alles klargegangen?«, fragte Fiona, als sie auf das Drehkreuz am Stadioneingang zugingen.

Kim nickte, und schlagartig hellte sich ihre Miene auf.

»Das hättest du sehen sollen, wie mein Dad am Bugkorb des Polizeibootes stand. Er hätte nur noch die Arme ausbreiten müssen«, antwortete sie und summte *My Heart Will Go On*. »Ganz großes Kino. George war voll in seinem Element und wurde von seinem ehemaligen Kollegen sofort wieder als natürlicher Leithammel akzeptiert. Die Silver Otter wird jetzt zur Polizeiwerft nach Wapping geschleppt. Das ist direkt hinter der Tower Bridge. Dort schaut sich ein anderer ehemaliger Special Agent dann einmal die Antriebswelle an.«

Kim strahlte Fiona an. »Wir sind halt alle eine große Familie«, fügte sie nach einer kurzen Pause hinzu, stellte sich auf die Zehenspitzen und hauchte Fiona einen flüchtigen Kuss auf die Wange.

»Da bin ich aber froh«, sagte Fiona und schaute sich kurz um, ob jemand etwas von Kims Liebesbekundung mitbekommen hatte. In diesem Augenblick fuhr ein schwarzer Range Rover in sportlichem Tempo auf den Parkplatz und bremste abrupt vor dem Eingangstor. Bei laufendem Motor öffnete sich die Tür des Geländewagens. Eine etwa fünfzigjährige Frau mit modischer schwarzer Kurzhaarfrisur stieg aus und tippelte in hochhackigen Stiefeletten auf Kim und Fiona zu.

»Kann man hier reinfahren?«, fragte die Frau grußlos.

Fiona blickte durch die Gitterstäbe des Eingangstors in Richtung der roten 400-Meter-Bahn. An der gegenüberliegenden Seite des Stadions hatten die ersten Helferteams, die ihre Athleten bei diesem Lauf unterstützten, damit begonnen, Zelte aufzubauen. Neben den Zelten standen bereits einige Autos auf der Rasenfläche am äußeren Rand der Laufbahn.

»Ich sehe schon.« Die Frau schritt auf das Eingangstor zu und öffnete es so weit, dass sie mit dem Auto durchfahren konnte. »Könnt ihr das Tor hinter mir wieder schließen?«

Ohne eine Antwort abzuwarten, stieg die Frau wieder in ihren Range Rover und fuhr in langsamem Tempo über die Tartanbahn des Stadions.

»Wer war denn das?«, fragte Kim.

»Keine Ahnung.«

»Ich denke, du kennst die meisten der Verrückten, die sich diesen Lauf hier antun.«

»Die sind nicht verrückt!«, sagte Fiona und schaute Kim irritiert an. »Also nicht alle«, fügte sie nach kurzem Nachdenken mit einem versonnenen Lächeln hinzu. »Und ich kenne nur ein paar von denen, einige auch nur dem Namen nach.«

Samstag 11:10 Uhr – Elena

Als Ärztin konnte Elena den Schmerz, den sie gerade im linken Unterschenkel verspürte, nur zu genau einordnen. *Achillodynie*, eine Reizung oder Entzündung der Achillessehne, diagnostizierte sie.

Ihren Patienten im Londoner King George Hospital würde sie im Falle solcher Beschwerden empfehlen, die betroffene Partie in den nächsten sechs bis acht Wochen weniger stark zu belasten und sich zunächst auf geeignete Dehnübungen zu verlegen, bis sie wieder völlig beschwerdefrei sind.

Sie würde jedoch in knapp einer Stunde zu einem 24-Stunden-Lauf antreten. Und das mit dem festen Vorsatz, diesen auch zu gewinnen. Den ganzen Sommer lang hatte Elena sich auf diesen Lauf vorbereitet. Und jetzt wollte sie sich weder von einem leicht stechenden Schmerz, den sie nach Wochen erstmals wieder verspürte, noch von Sue Lightfoot von diesem Ziel abbringen lassen.

Der Schmerz ließ sich, so hoffte Elena, vielleicht auch mit der Aufregung vor dem Wettkampf und der letzten Nacht erklären, in der sie viel zu wenig Schlaf bekommen hatte.

Sue Lightfoot, die das Thema Verletzungen vermutlich nur vom Hörensagen kannte, war dagegen sehr real und nicht ihrem übermüdeten Kopf entsprungen. Wenigstens hatte sie Sue gerade schon von Weitem gesehen, wie sie wie eine Gazelle über die Tartanbahn gelaufen war, um irgendeinem Bekannten um den Hals zu fallen.

Nachdem Elena ihre Startnummer abgeholt hatte, ging sie zu dem Zelt, in dem die Rundenzähler saßen. Das blaue Pavillonzelt war an der Außenseite der Laufbahn direkt vor dem Start aufgebaut und nur an der Rückseite mit einer eingehängten Zeltwand geschlossen. Zur Tartanbahn hin stand eine lange Tischreihe, die Platz für circa zehn Helfer bot. Die meisten Helfer saßen bereits auf ihren Klappstühlen und bereiteten sich auf den anstehenden Wettkampf vor oder unterhielten sich. Die Aufgabe dieser Freiwilligen war es, die Anzahl der Runden und die genauen Rundenzeiten der ihnen zugeteilten Läufer zu dokumentieren. Da das Feld nur aus fünfundvierzig Teilnehmern bestand, wurde bei diesem Lauf aus Kostengründen auf ein elektronisches Zeitmesssystem verzichtet.

Elena stellte sich ihrem persönlichen Rundenzähler vor, der noch vier weitere Athleten auf seinem Zettel stehen hatte.

»Du bist Elena, die Nummer dreizehn, stimmt's?«, fragte der Rundenzähler in einem so enthusiastischen Tonfall, als hätte er die ganze Zeit schon gespannt darauf gewartet, sie endlich kennenzulernen. »Ich bin Marek. Ich bin extra aus Pilsen – das ist in Tschechien – angereist, um hier heute und morgen zu helfen.« Freudig strahlend streckte Marek ihr eine Pranke von einer Hand entgegen.

Schüchtern lächelnd ergriff Elena Mareks Hand. Zum ersten Mal kam ihr dabei für einen kurzen Moment der Gedanke, dass es hier und heute einmal um sie gehen könnte. Ein extra abgesperrtes Stadion. Eine Vielzahl von fleißigen Helfern, die ihre Freizeit dafür opferten, dass dieser Lauf überhaupt stattfinden konnte und es ihr während des Wettkampfes an nichts fehlen würde.

»Sue hat mir schon von dir erzählt«, fügte Marek dann noch lächelnd hinzu. »Wir haben uns beim Prag-Marathon kennengelernt. Und wenn ich ganz ehrlich bin, endgültig entschieden, hier als Rundenzähler zu helfen, habe ich mich erst, als Sues Name in der Starterliste aufgetaucht ist.«

Marek redete noch munter weiter, aber Elena bekam es nicht mehr mit. Plötzlich wurde ihr schwarz vor Augen, und sie musste sich einen Moment am Tisch festhalten, um nicht das Gleichgewicht zu verlieren, was Marek aber nicht zu bemerken schien.

»Wir sehen uns«, sagte Elena mit ernstem Gesichtsausdruck, als sie sich wieder gefasst hatte.

»Ja, das denke ich auch«, sagte Marek und grinste. »Wenigstens einmal pro Runde in den nächsten acht Stunden. Dann mache ich eine Pause.«

Samstag 11.50 Uhr – Stewart

Die Gitter des Eingangstors zum Tooting Bec Leichtathletikstadion spiegelten sich in Toms Sonnenbrille.

»Sie erwarten aber nicht, dass ich da mitlaufe?«

Stewart musste lachen angesichts der Sorgen, die sich sein Bodyguard gerade zu machen schien. »Nein, erwarte ich nicht.«

»Gut. Ist das der einzige Eingang hier?«

»Ja. Das ganze Gelände ist mit einem über zwei Meter hohen Zaun gesichert.«

»Dann werde ich mich hier vorne am Eingang postieren. Wie lange werden Sie für den Lauf vermutlich brauchen?«

»Das ist ein 24-Stunden-Lauf.«

»Ja, ja, ich weiß. Aber wie lange bleiben Sie hier?«

»Ich wollte schon bis zum Ende bleiben«, antwortete Stewart belustigt.

»Dann haben Sie also ein Hotel in der Nähe?«

»Nein, ich bleibe die ganze Zeit im Stadion.«

Tom ließ sich seine Überraschung nicht anmerken, überlegte aber etwas länger, bevor er seine nächste Frage stellte: »Und wer sind die anderen Teammitglieder?«

»Es gibt keine. Ich werde versuchen, möglichst die kompletten vierundzwanzig Stunden am Stück durchzulaufen.«

Tom riss sich mit einer unbeherrschten Handbewegung die Sonnenbrille herunter, trat einen Schritt auf Stewart zu und blickte den um einen Kopf kleineren Mann wütend von oben herab an.

Stewart bewegte sich nicht von der Stelle und schaute Tom ruhig und selbstsicher in die Augen.

Nach einigen Sekunden fing Tom an, langsam und mit ernstem Gesichtsausdruck zu nicken. Dann heiterte sich seine Miene plötzlich auf, und er grinste Stewart verschwörerisch an.

»Okay, du 24-Stunden-Läufer. Ich muss mich mit der Zentrale in Verbindung setzen«, sagte er, nahm das Handy aus seiner Tasche und ging in Richtung seines vor dem Stadion geparkten Vauxhalls.

Stewart hatte weder Lust noch Zeit, auf die Antwort aus der Zentrale zu warten. Schließlich hatte er mit seiner Kontaktperson vorher über die Art der Veranstaltung gesprochen, auch wenn er aus Sicherheitsgründen keine Details genannt hatte.

Nur noch sieben Minuten bis zum Start.

Stewart betrat das Stadion. Schnell versuchte er, sich im Startbereich in dem unübersichtlichen Gewusel von Athleten, Zuschauern und Helfern zu orientieren. Aber dann erblickte er sie auch schon. Mit ihren kurzen blonden Locken und ihrer rosaroten Softshelljacke war sie nicht zu übersehen. Die einzige Person, die wusste, dass er heute hier war. Die einzige Person, die wusste, wer er war. Die einzige Person, der er hundertprozentig vertrauen konnte. Jamie, seine Zwillingsschwester.

Samstag 11.55 Uhr – Kim

Noch fünf Minuten bis zum Start.

Die ersten Läufer standen bereits an der Startlinie und sicherten sich die besten Plätze, um gleich von Beginn an ihre Ambitionen zu untermauern.

Typisch ... nur Männer, dachte Kim, als sich selbstbewusst eine groß gewachsene, schmalschultrige Frau mit blondem Pagenkopf in der Mitte der vordersten Reihe einsortierte. Das war Sue Lightfoot, wusste Kim inzwischen. Bei Sue war der Nachname Programm, hatte eine gut gelaunte Fiona noch vor einer Viertelstunde gewitzelt. Sue war die unumstrittene Favoritin bei diesem Lauf. Bei einem so langen Ultrarennen konnte sie mit ihrem Potenzial an einem guten Tag sogar den schnellsten Männern gefährlich werden. Dementsprechend respektvoll wurde sie in der ersten Reihe begrüßt. Man kannte sich.

Angesichts der milden Temperaturen und des nur leicht bewölkten Himmels trugen die meisten Teilnehmer ärmellose oder kurzärmlige Shirts und kurze Laufhosen. Anders Fiona. Sie befürchtete, bei dem geplanten langsamen Anfangstempo zu frieren. Daher trug sie eine dreiviertellange, schwarze Laufhose und das dünne hellblaue Langarmshirt, das Kim ihr zu ihrem Geburtstag geschenkt hatte und das, so empfand Kim es in diesem Augenblick, als die Sonne durch eine Wolkenlücke schien, einen wunderbaren Kontrast zu ihrer braun gebrannten Haut und ihrem dunklen Haar bildete.

Noch drei Minuten bis zum Start.

Fiona stand im hinteren Bereich des Starterfeldes nah an der Außenbahn. Obwohl die Entfernung zu Kim keine zehn

Meter betrug, schien sie Blickkontakt mit ihr bewusst vermeiden zu wollen. Stattdessen fingerte Fiona nervös an ihrer Startnummer. *Wie schön sie ist*, dachte Kim immer wieder.

Die letzten Erinnerungsfotos wurden gemacht. Dann wünschten Partner, Familienangehörige und Freunde ihren Athleten für den anstehenden Wettkampf viel Glück und verließen die Laufbahn.

Kim hatte sich schon zuvor in einer ungestörten Ecke hinter dem Zelt der Rundenzähler angemessen von Fiona verabschieden wollen. Stattdessen hatten sie sich gestritten. Nachdem sie Fiona überschwänglich erklärt hatte, dass sie vor Stolz auf sie fast platzen würde, küsste sie sie lange und leidenschaftlich. Fiona hatte ihren Kuss nur halbherzig erwidert, was Kim aber erst im Nachhinein aufgefallen war.

Anschließend hatte sie Fiona erklärt, wie glücklich sie sich in diesem Augenblick gerade fühle. So glücklich, dass sie am liebsten auf der Stelle sterben wolle, weil sie sich sicher war, in ihrem Leben niemals wieder glücklicher zu sein als in diesem Moment.

Fiona hatte das auf die Palme gebracht, so sehr, dass sie Kim angeschrien hatte und dann kommentarlos verschwunden war. Seitdem hatte Fiona weder ein Wort mit ihr gewechselt noch sie eines Blickes gewürdigt.

Kim schnürte es das Herz zusammen.

Kapitel 3

Samstag 12:00 Uhr - Elena

In ihrer unübersehbaren rosaroten Softshelljacke stand Jamie Cantwell im Innenfeld der Tartanbahn, direkt an der Startlinie. Um Punkt zwölf Uhr streckte sie die Druckluftfanfare, die sie in der rechten Hand hielt, Richtung Himmel. Ein letztes Mal schaute die Organisatorin des Londoner 24-Stunden-Laufs zufrieden auf das Teilnehmerfeld, das angespannt hinter der Startlinie wartete. Zwei Sekunden später ertönte das Startsignal.

Elena atmete tief ein. In ihrem Magen breitete sich ein flaues Gefühl aus. Für einen kurzen Augenblick schienen ihre Knie nachgeben zu wollen. *Endlich ist es soweit.* Elena drückte auf den Startknopf ihrer Laufuhr.

Das Läuferfeld, das sich zum Start über die gesamte Breite der acht Bahnen verteilt hatte, setzte sich langsam in Bewegung. Zuschauer und Offizielle begleiteten die Läufer mit Applaus und aufmunternden Zurufen auf die Strecke.

Elena hatte sich in der Mitte des Starterfeldes einsortiert. Zwischen ihr und Sue Lightfoot befanden sich vier Reihen Läufer.

Sue Lightfoot drückte sofort auf das Tempo.

Elena hatte sich fest vorgenommen, sich zu Beginn auf keinen Fall von dem Anfangstempo der anderen Läufer mitreißen zulassen. Bei einem 24-Stunden-Lauf kam es darauf an, möglichst lange mit einer gleichmäßigen Geschwindigkeit zu laufen. Nur so waren die ambitionierten 190 Kilometer, die Elena in den vierundzwanzig Stunden laufen wollte, überhaupt erreichbar. Wer hier zu früh zu schnell unterwegs war, der würde es im Laufe des Rennens doppelt und dreifach büßen. Andererseits wollte sie Sue Lightfoot auch keinen zu großen Vorsprung gewähren, den sie vielleicht nachher nicht mehr aufholen würde.

Nach der ersten Runde lief Elena rund fünfzig Meter hinter Sue. Nach zwei Kilometern, fünf Stadionrunden, betrug ihr Abstand schon zweihundert Meter.

Beim Überqueren der Startlinie suchte Elena Augenkontakt mit Marek, ihrem Rundenzähler. Dieser bestätigte mit einem kurzen Nicken, dass er sie gesehen und erfasst hatte. Dann blickte Elena auf ihre Laufuhr. Trotz des Rückstandes von einer halben Stadionrunde, den sie inzwischen auf Sue Lightfoot hatte, war sie deutlich zu schnell unterwegs, aber wenigstens hatte sie das Ziehen in ihrer Wade seit dem Start nicht mehr gespürt.

Samstag 12:30 Uhr – Kim

Bepackt mit Rucksack und Zelt marschierte Kim lustlos an der kleinen Zuschauertribüne entlang. Ihr Blick folgte dabei der endlos langen Reihe von Randsteinen, die den grau gepflasterten Weg vor der Tribüne von der roten 100-Meterbahn abgrenzte. Nach dem Streit mit Fiona fühlte sie sich leer und tief deprimiert. Nie zuvor hatte Fiona sie angeschrien.

Sicher, rein rational hat Fiona natürlich recht. Aber ich habe doch nur gesagt, was ich fühle. Waren Fiona und sie tatsächlich so unterschiedlich wie die beiden Welten, die da zu ihren Füßen zusammenstießen? Fionas Welt des Sports und ihre eigene, das harte, graue Pflaster der Großstadt. *Wem soll ich meine Gefühle denn sonst anvertrauen, wenn nicht ihr? Verdammt! Verdammt, verdammt – warum mussten wir uns ausgerechnet heute streiten?*

Kim hatte das Ende der 100-Meter-Bahn erreicht. Auf der Wiese im Außenfeld der Kurve hatten die Betreuerteams der Athleten ihre Zelte aufgebaut. Kim ging auf ein Pärchen zu, das auf Campingstühlen neben einem Tisch saß, auf dem sauber aufgereiht mindestens zwanzig Plastikflaschen mit unterschiedlichen Getränken standen.

»Kann ich hier mein Zelt aufbauen?«

»Ja sicher, hier ist noch alles frei«, sagte der Mann freundlich und deutete auf den Platz rechts neben seinem Igluzelt. Wie seine Partnerin trug er ein gelbes Langarmshirt, auf dem in großen Lettern TRI CLUB CHELSEA stand.

»Wenn du willst, helfe ich dir beim Aufbauen«, sagte der sonnengebräunte, drahtige Mann, der inzwischen aufgestanden war. »Ich heiße übrigens Rick, und das ist Helen, meine Vereinskollegin.«

»Wer ist denn dein Läufer?«, fragte die ebenfalls braun gebrannte, aber deutlich weniger drahtige Helen und blickte Kim auffordernd an.

»Da kommt sie gerade.« Kim deutete mit dem Daumen auf Fiona, die hinter einer anderen Läuferin gerade in die Kurve eingebogen war. Zum ersten Mal seit dem Start bemerkte Kim, dass Fiona sie anschaute und meinte sogar, ein zustimmendes Nicken zu erkennen. Fiona schien mit dem Platz, den sie zum Aufbau ihres Betreuungszeltes ausgewählt hatte, einverstanden zu sein.

»Ah ja, da habe ich sie ja auch schon«, sagte Helen, die in einem Heft geblättert hatte, das die gleiche Farbe hatte wie die Tartanbahn. »Startnummer 40: Fiona McGahan, 26 Jahre alt, vereinslos«, las sie laut vor. »Bisherige Ultraläufe: *London to Cambridge 100K* und der *Thames Path 100.*«

Helen blickte von dem Heft auf und biss sich leicht lächelnd auf ihre Unterlippe.

Kim war sich nicht ganz sicher, ob dies eher ein Zeichen der Überraschung oder der Anerkennung war.

»Dann ist das hier ihr erster 24-Stunden-Lauf?«

Kim nickte, und obwohl es ihr unangemessen erschien, konnte sie es nicht verhindern, stolz wie ein Honigkuchenpferd zu grinsen.

»Was ist das denn für ein Heft, in dem du da nachschaust, Helen?«

»Das haben alle Läufer mit ihren Startunterlagen bekommen. In dem Heft werden alle Teilnehmer des Laufs kurz vorgestellt.«

»Das ist ja mal eine gute Idee«, sagte Kim, die in den Beutel mit den Startunterlagen, den ihr Fiona in die Hand gedrückt hatte, noch gar nicht reingeschaut hatte.

»Wir haben das Heft von Dave«, erklärte Helen.

»Dave ist ein Vereinskollege, und wir betreuen ihn hier bei diesem Lauf«, fügte Rick hinzu.

»Dave hat letztes Jahr am *Arch 2 Arc* teilgenommen«, betonte Helen jetzt fast ehrfürchtig, »... und für ihn ist dieser Lauf hier eigentlich nur ein langes Training.«

»Arch to was?«, fragte Kim nach.

»Arch to Arc«, antwortete Rick. »Das ist der vermutlich härteste Triathlon der Welt. Der Start ist in London am Marble Arch, am westlichen Ende der Oxford Street. Von dort aus laufen die Teilnehmer die rund 140 Kilometer bis zur Kanalküste nach Dover.«

»Ach so, verstehe«, sagte Kim, als wüsste sie nun, was der Arch to Arc für eine Veranstaltung war.

»In Dover nehmen die Teilnehmer dann nicht etwa die Fähre nach Calais«, fuhr Rick unbeirrt fort, »sondern sie schlüpfen in ihre Neoprenanzüge und schwimmen durch den Ärmelkanal, sobald die Gezeiten und das Wetter dies zulassen.«

Kim hörte jetzt mit offenem Mund zu, beschränkten sich doch ihre eigenen sportlichen Erfahrungen nach der Ballettschule, die sie als Kind einige Jahre lang besucht hatte, auf einen Drei-Meilen-Lauf, den sie während ihrer Polizeischulzeit nur mit Mühe bewältigt hatte.

»In Calais steigen die Teilnehmer dann auf ihre Rennräder und radeln die verbleibenden 290 Kilometer bis zum Arc de Triomphe in Paris«, schloss Rick, sichtlich zufrieden mit der Wirkung, die sein Bericht in dem Gesicht von Kim hinterlassen hatte und lachte vergnügt.

Jetzt lachte auch Kim. »Das war ein Scherz, oder? Ihr habt mich hochgenommen, stimmt's? Und ich naives Blondchen bin euch auf den Leim gegangen.«

»Nein«, antwortete Rick trocken.

»Nein?«

»Dave hat die Strecke im letzten Jahr in etwas mehr als einhundertzehn Stunden bewältigt, und wir waren eines seiner Helferteams.«

»Nächste Runde brauche ich meine Sonnenbrille. Schwarze Tasche, linkes Seitenfach«, unterbrach eine Läuferin mit ihrem Zuruf von der Bahn Ricks Ausführungen harsch.

»Wird erledigt«, antwortete Rick militärisch knapp und trottete Richtung Zelt.

Kim war die Läuferin bekannt vorgekommen, und jetzt erkannte sie auch den schwarzen Geländewagen wieder, der links hinter dem Zelt von Helen und Rick auf der Wiese abgestellt war.

»Wer war denn das?«, fragte Kim an Helen gewandt.

»Ach *die*.«

»Darf man fragen, was das heißt?«

»Ja, sagen wir es einmal so. *Die* ist zwar auch in unserem Verein, aber wenn Dave nicht hier laufen würde, wären wir auch nicht hier. Außerdem hat *die* sich erst in letzter Minute nachgemeldet. Keine Ahnung wie die das wieder geschafft hat. Eigentlich ist der Lauf seit Wochen ausgebucht.«

»Das war Euer Hochwohlgeboren und Tief-Gefallen Ann Worley«, beantwortete Rick, der mit einer schwarzen Sportsonnenbrille in der Hand aus dem Zelt gekommen war, Kims ursprüngliche Frage. »Eine besonders reizende Person.«

»Was der vornehme Rick gerade auf seine zurückhaltende Art zum Ausdruck zu bringen versucht, ist, dass Ann ein arrogantes und undankbares Miststück ist.«

»Sage ich doch«, sagte Rick und blickte theatralisch nach Hilfe suchend in den Himmel.

»Und bei unserem nächsten gemeinsamen Triathlon werde ich wie immer versuchen, Ann zunächst beim Schwimmen zu ertränken, sie anschließend vom Rennrad stoßen …«

»Nur, dass Ann viel schneller ist als du«, piesackte Rick Helen.

»Musst du das jetzt so sagen?«

»Wir hatten ja vor zwei Jahren insgeheim gehofft, Ann würde etwas von ihrem hohen Ross heruntersteigen, als die Polizei ihren Bruder, auf den sie sich so viel eingebildet hat, wegen dieser schrecklichen Geschichte eingesperrt hat«, sagte Rick.

»Was war das für eine Geschichte?«

»War damals ganz groß in den Medien. Anns Bruder, Kevin Campbell, die einstige Lichtgestalt des englischen Fußballs, hatte in der VIP-Lounge eines Londoner Fußballstadions ein blutjunges Callgirl kaltblütig umgebracht. Scotland Yard hat sich an dem Fall die Zähne ausgebissen. Erst als der Detective Chief Superintendent von Scotland Yard persönlich die Ermittlungen übernommen hat, konnte Campbell überführt werden.

»Aber das stimmt doch alles gar nicht«, entfuhr es Kim empört.

»Das sagt Ann auch«, bemerkte Helen.

»Nein, das meine ich nicht«, sagte Kim laut, die fühlte, dass ein längst besiegt geglaubter Zorn wieder in ihr aufstieg, viel lauter als sie es eigentlich wollte. »Nicht der Superintendent hat den Fall gelöst, sondern ich!«

Helen und Rick schauten Kim mit weit aufgerissenen Augen an.

»Meine Brille, meine Brille«, ertönte in diesem Augenblick Anns dringliche Aufforderung von der Laufbahn, und Rick hatte Mühe, ihr die Sonnenbrille noch rechtzeitig zu reichen, ohne dass sie ihr Tempo verlangsamen musste.

Samstag 13:00 Uhr – Stewart

Was bewegt einen Menschen, der um sein Leben fürchtet, an einer öffentlichen Laufveranstaltung teilzunehmen?

Für Stewart, der jetzt schon seit einer Stunde einsam seine Runden zog, ließ sich diese Frage einfach beantworten. Für ihn waren es vor allem Jamie, seine Zwillingsschwester und die Hoffnung, dass er, wenn sein Plan aufging, nach diesem Lauf wieder ein normales Leben führen könnte.

Stewart hatte die schwarze Schirmmütze mit der Silhouette des Silberfarns und dem Schriftzug *New Zealand ALL BLACKS,* die ihm Jamie aus dem Fundus ihres Sportgeschäftes gegeben hatte, tief ins Gesicht gezogen, als er nach einer weiteren vollendeten Runde einmal mehr die Startlinie überquerte.

Jamie bereitete gerade die Schilder mit den Teilnehmernamen für die große Anzeigetafel vor, als er wortlos in ihrem Rücken an ihr vorbeilief. Noch durfte niemand wissen, dass Jamie und er Geschwister waren. Das Risiko, dass ihr etwas zustoßen könnte, wäre einfach zu groß. Außerdem würde es ihn erpressbar machen.

Als Stewart seine Schwester gestern angerufen hatte, war sie aus allen Wolken gefallen. Zwar hatte er sich noch von ihr verabschieden können, als er vor einem Jahr in das Personenschutzprogramm der National Crime Agency aufgenommen worden war und von einem Moment zum nächsten sein altes Leben hatte hinter sich lassen müssen. Doch hatte sie nicht damit gerechnet, ihn je wiederzusehen. Und dann schon gar nicht bei einem Ultralauf, hatte sie ihm unter Tränen am Telefon gestanden.

Natürlich ermöglichte sie ihm die Teilnahme an dem Lauf. Und das, obwohl die Teilnehmerliste seit Wochen geschlossen war und es eine gut gefüllte Warteliste mit Läufern gab, die hofften, zum Zuge zu kommen, falls einer der Angemeldeten nicht starten konnte.

Jamie riet ihm auch dazu, sich als Neuseeländer auszugeben, der seine bisherigen Ultra-Abenteuer – weit weg – *Down Under* – absolviert hatte. Nur so, erklärte sie ihm, würde seine Teilnahme an dem Lauf keinen Verdacht erregen. Schließlich hatten sich alle anderen Läufer bei ihr mit den Ergebnissen der bisher absolvierten Ultraläufen bewerben müssen. Die Szene der englischen Ultraläufer war klein, hatte sie ihm klar gemacht, und er war darin definitiv ein unbeschriebenes Blatt.

Stewart gab Jamie in allen Punkten recht. Besonders aber bei dem letzten. Tatsächlich hatte er mit dem Laufen und überhaupt mit Sport nie etwas anfangen können. Den Schulsport hatte er sogar regelrecht gehasst. Stattdessen hatte er sich lieber hinter seinen Büchern versteckt und nach der Schule eine Ausbildung zum Wirtschaftsprüfer gemacht, bevor er als Ermittler für Wirtschaftskriminalität bei der City of London Police anfing.

Erst die Tatenlosigkeit, zu der ihn sein neues Leben verdammte, hatte in ihm einen nie gekannten Bewegungsdrang geweckt. Sein erster Gedanke, als er damals sein neues Haus in der Nähe von Norwich bezogen hatte, war, sich einen Hund anzuschaffen. Aber Hundebesitzer werden von anderen Tierfreunden ständig in Gespräche verwickelt, und er wollte nicht permanent erklären müssen, warum er werktags keiner regelmäßigen Arbeit nachging.

Dann schon lieber die Einsamkeit des Langstreckenläufers. Wobei ... von langen Strecken konnte anfangs wirklich nicht die Rede sein, erinnerte sich Stewart schmunzelnd, als er in die nächste Stadionkurve einbog.

Seinen ersten Lauf hatte er schwer atmend beendet, bevor sein neues Heim auch nur außer Sichtweite verschwunden war. Es war ihm heute immer noch peinlich, wenn er daran dachte. Auf dem Rückweg war er automatisch in ein entschuldigendes Hinken verfallen, als ihm eine Gruppe in dunkelblaue Schuluniformen gekleidete Kinder begegnete. Zehn Minuten vorher hatten ihn dieselben Kinder nämlich noch interessiert bei seinen ungelenken Dehnübungen beobachtet, die er zur Startvorbereitung absolviert hatte.

Aber Stewart hatte sich nicht entmutigen lassen, war einfach dabeigeblieben. Das regelmäßige Training tat ihm gut. Es brachte eine Struktur in seinen Alltag und half ihm beim Nachdenken – und Nachdenken musste er viel zu jener Zeit.

So erkundete er bei Wind und Wetter die Gegend, meist das ausgedehnte Marschland entlang des Flusses Yare, im Südosten von Norwich. Nach fünf Monaten lief Stewart dann zum ersten Mal zwei Stunden am Stück. Nachher fühlte er sich tagelang, als könne er Bäume ausreißen. Dann erinnerte er sich daran, dass seine Schwester seit einigen Jahren in London Tooting einen Lauf ausrichtete, der über vierundzwanzig Stunden ging. Eine Veranstaltung, die er zwar als Aushängeschild ihres Laufsportgeschäfts kannte, aber er hatte nie wirklich darüber nachgedacht. Was für eine verrückte Idee! Einen ganzen Tag lang am Stück durchzulaufen. Aber dann setzte sich dieser Gedanke auf einmal in seinem Kopf fest, fing an ihn zu faszinieren, und er begann, wie ein Besessener für dieses Ziel zu trainieren.

Samstag 13:30 Uhr – Kim

Mit einem satten Plopp flog der Korken aus dem Flaschenhals und blieb am Rand der Laufbahn liegen. Schaum stieg aus der Flasche auf, und Rick beeilte sich, den heraussprudelnden Sekt vorsichtig auf drei durchsichtige Plastikbecher aufzuteilen.

Seit fast einer Stunde saß Kim jetzt schon bei Helen und Rick. Sie hatte ihnen *ihre* Version zu den Ermittlungen im Fall Kevin Campbell geschildert. Beide hatten gebannt zugehört, ohne Fragen zu stellen. Immer wieder hatten Kims Zuhörer einfach nur den Kopf geschüttelt. So schockiert schienen sie darüber zu sein, wie weit die Beziehungen eines Promis wie Kevin Campbell in die Londoner Polizei hineingereicht hatten und wie Kim bei ihren Nachforschungen behindert worden war.

Besonders empörten sie sich jedoch über die Dreistigkeit des Detectiv Chief Superintendents, der sich Kims Ermittlungen zunächst wie eine Wanderdüne in den Weg gestellt hatte, um sich dann, nach der Lösung des Mordfalls, selbst als die treibende Kraft bei der Aufklärung zu präsentieren.

»Hä-hmm«, räusperte sich Rick gekünstelt und hob feierlich seinen Becher. »Wenn ich einmal kurz etwas sagen darf. Eigentlich wollten wir erst mit Sekt anstoßen, wenn Dave bei diesem Lauf seine einhundert Meilen vollgemacht hat, aber ... das Leben ... es lässt sich nicht aufhalten. Und das ist gut so. Auf unsere neue beste Freundin. Cheers, liebe Kim!«

»Ist es nicht ein bisschen früh, jetzt schon zu feiern?«, rief in diesem Moment Ann Worley von der Laufbahn herüber.

»Wir haben unerwartet eine Freundin getroffen«, antwortete Rick vergnügt, während Ann an ihnen vorbeilief.

»Unsere Freundin kennt übrigens auch deinen Bruder sehr gut«, rief Helen ihr übermütig hinterher.

»Huh«, entfuhr es Kim. Dabei wedelte sie mit ihrer rechten Hand, als hätte sie sich verbrannt. »War das nicht ein bisschen forsch?«

»Ach Unsinn«, widersprach Rick und machte eine abwinkende Geste. »Ann ist selbst kein Kind von Traurigkeit, und wer austeilen kann, muss auch einstecken können.«

»Dann hat sie wenigstens etwas, über das sie die nächsten Runden nachdenken kann«, fügte Helen hinzu.

»Und ab jetzt sind wir ja auch ganz lieb zu Ann«, sagte Rick und zwinkerte Helen dabei zu.

»Du meinst, wir machen sie heute fertig?«, fragte Helen und konnte eine gewisse Vorfreude in ihrer Stimme nicht verbergen.

Rick nickte.

Samstag 14:45 Uhr – Kim

Eine halbe Stunde später, nachdem Rick und eine merklich angeheiterte Helen ihr geholfen hatten, ihr Zelt aufzubauen, wusste Kim, was die beiden unter *fertigmachen* verstanden.

Ann Worley schien zu dem Typ Läufern zu gehören, die für Zuspruch von außen während des Rennens überaus empfänglich waren. Ja, Ann Worley lebte für die Anerkennung, die sie durch den Sport bekam, und Rick und Helen wussten das. So unterbrachen die beiden den Zeltaufbau jedes Mal, wenn Ann auf ihrer Runde an ihnen vorbeikam.

»Ann, wie läuft's?«, hatte die erste zurückhaltende Frage von Rick gelautet. Ann hatte mit zwei nach oben gerichteten Daumen geantwortet.

Als Ann das nächste Mal vorbeikam, notierte Helen auf ihrem Block, dass Ann nach dieser ersten kleinen Aufmerksamkeit die Runde sechs Sekunden schneller zurückgelegt hatte als die vorherige. Als Belohnung bekam Ann von Rick und Helen vier Daumen der Anerkennung gezeigt.

Die nächste Runde absolvierte Ann noch einmal drei Sekunden schneller. »Sehr gut, Ann!«, rief diesmal Helen. »Du bist im Augenblick die dritte Frau im Feld, aber pass auf, Sue Lightfoot überrundet dich gleich.«

Ann beschleunigte noch einmal und wehrte sich nach Kräften gegen ihre erste Überrundung. Rick und Helen waren die gut gelaunten Augenzeugen ihres vergeblichen Kampfs, der über ganze fünf Runden ging.

»Jetzt dranbleiben, lass dich einfach ziehen!«, hatte Rick nach der Überrundung noch gerufen, als das Zelt längst aufgebaut war und Kim sich gerade aufmachen wollte, um das Stadion näher zu erkunden.

***

Kim schlenderte – um keinen der Läufer zu behindern – auf der Außenbahn langsam zur Startlinie. Dabei musterte sie interessiert die Gesichtsausdrücke der ihr entgegenkommenden Akteure. Noch schienen sich alle diese Ultra-Langstreckenläufer innerhalb ihrer Komfortzone zu bewegen.

Erstaunlich, was für unterschiedliche Sportler bei diesem Lauf unterwegs sind, sinnierte Kim. Da gab es junge Männer, wie den Läufer mit der Startnummer 2, der ihr gerade in einem Tempo entgegenkam, das Kim sich keine hundert Meter zugetraut hätte. Ganz in Weiß gekleidet, in perfekter

Laufhaltung, mit leicht nach vorn gebeugtem Oberkörper, zog er jetzt hier schon seit knapp drei Stunden seine Runden. Ein sehniger, fast dürrer Sportler, dem man diskussionslos abnahm, dass er häufig an derartigen Ausdauerveranstaltungen teilnahm.

Daneben gab es Läufer auf der Strecke, denen Kim aufgrund ihres Laufstils, ihrer Figur oder ihres Alters schon Respekt gezollt hätte, wenn sie ihr joggend in einem Londoner Park begegnet wären. Aber diese Läufer hatten jetzt – in ihrem Tempo – ebenfalls schon drei Stunden absolviert und hofften vermutlich, auch die nächsten einundzwanzig Stunden noch auf der roten Tartanbahn unterwegs zu sein.

Jetzt kam ihr Fiona entgegen und forderte sie zum Spaß mit einer Geste zum Mitlaufen auf.

Kim musste lachen und war innerlich erleichtert. Fionas Verärgerung über sie schien jetzt endgültig verflogen zu sein. Oder besser, sie hatte sich ihn inzwischen herausgelaufen.

Fiona ist vielleicht mit ihren sechsundzwanzig sogar die Jüngste im Feld, überlegte Kim. *Das muss ich gleich unbedingt mal in dem Programmheft nachschauen.* Insgeheim, so hatte es ihr Fiona gestern Abend gestanden, hoffte sie auf einen Podestplatz, wenn alles perfekt lief. Da konnte es nicht schaden zu wissen, wie alt ihre Konkurrentinnen waren.

***

Wieder tat sich eine Lücke zwischen den Wolken auf und gab den Blick auf den hellblauen Himmel frei. Kim stand neben dem Zelt der Rundenzähler und genoss die Strahlen der immer noch warmen Herbstsonne auf ihrer Haut. Zufrieden betrachtete sie das Zusammenspiel der unterschiedlichen Farben im Stadion. Das satte Grün des kurzgeschnittenen Rasens, das sich scharf, aber dennoch harmonisch vom Rot der Laufbahn absetzte. Im Hintergrund das dunklere Blattwerk der Bäume, von denen die ersten bereits herbstliche bunte Tupfer zeigten. Dazu die Läufer, die sich in ihren farbenfrohen Laufshirts langsam, aber gleichmäßig über die Tartanbahn bewegten. *Dieses Stadion ist eine friedliche Insel, mitten im tosenden Meer der Weltstadt*, fand sie.

Genau gegenüber von Kim, auf der anderen Seite der Laufbahn, thronte auf einem mobilen Metallgerüst eine große Digitaluhr. In einer Höhe von rund drei Metern zeigten gelbe Ziffer auf schwarzem Hintergrund die schon verstrichene Wettkampfzeit an. Gleich daneben, und fast ebenso hoch, stand eine hellblaue Tafel. »SELF TRANSCENDENCE – 24 HOUR TRACK RACE«, las Kim die obersten beiden Zeilen, die auf der Tafel prangten.

Darunter waren zwei Spalten mit Schildern angebracht, die von einem Helfer gerade neu sortiert wurden. *Davon hat Fiona erzählt*, erinnerte sich Kim. Jeweils zur vollen Stunde wurde die Rangordnung der Läufer auf den aktuellen Stand gebracht. Kim beobachtete, wie der Helfer ein Namensschild nach dem anderen abnahm, handschriftlich die Zahl der bislang absolvierten Kilometer änderte, und es in der richtigen Reihenfolge erneut an die Tafel hängte.

Wieder kam der Läufer mit der Startnummer 2 an Kim vorbei. Sie sah ihm nach. Mit raumgreifenden Schritten überrundete er gerade zwei andere Läufer, die deutlich langsamer unterwegs waren.

Kims Blick wanderte erneut zu der Tafel, an der die aktuellen Ergebnisse aushingen. Der Läufer mit der Nummer 2 führte unangefochten, war dem zweiten schon vier Kilometer voraus. *Den holt bestimmt keiner mehr ein.*

»Das war Simon Perkins«, hörte Kim eine Stimme neben sich. »Die nennen ihn hier den weißen Kenianer«, fuhr der nicht unsympathisch aussehende, etwa fünfzigjährige Mann, der in seinem Holzfällerhemd und mit seinem Rucksack aussah, als würde er gerade von einer Wanderung kommen, mit akzentbehaftetem Englisch fort. »Simon startet angeblich immer so schnell. Er soll aber noch keinen seiner bisherigen 24-Stunden-Läufe beendet haben. Irgendwann steigt er dann immer aus.«

Kim nickte und der Mann mit dem Rucksack machte sich auf und feuerte eine der Teilnehmerinnen an, die gerade vorbeilief.

Kim studierte genauer die Zwischenergebnisse, die an der hellblauen Tafel aushingen. Bei den Frauen führte Sue Lightfoot, die laut Fiona die große Favoritin auf den Sieg war. Anders als bei den Männern schien es bei den Frauen enger zuzugehen. Eine weitere Läuferin, eine Elena Bontschewa, hatte die gleiche Kilometerleistung auf der Anzeigetafel stehen wie Sue. Als Nächste kam mit einem Rückstand von einem Kilometer schon Ann Worley, die einige Jahre älter war als die beiden führenden Frauen.

Hinter Ann tat sich eine deutliche Lücke zu den anderen Läuferinnen auf. Und als Viertplatzierte kam dann schon Fiona. *The Best of the Rest.* Kim schmunzelte. *Sollte eine der drei führenden Frauen schwächeln oder gar das Rennen nicht beenden, kann Fiona tatsächlich auf dem Treppchen landen,* stellte sie zufrieden fest.

Samstag 15:00 Uhr – Elena

Oh mein Gott! Fassungslos blickte Elena auf das Display ihrer Sportuhr. *Der Lauf ist jetzt drei Stunden alt und ich bin immer noch viel zu schnell unterwegs.*

Es war offensichtlich. Sie hatte sich einmal mehr von ihren Emotionen leiten lassen. Dabei wusste sie nur zu genau, ein zu hohes Anfangstempo würde ihre Chancen auf ein gutes Gesamtergebnis erheblich mindern. Und, dass ein 24-Stunden-Lauf natürlich nicht in den ersten drei Stunden entschieden wurde. Aber sie war einfach nicht langsamer geworden, hatte sich in keinem Fall von Sue überrunden lassen wollen.

Wo ist Sue jetzt? In den letzten Runden hatte sie Sue immer noch eben aus den Augenwinkeln gesehen, wenn sie selbst auf die Gerade einbog. Jetzt war Sue aus ihrem Sichtfeld verschwunden. Sicherlich, Elena hätte sich auch unverhohlen nach Sue umdrehen können, um zu gucken, wie weit sie noch von ihrer ersten Überrundung entfernt war. Aber das ging natürlich gar nicht. Sich nach einer Konkurrentin umschauen und so die eigene Schwäche preisgeben.

Was kann aus diesem Lauf noch werden?, überlegte Elena. Sie war so fest davon ausgegangen, im Kopf stark genug zu sein, ihren Plan umzusetzen. Sie hatte sich vorgenommen, in einem gleichmäßigen Tempo von 6 Minuten und 50 Sekunden pro Kilometer zu laufen. Eigentlich eine lächerlich einfache Aufgabenstellung. Nur hatte sie sich bislang nicht an ihre Vorgaben gehalten und jeden Kilometer rund eine Minute schneller absolviert. Und sie hatte sich keinen Plan B zurechtgelegt.

Wenn ich in diesem Tempo weiterlaufen kann, was definitiv nicht der Fall sein wird, komme ich auf ... Mist! Jetzt fällt mir schon das Rechnen schwer. Also noch mal. Dann rechne ich einfach mit dreißig Kilometern in drei Stunden. Ja klar, das ist leicht. Das gibt, wenn ich keine Pausen machen würde 240 Kilometer in vierundzwanzig Stunden. Jetzt habe ich etwas mehr als einunddreißig Kilometer. Da lande ich dann ja bei fast 250 Kilometern!

250 Kilometer. Fast ein Drittel mehr als die 190 Kilometer, die sie für möglich hielt, falls alles optimal lief. Mit dieser Distanz in vierundzwanzig Stunden hätte sie die allerbesten Chancen, die Jahresbestenliste anzuführen. Weltweit! Die stärkste Britin hatte dieses Jahr knapp 210 Kilometer erzielt. *Wie bescheuert bin ich eigentlich, ein solches Tempo mitzugehen?* Natürlich machte es ihr jetzt noch keine Mühe, den Kilometer in 5:50 Minuten zu laufen, und vermutlich würde sie diese Pace auch noch weitere fünfzig Kilometer durchhalten. Aber dieser Lauf war kein 100-Kilometer-Rennen, und schon ihre persönliche Bestleistung über diese Distanz war eine gute halbe Stunde langsamer als ihre augenblicklich zu erwartende Zeit.

Was hat Sue nur vor, dass sie ein derartiges Tempo einschlägt? So vermessen und dumm kann doch selbst Sue nicht sein. Glaubt sie, in diesem Tempo durchzukommen? Oder will sie gar nicht möglichst viele Kilometer laufen? Geht es ihr ausschließlich um den Sieg? Will sie mich am Ende mit diesem hohen Anfangstempo einfach nur fertigmachen?

Der *Singsang* von Sues heller Stimme riss Elena aus ihren Gedanken.

»Hi Elena! Ich wollte vor dem Lauf eigentlich noch mit dir gesprochen haben. Aber jetzt laufe ich erst einmal ein paar Runden mit Dave«, zwitscherte Sue fröhlich, während sie leichtfüßig überholte.

Samstag 15:30 Uhr – Fiona

»Du hast jetzt schon achtzig Runden«, rief Kim vom Streckenrand und winkte Fiona vergnügt zu.

Ohne das rhythmische Pendeln ihrer Arme zu unterbrechen, hob Fiona die rechte Hand ein wenig und winkte locker aus dem Handgelenk zurück.

Fiona musste über sich selbst den Kopf schütteln, wenn sie daran dachte, dass sie trotz der zahlreichen Runden, die sie nun schon auf der 400-Meter-Bahn absolviert hatte, immer noch neue Dinge entdeckte. So waren ihr erst vor wenigen Runden die Plakate aufgefallen, die vereinzelt auf dem Rasen an der Innenbahn der Laufstrecke standen. *Wie hatte ich die bislang nur übersehen können?* Auf den ein Meter breiten und sechzig Zentimeter hohen Plakaten war jeweils ein Bild von *Sri Chinmoy* zu sehen, dem Namensgeber der Laufserie, zu der auch der 24-Stunden-Lauf in London Tooting gehörte. Neben dem Schwarz-Weiß-Bild des meistens als kahlköpfigen Sportler abgebildeten spirituellen Lehrers gab ein Text die Lebensweisheiten von Sri Chinmoy wieder.

»Es gibt nur drei Gewinner«, las Fiona den Text auf einem der Schilder. »Derjenige, der gegen sich selbst kämpft. Derjenige, der als Erster die Ziellinie überquert und derjenige, der das Rennen beendet.«

Na ja. Der Gewinner, der als Erster die Ziellinie überquert, bin ich in diesem Rennen mit Sicherheit nicht. Dafür ist die Konkurrenz einfach zu stark.

Aber den Kampf gegen ihren inneren Schweinehund, der sich spätestens in ein paar Stunden zum ersten Mal melden würde, um ihr klarzumachen, wie stumpfsinnig es ist, vierundzwanzig Stunden auf einer Tartanbahn im Kreis zu laufen und welche verlockenden Alternativen es hierzu gäbe, den Kampf würde sie annehmen. Auf die Argumente dieses guten Bekannten war sie vorbereitet.

Und wenn ich es schaffe, den ersten 24-Stunden-Lauf meines Lebens in Würde zu finishen? Allein der Gedanke daran setzte bei Fiona Glückshormone frei. *Ja, das wäre wirklich das Größte.*

»Hi, ich bin Ellis – eigentlich John Ellis, aber die meisten kennen mich einfach nur als Ellis«, stellte sich ein Mann mit einer hellen, fast kieksenden Männerstimme neben Fiona vor. »Ich laufe jetzt schon fast zwei Stunden hinter dir her – also bitte nicht falsch verstehen.« Ellis ließ kurz zweiunddreißig strahlend weiße Zähne zwischen seinem Vollbart aufblitzen. »Und da habe ich mich gefragt, was ist das wohl für ein Mensch, der die ganze Zeit vor mir läuft und so gleichmäßig eine Runde nach der anderen absolviert? Also habe ich die letzte Runde einmal ein bisschen die Hufe geschwungen und mich an dich herangepirscht.«

»Fiona«, stellte sich Fiona vor und musterte ihren neuen Laufpartner, der in etwa so groß war wie sie, mit einem flüchtigen, aber vom Polizeidienst geschulten Blick. Dem ersten Anschein nach würde sie ihn in die Schublade der Erlebnisläufer stecken. Das gelbe Stirnband, auf dem vor dem Hintergrund eines schwarzen Dreiecks das vermummte Gesicht eines Läufers abgebildet war, zierte der Aufdruck *Marathon des Sables.* Es konnte seine rotblonden Locken, die mit jedem Schritt auf und ab wippten, nur mit Mühe bändigen. Das blaue Finisher-Shirt, das Ellis trug, hatte Fiona letzten Herbst auch mit Stolz getragen, nachdem sie mit dem *Autumn 100* ihren ersten Hundertmeiler erfolgreich absolviert hatte. Die Flecken auf Ellis Shirt schienen dagegen den gleichen Ursprung zu haben wie die Reste in seinem Bart.

Vermutlich waren sie die Zeugen eines missglückten Versuchs, während des Laufens Nahrung zu sich zu nehmen.

Nachdem sie eine halbe Runde wortlos nebeneinander hergelaufen waren, passierten sie wieder ein Plakat mit den Weisheiten von Sri Chinmoy.

»Und was für ein Gewinnertyp bist du?«, fragte Fiona und deutete auf das Plakat.

»Typ 3! Ja, ganz klar Typ 3. Ich bin derjenige, der jeden Lauf beendet. Dabei kommt es mir gar nicht so sehr auf die Zeit an.«

»Die ist ja bei einem 24-Stunden-Lauf auch vorgegeben«, sagte Fiona und blickte Ellis herausfordernd an.

»Ja, da hast du recht.« Ellis lachte lauthals, als hätte er gerade den besten Witz seines Lebens gehört. »Ich nehme jedes Jahr an einigen Ultraläufen teil, aber der 24-StundenLauf in Tooting ist immer etwas Besonderes für mich«, fuhr Ellis wieder ernst fort.

»Wie häufig warst du denn schon hier?«

»Das ist jetzt meine fünfte Teilnahme.«

»Und du hast jedes Mal gefinisht?«

»Jo. Viermal gestartet und viermal mit über einhundert Meilen gefinisht«, sagte Ellis in einem beiläufigen Tonfall, der nicht ganz zu seinem selbstgefälligen Nicken passen wollte.

Obwohl sie sich innerlich dagegen wehrte, war Fiona beeindruckt von ihrem neuen Laufpartner. Mit einem Mal fühlten sich ihre eigenen Beine ganz schwach an. *Ob ich das irgendwann einmal auch so beiläufig erzählen kann, dass ich schon mehrere 24-Stunden-Läufe erfolgreich bewältigt habe?*

»Die wenigen Leute, denen ich erzählt habe, dass ich einen 24-Stunden-Lauf auf einer 400-Meter-Bahn in einem Stadion machen möchte, haben mich für bekloppt erklärt«, sagte Fiona.

»Ja, das stimmt ja auch!«

»Danke!«

»Nein, so war das nicht gemeint«, fügte Ellis eilig piepsend hinzu.

Ellis Stimme ist mindestens eine Oktave höher, wenn er aufgeregt ist, stellte Fiona fest.

»Ich meine nur, für die meisten Läufer ist allein die Vorstellung, so lange im Kreis zu laufen, ein Albtraum und für Nichtläufer ...« Ellis vollführte mit der wedelnden Hand vor dem Gesicht eine Geste, die man im wohlwollendsten Fall als Unverständnis interpretieren konnte.

»Und wie siehst du das?«

»Für mich sind die anderen die Spinner.«

»Wie?«

»Ja, schau dir doch mal an, wie die Leute wirklich leben. Millionen von Menschen stecken in einem Hamsterrad und merken es noch nicht mal. Jeden Tag der gleiche Tagesablauf. Morgens früh springt der Wecker an. Dann quälen sie sich verschlafen und pflichtbewusst aus dem Bett, obwohl ihnen die innere Uhr eigentlich was anderes sagt. Eilig ins Bad, ein schnelles Frühstück im Stehen, und dann kommt der erste Stau oder die überfüllte U-Bahn auf dem Weg ins Büro, wo sie dann den ganzen Tag fremdgesteuert vor sich hin roboten, ihrem Chef in den Arsch kriechen und Intrigen schmieden. Das ist doch verrückt.«

»Das klingt jetzt aber reichlich negativ.«

»Findest du?«

Fiona lief einige Runden schweigend neben Ellis her und dachte über ihr eigenes Leben nach. Mit zehn Jahren war sie mit ihren Eltern von Kanada nach England gekommen und hatte sich mehr oder weniger unauffällig vor allem aber uninspiriert durch ihre Schulzeit gemogelt. Mit achtzehn begann sie, in Ermangelung anderer Ideen, eine Ausbildung bei der Polizei. Mit gerade mal zwanzig heiratete sie Malcolm

McGahan, ihre erste große Liebe. Das war jetzt sechs Jahre her. Seitdem hatte sich bei ihr nicht viel verändert. Ihr Leben war geordnet, eingespielt. Kurz nach ihrer Hochzeit hatte sie ihre Stelle im Streifendienst bei der Chiswick Police Station angetreten. Ihr Schichtdienst und die ständigen Dienstreisen ihres Mannes, der als Ingenieur bei einem international tätigen Lieferanten der Automobilindustrie Karriere machte: Beides hatte mit Sicherheit dazu beigetragen, dass sie und Malcolm sich mit der Zeit entfremdet hatten. Dann hatte sie Kim vor fast einem Jahr bei einem gemeinsamen Fall kennengelernt, und ihr, so fühlte es sich für sie immer noch an, verbotenes Abenteuer hatte begonnen. Ein wenig Urlaub vom Hamsterrad.

Ein weiteres Mal passierte Fiona die Startlinie, suchte und fand den Blickkontakt zu ihrem Rundenzähler. Dann nahm sie den abgerissenen Gesprächsfaden mit Ellis unvermittelt wieder auf: »Ist es denn dann so schlau, an einem 24-Stunden-Lauf teilzunehmen und immer nur im Kreis zu laufen?«

»Sehr schlau sogar. Ich mache das ja nur einmal pro Jahr. Sonst bin ich bei meinen Läufen immer in der Natur unterwegs. Aber dieser eine 24-Stunden-Lauf in Tooting steht bei mir fix im Kalender. Der Lauf ist meine Mahnung, meine Erinnerung, jeden Tag bewusst zu leben. Die hundert Meilen, die ich jedes Mal anstrebe, 160 Kilometer, das sind vierhundert und zwei Stadionrunden, und ich hoffe, die einzigen vierhundertzwei Runden, die ich pro Jahr im Hamsterrad zurücklege.«

»So kann man das natürlich auch sehen.«

»Ich mache immer *alles* sehr bewusst«, sagte Ellis, bei dem Fiona jetzt zum ersten Mal den Eindruck hatte, unnatürlich geweitete Pupillen wahrzunehmen. »Selbst wenn ich einmal den ganzen Tag nichts mache und nur faul herumgammle, mache ich das sehr bewusst. Das gehört auch dazu. Ich bin ja schließlich keine Maschine. Ich habe ein Recht auf meine Auszeiten. Darum brauche ich auch kein schlechtes Gewissen zu haben, wenn ich an einem Tag mal nichts mache.«

»Und was machst du so, wenn du nicht läufst oder herumgammelst?«

»Du möchtest wissen, was ich arbeite?«

»Ja, wenn ich so direkt fragen darf.«

»Das wollen die Leute immer wissen. Damit sie mich in irgendeine Schublade einsortieren können. Nichts irritiert Menschen mehr, als wenn ihr Gegenüber in keine der gängigen Schablonen passt. Es stört sie einfach, wenn jemand sich nonkonform verhält.«

»Du arbeitest also nicht.«

»Ich bin Philosoph und Lebenskünstler!«

Fiona schaute auf die Uhr, die das kleine Türmchen auf dem Hauptgebäude des Stadions zierte. Fünf Minuten vor vier. Noch gut zwanzig Stunden.

»Jetzt möchtest du wissen, ob man denn davon leben kann? Das werde ich immer gefragt, wenn ich erzähle, was ich mache.«

»Nein, das sehe ich ja.«

Fiona blieb an dem Verpflegungstisch stehen, der wenige Meter hinter der Startlinie stand, und trank einen Becher Wasser. Auch Ellis unterbrach sein Rennen kurz, stopfte sich zwei Bananenstücke in den Mund und griff bei den Fruchtgummis zu.

»Nimm reichlich. Wer weiß, wann es wieder was gibt«, sagte Fiona.

»Aber wir kommen hier doch jede Runde vorbei.«

»Das war ein Scherz, okay? Jetzt erzähl schon. Wovon lebst du? Hast du einen reichen Erbonkel?«

»Du und deine kleine Freundin, die uns jede Runde so eifersüchtig nachschaut, ihr seid bei der Polizei, stimmt's?«

Jetzt war sich Fiona sicher, dass die Pupillen von Ellis ungewöhnlich geweitet waren.

»Ihr beide müsst heute Nacht besonders gut aufpassen!«

»Soll das jetzt eine Drohung sein?«

»Nein, nein. Ganz im Gegenteil. Ich bin auf eurer Seite, und euer Geheimnis ist bei mir gut aufgehoben«, sagte Ellis. »Ich spüre nur seit einiger Zeit eine total negative Spannung hier im Stadion. Ich bin mir sicher, dass etwas Schreckliches passieren wird.«

Ellis Blick verlor sich in der Ferne, und Fiona hatte den Eindruck, er würde in eine Glaskugel schauen, als er mit leicht schleppender Stimme fortfuhr:

»In solchen Dingen irre ich mich nicht. Niemals!«

Eine ganze Runde lang sah sich Fiona aufmerksam im Stadion um, konnte aber keinerlei Anzeichen für eine aufziehende Bedrohung entdecken.

Dann schien Ellis plötzlich von einer kindlichen Heiterkeit befallen zu werden. »So, jetzt kommt gleich das erste Highlight«, sagte er. »Es ist sechzehn Uhr. Wenn wir das nächste Mal zum Start kommen, steht der erste Richtungswechsel an. Ich werde dann die nächsten vier Stunden etwas schneller unterwegs sein. Linksherum liegt mir besser.« Ellis zwinkerte Fiona zu. »Mein rechtes Bein ist etwas länger.«

Die ersten Läufer, die den Richtungswechsel bereits vollzogen hatten, kamen ihnen entgegen. Auf der Startlinie stand ein orange-weißes Verkehrshütchen, das Fiona und Ellis gemeinsam umrundeten.

»Das mit dem längeren rechten Bein war übrigens ein Scherz. Ich hoffe, du verstehst Humor. Aber vergiss meine Warnung nicht!«

Ellis beschleunigte spürbar sein Tempo, so dass Fiona schon nach wenigen Metern nicht mehr mithalten konnte.

Samstag 16:00 Uhr – Elena

Als Sue sie vor einer Stunde zum ersten Mal überholte, war Elena vor Schreck auf die Begrenzung zum Innenfeld getreten und hatte sich dabei übel den rechten Knöchel verknackst. Vor lauter Schmerz war sie einige Meter auf dem linken Bein gehüpft und dann humpelnd weitergegangen. Am liebsten hätte sie den Wettkampf auf der Stelle abgebrochen, vor Schmerz – aber vor allem aus Enttäuschung. Dann hielt eine Läuferin, die Elena kurz vorher selbst noch überholt hatte, bei ihr an und erkundigte sich, wie es ihr geht. Das brachte Elena wieder zurück zu sich. »Danke, ich bin nur leicht umgeknickt«, hatte sie geantwortet. »Geht gleich wieder. Alles in Ordnung!«, rief sie der Läuferin noch tapfer lächelnd hinterher. Und wie immer riss sich Elena zusammen, ertrug still den Schmerz und lief weiter.

Aber in Ordnung war im Augenblick rein gar nichts.

Was will mir Sue Lightfoot noch alles antun?, grübelte sie zunächst. Inzwischen war sie in ihren Überlegungen einen Schritt weiter. *Sue kann mir gestohlen bleiben. Dann soll sie doch diesen absolut bedeutungslosen und langweiligen Scheißlauf hier gewinnen und sich an ihrem Pokal aufgeilen.* Und Dave, der immer noch an Sues Seite seine Runden zog, und sich köstlich zu amüsieren schien: *Der kann mir ebenfalls gestohlen bleiben! Vermutlich ist er halt doch nicht der Supermann, für den ich Intelligenzallergiker ihn das ganze letzte Jahr gehalten habe.*

Bei der Siegerehrung nach dem Autumn 100 hatten sie sich kennengelernt. Dave war damals strahlend lächelnd auf sie zugekommen und hatte ihr überaus herzlich zu ihrem zweiten

Platz gratuliert. Danach hatten sie sich noch eine Weile äußerst angeregt und erstaunlich offen unterhalten. Seit langer Zeit hatte Elena endlich einmal wieder das Gefühl gehabt, jemand würde sich für sie interessieren. Für den Menschen, der sich hinter der weißbekittelten Frau Doktor verbarg – beziehungsweise hinter *Elena der Zweiten*, wie sie von einigen Läufern genannt wurde.

Aber das ist alles Quatsch! Ich habe mich da in etwas hineingesteigert. Ich habe mich blenden lassen. Auch von seiner Selbstdarstellung in seinem verdammten Lügenblog: Dave, der Spendenläufer. Dave, der blütenweiß um den Globus jettet, und mit jedem Gramm Kohlendioxid, das er kompensiert, die Welt rettet. Dave, der selbstlose Guide für blinde Marathonis. Alles Bullshit!

Daves Internetblog hatte Elena vor einem Jahr gleich abonniert. Seitdem verschlang sie die wöchentlich erscheinenden Beiträge, sobald sie online waren.

Letztendlich erkennt man den wahren Charakter eines Menschen an den Personen, mit denen er sich umgibt.

Elena war jetzt deutlich langsamer unterwegs und leistete keinen Widerstand mehr, als Sue und Dave sie ein weiteres Mal überholten.

Samstag 16:30 Uhr – Stewart

War das nicht ...? Nein, das kann nicht sein. Das monotone Rundendrehen scheint meine Fantasie zu beflügeln. Oder habe ich zu wenig getrunken, dass meine Wahrnehmung gerade beginnt, mir Streiche zu spielen? Ich kann ja jetzt schlecht den Kopf nach ihr verdrehen oder zurücklaufen. Dann kann ich meine Tarnung auch gleich aufgeben und mir ein Schild um den Hals hängen.

Ich muss nächste Runde unbedingt daran denken zu trinken. Trinken ist wichtig! Und dann kann ich ja noch einmal einen vorsichtigen Blick auf sie riskieren.

Wann habe ich zuletzt getrunken? Stewart blickte auf seine Uhr. Er war jetzt seit viereinhalb Stunden unterwegs. Er konnte sich erinnern, schon zweimal oder dreimal an dem Verpflegungstisch angehalten und etwas getrunken zu haben. *Wie lange ist das jetzt her?* So sehr Stewart auch nachdachte, er wusste es einfach nicht mehr. Zu tief war er seitdem in seinen Gedanken versunken gewesen.

Kann das wirklich sein, dass sie heute hier ist? Mit ihrem verzweifelten Anruf hat damals alles angefangen.

Was weiß ich von ihr? Sicher, sie wohnte damals im Londoner Süden unweit von Tooting, aber welchen Bezug hat sie zum Langstreckenlauf? Oder kann es sein, dass sie zu meinem Schutz hier ist? Nein, eher nicht. Kim war Detective Inspektor bei der Mordkommission, und diese war normalerweise weder im Personenschutz noch an der Bekämpfung von Wirtschaftskriminalität aktiv beteiligt. Andererseits – es hat schon einen Toten gegeben, und ich, ich bin auch bedroht worden.

Samstag 17:00 Uhr – Fiona

Als wären sie der Ersatz für die fehlende Abendsonne, wurden um siebzehn Uhr die Scheinwerfer der acht Flutlichtmasten angestellt, die, obwohl es noch ausreichend hell war, die Bahn nunmehr in ein goldfarbenes Licht tauchten.

Fiona schaute auf ihre Laufuhr. Nach fünf Stunden hatte sie fünfundvierzig Kilometer zurückgelegt und fühlte sich immer noch frisch. Nur an ihrem linken Fuß machte sich langsam eine Druckstelle bemerkbar. *Bloß nicht jetzt schon eine Blase.* Im Vorbeilaufen informierte sie Kim darüber, dass sie in der nächsten Runde die Laufschuhe wechseln wollte.

Kim nahm ihre Helferrolle ernst, und so warteten zwei rosafarbene Laufschuhe vor einem bereitgestellten Campingstuhl auf Fionas Boxenstopp.

»Und wie läuft's?«, erkundigte sich Kim, als sich Fiona in den Campingstuhl gesetzt hatte.

»Soweit ganz gut.«

Fiona zog behutsam den linken Schuh samt Socke aus, und kontrollierte sicherheitshalber ihren Fuß. Zum Glück war die Stelle, die ihr Probleme bereitet hatte, nur leicht gerötet, es hatte sich noch keine Blase gebildet.

»Der Schuhwechsel ist eine reine Vorsichtsmaßnahme. Ich will da einfach kein Risiko eingehen«, erklärte sie, bevor zwei vorbeilaufende Athleten ihre Aufmerksamkeit in Anspruch nahmen.

»In England werden die Menschen im Schnitt achtzig Jahre alt. Das sind etwa 29.000 Tage«, vernahm Fiona die ihr inzwischen gut bekannte Stimme von Ellis, der ein neues Opfer gefunden zu haben schien. »Ich habe den Eindruck, die meisten Menschen sind sich dieser Tatsache gar nicht bewusst. Nur 29.000 Tage, dann ist alles vorbei. Etwa 29.000 Schritte legt ein Läufer bei einem einzelnen Marathon zurück. Wir haben nur dieses eine Leben geschenkt bekommen, und trotzdem lassen sich die meisten Menschen unterwürfig durch ihren Alltag treiben und träumen ...«

Mehr verstand Fiona nicht, da sich die beiden Läufer inzwischen zu weit entfernt hatten.

»Oh Gott, die Ärmste!«

»Das war Steffi«, sagte Kim, kam dabei ganz nah an Fiona heran und zeigte mit dem Finger auf den entsprechenden Eintrag in dem Programmheft, in dem die einzelnen Teilnehmer vorgestellt wurden. »Die ist für den Lauf extra aus der Schweiz angereist«, fügte Kim hinzu und streichelte dabei mit einer Hand liebevoll Fionas Nacken.

»Ja, ja, ich weiß«, sagte Fiona verschmitzt lächelnd. »Ich habe sie vor dem Lauf gegoogelt.«

Kim verdrehte entgeistert die Augen.

»Über die 100 Kilometer sind wir ungefähr gleich schnell«, fügte Fiona entschuldigend hinzu. »Aber der Typ, der sie da gerade zutextet, der hat mir heute auch schon ein Ohr abgekaut. Den muss sie erst einmal wieder loswerden. Vielleicht überpacet sie ja dabei.«

»Oh, bist du gemein!«

»Nein, im Ernst. Der Kerl ist echt anstrengend. *Ellis – ein Philosoph*. Der Typ nimmt bestimmt bewusstseinserweiternde Drogen. Mir hat er versucht weiszumachen, dass während des Laufes noch *etwas Schreckliches* passieren wird. Er spüre hier eine ganz negative Spannung ...«

Fiona tippte sich an die Stirn, um klar zu machen, was sie von dieser Prophezeiung hielt. Anschließend stemmte sie sich mit deutlichem Armeinsatz aus dem Campingstuhl hoch.

»So, weiter geht's«, seufzte sie und tat einen ersten Schritt auf die Tartanbahn, blieb aber dann noch einmal stehen und drehte sich zu Kim um. »Ach übrigens ... Dieser Ellis weiß, dass wir beide ein Paar sind und bei der Polizei arbeiten. Hast du ihm das erzählt?«

Samstag 17:10 Uhr - Stewart

Jetzt war sich Stewart zu einhundert Prozent sicher: *Ja, sie ist es! Puh ... und was für eine sexy Figur sie immer noch hat. Da bekomme ich gleich wieder Herzklopfen. Kann aber auch sein, dass es bei mir ein Stückchen tiefer bubbert - ha ha. Und dieses unwiderstehliche, freche Lächeln. Das hatte ich ja beinahe vergessen. Oh Mann, wie verknallt war ich damals in der Polizeischule in dieses Lachen.*

Inzwischen wusste Stewart auch, dass Kim nicht wegen ihm hier war. Kim betreute eine Freundin, die an dem Lauf teilnahm.

Eine Freundin? Pah! Wenn er das Verhalten der beiden Frauen, die gerade vor einem Zelt eingangs der Kurve am Start der 100-Meter-Bahn gesessen hatten, richtig deutete, waren die beiden mehr als nur Freundinnen. Ständig hatte Kim die andere Frau angefasst, sie bei jeder Gelegenheit gestreichelt und sie dabei ganz verliebt angeschaut.

Meine schöne Kim ist eine Lesbe - ganz klar. Das erklärt auch, warum ich damals nicht bei ihr landen konnte.

Ob sie mich wohl ebenfalls erkannt hat? Nein, das ist äußerst unwahrscheinlich.

Zu sehr hatte er sich äußerlich verändert, seit sie sich das letzte Mal gesehen hatten. Seitdem Stewart regelmäßig längere Strecken lief, hatte er ganze fünfzehn Kilogramm abgenommen. Bei einer Körpergröße von einem Meter und neunundsechzig machte das aus einem Mops einen Hering, wie er sich offen eingestand. Außerdem hatte er jetzt durch das viele Training an der frischen Luft eine ausgesprochen gesunde Gesichtsfarbe. Zudem veränderte der Vollbart, den er sich hatte wachsen lassen, sein Aussehen derart, dass selbst seine Zwillingsschwester zweimal hatte hinschauen müssen, um ihn wiederzuerkennen.

Kim, Kim, Kim! Stewart schüttelte nachdenklich den Kopf. *Wie verzweifelt warst du, als ich dich vor knapp zwei Jahren zum letzten Mal sah. Rumgeheult hast du. Ein nicht enden wollender Sturzbach von großen Krokodilstränen. Ja, und dann hast du mir schöne Augen gemacht und mich um Hilfe angefleht.*

Kim hatte einen Fall zugeschanzt bekommen, vor dem selbst die erfahrensten Ermittler von Scotland Yard in Deckung gegangen waren. Eine Säule der britischen Gesellschaft, eine Ikone des englischen Fußballs, stand im Verdacht, ein blutjunges Callgirl in der VIP-Lounge eines Londoner Fußballstadions ermordet zu haben.

Auf einmal kehrten immer mehr Erinnerungen in Stewarts Gedächtnis zurück: *Kevin Campbell war sein Name – ein echter Promi. Er verschanzte sich damals hinter einer Wand von Anwälten und schien über Beziehungen bei Scotland Yard zu verfügen, die ganz weit nach oben reichten.*

Kim hatte keine Chance, den Fall zu lösen, und vermutlich hatte man sie gerade deshalb ausgewählt.

Dann war sie mit einer Idee zu ihm gekommen. Statt Campbell die Tat direkt nachzuweisen, wollte sie zunächst sein Alibi zu Fall bringen. Dafür benötigte sie seine Hilfe.

Stewart war damals Ermittler für Wirtschaftskriminalität bei der City of London Police. Auf Kims Bitte hin nahm er Kontakt mit Behörden in Deutschland auf, die Schweizer

Steuer-CDs gekauft hatten, und sie wurden fündig. Finanztransaktionen wurden sichtbar. Über Geldbewegungen auf bislang unbekannten Konten konnte Kim Bewegungsprofile erstellen, die Kevin Campbells Aussagen widerlegten. Campbells Freunde wandten sich von ihm ab, und sein Alibi zerbrach. Kim löste ihren Fall, und ihr oberster Chef, der ihr bis dahin vor allem Steine in den Weg gelegt hatte, ließ sich als der erfolgreiche Aufklärer feiern.

Seitdem hast du dich nicht ein einziges Mal bei mir gemeldet. Ganz schön undankbar, findest du nicht? Als ich letztes Jahr selbst bis zum Hals in der Sch... steckte und dich dringend um deine Hilfe bat, hast du noch nicht einmal geantwortet. Das habe ich nicht vergessen, Schätzchen. Das zahle ich dir noch heim, dafür werde ich mich noch irgendwie an dir rächen. Ja, so ist das im Leben. Mal ist man der Jäger und mal der Gejagte.

Samstag 18:30 Uhr – Kim

Kim saß auf einem Campingstuhl vor ihrem Zelt. Einmal mehr blätterte sie das kleine Heft durch, in dem die Teilnehmer des Laufs einzeln vorgestellt wurden.

Die Startnummer 5, ein Läufer aus Lancashire, schien gar nicht zu dem Lauf angetreten zu sein. Dafür hatte sie während der letzten Runden, als sie versucht hatte, jedem Teilnehmer einen Namen zuzuordnen, einen Läufer mit der Nummer 46 entdeckt, der überhaupt nicht im Heft erwähnt wurde. Vermutlich ein Nachrücker für die kurzfristig verhinderte Nummer 5, schlussfolgerte sie, tief in ihre Gedankenwelt versunken. Dann erschrak sie fast, als ihr ein intensiver Pizzageruch unerwartet in die Nase strömte.

»Taraaa! Die Spätschicht, die ist da!«, ertönte plötzlich hinter ihr der wohlvertraute Gesang ihres Vaters.

»Dad!«, sagte Kim mit hoher Stimme und drehte sich im Sitzen zu ihrem Vater um, der sich unbemerkt mit einem offenen Pizzakarton in der Hand an sie herangeschlichen hatte. »Jetzt hättest du die Pizza fast alleine essen müssen. Ich habe beinahe einen Herzinfarkt bekommen.«

»Keine Angst, so schnell geht das nicht. Du darfst einfach nicht zu viel Fast Food essen. Möchtest du ein Stück?«

Noch bevor Kim antworten konnte, war ihr Dad mit dem offenen Pizzakarton auf die Laufbahn geeilt, um der vorbeitrabenden Fiona ein Stück Pizza zu offerieren. Wie fast immer in seiner Freizeit hatte sich George in hautenge Jeans gequetscht, über die er lässig ein Jeanshemd trug, das seinen Bauchansatz weitgehend kaschierte. Das war sein Standardoutfit, seitdem sie ihn kannte. Wenigstens hatte er heute mal nicht seine geliebten Cowboystiefeln an, sondern bequeme schwarze Halbschuhe, wie sie die meisten Kollegen trugen, die viel im Streifendienst unterwegs waren. Ja, das war ihr Vater. Ein altgedienter Vorstadt-Bobby, mit einer lang zurückliegenden Vergangenheit in einer bewaffneten Spezialeinheit der Londoner Polizei, der sich nach außen gerne als der große Clown präsentierte.

Fiona antwortete auf die angebotene Pizza, indem sie ihre braunen Augen theatralisch weit aufriss und die Wangen aufblies. Mit einem Lachen lief sie weiter.

Die beiden kamen sehr gut miteinander aus. Für George war es anscheinend das Normalste der Welt, dass seine einzige Tochter in einer mehr oder weniger heimlichen Beziehung mit einer verheirateten Frau lebte. Und für Fiona schien George, nachdem sich ihre Eltern vor zwei Jahren nach dreißig Jahren Ehe hatten scheiden lassen und ihr eigener Dad zurück nach Kanada gegangen war, eine Art Ersatzvater geworden zu sein.

»Deine Freundin scheint keine Oliven zu mögen.«

Grinsend setzte sich George auf den freien Stuhl neben Kim und schob den Pizzakarton auf den kleinen Klapptisch.

»Ich wollte eigentlich viel eher hier sein, aber ich bin aufgehalten worden.«

»Und lass mich raten, du darfst nicht darüber reden?«

»Richtig, du kennst das ja«, sagte George mit einem Augenzwinkern.

Kim wusste, dass dies eine Anspielung ihres Vaters auf ihren letzten bedeutenden Fall bei Scotland Yard war. In jenen Tagen hatte sie sich ihm gegenüber nicht immer ganz fair verhalten, wie sie sich heute offen eingestand. Da sein Fall damals eng mit ihrem verknüpft war, hatte sie ihren Status bei der Mordkommission als Vorwand missbraucht, um von ihm alle verfügbaren Informationen einzufordern, während sie selbst die große Geheimniskrämerin gespielt hatte.

»Das war halt damals eine extreme Stresssituation für mich.« Kim neigte ihren Kopf ein wenig. Dabei lächelte sie ihrem Vater mit leicht nach oben gezogener rechter Oberlippe zaghaft an. Normalerweise reichte dieses schiefe Lächeln aus, um bei ihm alles wieder geradezurücken.

»Verstehe ich. Bin gegenwärtig selbst in einer extremen Stresssituation«, antwortete George, der sich umständlich bemühte, eine mitgebrachte Rotweinflasche mit dem Korkenzieher seines kleinen Taschenmessers zu entkorken.

»Oh, ich weiß nicht, ob Alkohol hier so gerne gesehen ist«, sagte Kim und deutete mit dem Daumen in Richtung des rund achtzig Meter entfernten Zelts der Rundenzähler.

»Du meinst wegen deiner Sri Chinmoys. Ist das eigentlich eine Sekte oder so?«

»Neeein! Das sind einfach nur sehr nette Menschen. Etwas spirituell angehaucht vielleicht.«

»Spirituell, aber keine Spirituosen – verstehe!«

»Nein, ich weiß es einfach nicht. Wenigstens habe ich bei den anderen Helferteams nirgends auch nur einen Tropfen Alkohol gesehen«, sagte Kim. Dann fiel ihr ein, dass dies nicht ganz stimmte, und sie deutete mit dem Daumen auf das Nachbarzelt: »Ja, außer bei Helen und Rick, aber das war noch so früh, da rechnet man ja nicht damit.«

George schaute seine Tochter mit einer hochgezogenen Augenbraue ungläubig an. Dann schenkte er den Wein in zwei mitgebrachte Pappbecher. Die Weinflasche stellte er als Stütze hinter den aufgeklappten Pizzakarton, so dass sie von der Laufbahn aus nicht mehr zu sehen war.

»Problem gelöst. Cheers!«

»Cheers!« Kim nahm einen kleinen Schluck aus ihrem Becher. »Du wolltest gerade erzählen, was genau dich davon abgehalten hat, eher zu kommen.«

»Netter Versuch«, antwortete George lachend. »Und an was für einem Fall arbeitest du gerade?«

»Da bin ich ganz offen und ehrlich zu dir. Du hast doch bestimmt mitbekommen, dass London in der nächsten Woche einen überaus prominenten Gast erwartet. Der Präsident der Vereinigten Staaten wird uns mit seiner Anwesenheit beglücken.«

»So zynisch kenne ich dich ja gar nicht.«

»Das ist bei mir erblich bedingt«, sagte Kim kühl. »Du kannst dir bestimmt vorstellen, was ein solcher Besuch für Scotland Yard bedeutet.«

»Jede Menge Überstunden vermute ich?«

»Für den Zeitraum des Besuchs des US-Präsidenten sind Großdemonstrationen angekündigt, und es gibt Drohungen, die wir sehr ernst nehmen!«

»Dann bist du mit im Team?«

Kim nickte ernst. »An alle Bereiche von Scotland Yard ist die Aufforderung gegangen, die besten Kräfte abzustellen.« Noch während sie dies sagte, hätte Kim sich am liebsten auf die Zunge gebissen, wusste sie doch nicht, ob die E-Mail, die ihr neuer Chef ihr letzten Dienstag vorgelesen hatte, nicht auch über irgendwelche Kanäle zu ihrem Vater gelangt war. Die Formulierung *besten Kräfte* fand sich so wenigstens nicht in der E-Mail.

Kim hatte es ihrem Vater schon längst erzählen wollen: Seitdem Diana Hall – ihre ehemalige Chefin und seine Lebensgefährtin – zur NCA[1] gewechselt war, hatte sie selbst einen ziemlich schweren Stand bei der Mordkommission von Scotland Yard. Kim hatte einfach den Zeitpunkt verpasst, George das zu sagen, und jetzt war es auch nicht der richtige Zeitpunkt.

Ihren neuen Chef Martin Bolton stufte Kim als typischen Karrierehengst ein, der sich nach oben absicherte und auf Kosten seiner Mitarbeiter profilierte. Bis letzten Dienstag hätte sie noch nicht einmal mit Sicherheit sagen können, ob Bolton überhaupt wusste, wie sie hieß.

Genüsslich hatte Bolton ihr die E-Mail vorgelesen, in der stand, dass er alle *entbehrlichen Kräfte* für eine Sondereinheit zur Absicherung des Präsidentenbesuchs zur Verfügung zu stellen hatte. »Sie sehen, mir sind da die Hände gebunden«, hatte er noch gesagt. Das Ganze unterstrich er mit einer Geste und einem Lächeln, die Kim spontan an den zu beschützenden Häuptling aller Amerikaner erinnerten. Auf ihren Einwand, sie verfolge eine wichtige Spur, die einen mysteriösen Todesfall eines brasilianischen Journalisten in ein neues Licht rücken könnte, hatte er nur geantwortet, dass die Sicherheit des

[1] NCA : Die National Crime Agency wurde 2013 gegründet. Sie ist eine übergeordnete Polizeibehörde für den Kampf gegen das organisierte Verbrechen, vergleichbar mit dem FBI.

Präsidenten vorgehe. »Vielleicht gefällt Ihnen ja der Job in der Sondereinheit, das wäre dann ja mal so etwas wie eine berufliche Perspektive«, fügte er noch hinzu, und Kim hatte angefangen, sich ihre Gedanken zu machen.

George betrachtete Kim nachdenklich. »Danke erst einmal für deine Ehrlichkeit.«

Kim fühlte sich erwischt, errötete leicht und griff nach ihrem Weinbecher.

»Bei mir ist es im Prinzip ähnlich. Ich bin temporär ebenfalls in eine Sondereinheit berufen worden.«

»Lass mich raten. Du unterstützt Diana in einer Untersuchung der National Crime Agency?«

»Die NCA arbeitet nur mit Leuten zusammen, die schweigen können.«

»Und? Sag schon!«

»Ich kann schweigen. Und in diesem Fall ist es sogar zu deiner eigenen Sicherheit!«

Samstag 21:30 Uhr – Stewart

Während Stewart im Tooting Bec Leichtathletikstadion eine Runde nach der anderen absolvierte, kreisten seine Gedanken nach der unerwarteten Begegnung mit Kim darum, wie er in dieses Schlamassel hineingeraten war, in dem er seit einem Jahr steckte.

Auf Kims Bitte hin nahm er damals, an einem späten Freitagnachmittag, Kontakt mit den Steuerbehörden in Düsseldorf auf. Um die Dringlichkeit seines Anliegens zu untermauern, waren die Wörter »Mord« und »Scotland Yard« gefallen, und er hatte wohl auch durchblicken lassen, dass es um einen Fall von nationaler Bedeutung ging.

Sein damaliger Ansprechpartner in der Finanzverwaltung schien aus für ihn unerfindlichen Gründen sehr bestrebt zu sein, ihm die Daten direkt zuzusenden. Erst im Nachhinein war Stewart bewusst geworden, dass die Datensätze, die er erhalten hatte, nicht nur Kevin Campbell betrafen. Vermutlich hatte der Kollege auf dem Kontinent einfach nur einen Landesfilter über die Daten laufen lassen und ihm alle Informationen zugestellt, die britische Kontoinhaber betrafen.

Aus reiner Neugier hatte er angefangen, in den Datensätzen zu stöbern, die nichts mit dem Fall Campbell zu tun hatten. Als er die Brisanz der enthaltenen Informationen erkannte, meldete er den Fund seinem damaligen Vorgesetzten bei der City of London Police, verbunden mit der Bitte, dass er gerne an den Ermittlungen dranbleiben würde.

Was folgte, hatte Stewart nicht erwartet. Nicht genug, dass er eine Abmahnung erhielt und einen Lügendetektortest bestehen musste. Nein, er wurde von seinem Vorgesetzten auch noch nach allen Regeln der Kunst bis auf Briefmarkengröße zusammengefaltet. Die Hauptfaltlinien trugen die Namen Amtsanmaßung, Wirtschaftsspionage, Datenschutz und Diebesgut. Danach wurde es persönlich und schmutzig. Stewart war am Ende froh, seine Stelle behalten zu dürfen, und versteckte sich wochenlang hinter seinen Aktenordnern.

Als er sich endlich traute, darüber nachzudenken, was ihm widerfahren war, machte er eine erstaunliche Feststellung. Er hatte den Lügendetektortest bestanden! Wie konnte das sein? Der Gutachter hatte ihn befragt, ob er Kopien der Daten angefertigt hatte, die von den extra eingesetzten Sonderermittlern auf seinem Rechner sichergestellt worden waren. Stewart hatte die Frage ängstlich und halb automatisch verneint. Aber er besaß weiterhin Zugang zu den Daten. Die sichergestellten Datensätze auf seinem Rechner waren die Kopien gewesen. Die Originaldaten, die er erhalten hatte, lagen weiterhin in einer Datencloud, und er besaß das Zugangspasswort.

Stewart wertete diese Erkenntnis als ein besonderes Zeichen, das er erhalten hatte. Angetrieben von einem ihm bislang unbekannten inneren Gerechtigkeitsgefühl fing er erneut an, sich in die Daten zu vertiefen. Schnell stieß er wieder auf brisantes Material. Nur wie damit umgehen, ohne selbst erneut in die Schusslinie zu geraten? Stewart war sich zu diesem Zeitpunkt über sein weiteres Vorgehen alles andere als sicher, nur eins wusste er mit Bestimmtheit – Nichtstun war keine Option.

Am Ende gelangte er zu der Einsicht, dass es egal war, wo er anfing, und eines Abends begann er einfach damit, Kontobesitzern, die er eindeutig identifiziert hatte, anonyme Briefe zu schreiben. Die Briefe enthielten detaillierte Angaben zu den Vermögenswerten, die die jeweiligen Kontoinhaber bei einer Schweizer Privatbank geparkt hatten, und die ultimative Aufforderung, diese den britischen Steuerbehörden zu melden.

Stewart verschickte innerhalb von drei Wochen fast einhundert Briefe. Mit der Zeit empfand er es jedoch als zunehmend unbefriedigend, dass er nie erfahren würde, ob sich diese kleinen Sünder tatsächlich bei den Steuerbehörden gemeldet hatten, um ihren Solidarbeitrag im Nachhinein zu entrichten.

Um seinen anonymen Schreiben mehr Nachdruck zu verleihen, begann Stewart dann damit, seinen Briefen eine Postkarte beizulegen. Mit dieser konnten die Empfänger ein kostenloses zweiwöchiges Probeabonnement einer Boulevardzeitung bestellen, die dafür beliebt und berühmt war, schonungslos Jagd auf die Geheimnisse der Schönen und Reichen zu machen. Im vergangenen Sommer hatte das Blatt landesweit für Schlagzeilen gesorgt, als es die Namen britischer Steuersünder veröffentlicht hatte.

Stewarts Grundproblem der fehlenden Rückmeldung war damit zwar nicht gelöst, aber der Grat zur Erpressung war eng, und diesen wollte er in auf keinen Fall überschreiten. Und letztendlich waren dies nur die kleinen Fische, und Stewart verlor mit der Zeit mehr und mehr die Motivation, weitere anonyme Briefe an die mehr als siebentausend in den Datensätzen aufgeführten Einzelpersonen zu verschicken.

Stattdessen erweckten die in den Datensätzen aufgeführten Organisationen sein Interesse. Welchen Nutzen versprachen sich in England ansässige Organisationen von einem Diskretionskonto, wie diese Genfer Privatbank ihre Nummernkontos nannte? Korruption, Geldwäsche, Steuerhinterziehung und Vetternwirtschaft fielen ihm dazu spontan ein, und er fing an, die Daten der Organisationen entsprechend auszuwerten und einzustufen.

Nach knapp drei Wochen akribischer Datenanalyse hatte Stewart seinen ersten Vierer. Vier gewinnt, schoss es ihm damals durch den Kopf, und da zusätzlich der Name der Organisation seine Fantasie beflügelte, beschloss er spontan, hier mit seinen privaten Untersuchungen in die Tiefe zu gehen und selbst das kleinste Geheimnis ans Tageslicht zu bringen.

Der honorige Klub *Olympia 1908* hatte es sich zur Aufgabe gemacht, ehemalige olympische Sportarten wiederzubeleben und zu fördern. Als Erstes war Stewart aufgefallen, dass der Klub für dieses ehrenwerte Ziel über eine mehr als aufgabenadäquate Finanzausstattung verfügte.

Stewart besuchte die Homepage des Klubs, der seinen Namen von den Olympischen Sommerspielen, die 1908 in London stattgefunden hatten, herleitete. Auf den Webseiten wurden ehemalige olympische Sportarten wie Motorbootrennen, Seilklettern oder Pferdehochsprung vorgestellt.

Amüsiert hatte Stewart zur Kenntnis genommen, dass sein Arbeitgeber bei den Spielen im Jahr 1908 sogar zu den Medaillengewinnern gehört hatte. In einem Gastbeitrag auf der Internetseite würdigte der jetzige Commissioner der City of London Police die Leistung der ehemaligen Kollegen, die die Goldmedaille im Tauziehen errungen hatten.

Von dem eigentlichen Anspruch des Klubs, alle vier Jahre eine Retro-Olympiade durchzuführen, schien man jedoch meilenweit entfernt zu sein. Nur einmal war es dem Klub tatsächlich gelungen, eine Veranstaltung auf die Beine zu stellen. Wie Stewart beim Betrachten der Fotos auf der Homepage festgestellt hatte, war der Charakter der Veranstaltung aber eher der einer größeren Gartenparty gewesen, bei der zur Unterhaltung und Belustigung der Besucher ein wenig Croquet gespielt wurde, ein Geländelauf stattfand und die Disziplinen Seilklettern und Tauziehen ausgetragen wurden.

Das war nicht viel für einen Klub, den es nun seit fast zwanzig Jahren gab, und der über ein Vermögen von 6,9 Millionen Schweizer Franken auf einem Nummernkonto verfügte. Hatte der Klub eventuell noch einen anderen nicht offiziellen Zweck? Wer waren die großzügigen Sponsoren des Klubs, welche Interessen verfolgten diese? Und wer waren die Nutznießer?

Mehr und mehr beschlich Stewart damals das Gefühl, mit seinen Untersuchungen an einem Punkt angekommen zu sein, an dem er ohne Hilfe von außen nicht weiterkam. Zu kompliziert erschien ihm das Finanzkonstrukt, das sich hier jemand, aus welchem Grund auch immer, ersonnen hatte. Klar war ihm nach weiteren vier Wochen Datenanalyse lediglich, dass der Klub bis Anfang Juli 2005 sein ursprüngliches Kapital von fünf Millionen Schweizer Franken weitgehend aufgezehrt hatte. In den folgenden vier Jahren plätscherten die Ein- und

Ausgaben auf niedrigem Niveau dahin. Dann kam plötzlich Schwung in die Kontobewegungen, und der Verein verzeichnete enorme Kapitalzuflüsse, aber auch bedeutende Ausgaben.

Für Stewart endeten die meisten der externen Geldflüsse, die er verfolgte, in Sackgassen. Wobei fast alle dieser Sackgassen im Schatten von Palmen liegen mussten, wie er den Namen der Länder entnahm, in die das Geld geflossen war. Dann fiel ihm auf, dass ab Sommer 2009 immer mehr Zahlungsempfänger ihre Konten in der Schweiz zu haben schienen – bei einer Privatbank in Genf.

Samstag 22:24 Uhr – Elena

Wie ein Lamm, das man zum Schlachten führt, und wie ein Schaf angesichts seiner Scherer, so tue auch ich meinen Mund nicht auf, wandelte Elena einen Bibelvers, den sie einmal gehört hatte, auf ihre aktuelle Situation ab.

Warum sind meine Aggressionen immer nach innen gerichtet? Warum zerfleische ich mich immer selbst, wenn etwas nicht so läuft, wie ich es mir vorstelle? Warum kann ich nicht, wie alle normalen Menschen es tun, anderen die Schuld für mein Versagen in die Schuhe schieben?

Ja, da war es wieder, *ihr Versagen*. Seitdem sie erkannt hatte, dass sie auch in diesem Rennen Sue Lightfoot nur von hinten sehen würde, quälte sie sich einmal mehr mit Selbstvorwürfen.

Warum habe ich nicht mehr, nicht härter trainiert? Warum habe ich nicht Nein gesagt, als mich mein Chef fragte, ob ich den Nachtdienst übernehmen kann? Warum hat mich alleine Sues unerwartete Anmeldung zu dem Lauf derart aus dem

Gleichgewicht gebracht, dass ich meinen Diätplan nicht eingehalten habe und angefangen habe zu fressen? Warum habe ich den heutigen Wettkampf nicht angenommen und gleich kapituliert, als Sue mich zum ersten Mal mit Dave an ihrer Seite überrundete?

Okay, Dave. Das war eine andere Wunde, die sich da in ihrer Biografie auftat. Das schien ihr Schicksal zu sein, ein Leben lang immer nur für andere da zu sein, ohne dass es einen Menschen gab, der sich einmal um sie kümmerte.

Und Liebe? Träum weiter! Wofür sollte man mich lieben?

Elena biss die Zähne zusammen. Ihr Knöchel schmerzte bei jedem Schritt, und ihre Augen brannten vor Müdigkeit. Außerdem war ihr schlecht. Völlig frustriert hatte sie vor einer Stunde noch einmal an dem Verpflegungstisch angehalten, um sich mit etwas Nervennahrung zu stärken. Und wieder hatte sie sich nicht unter Kontrolle gehabt. Weingummis, Schokoriegel und Nüsse hatte sie in sich hineingestopft – so viele, dass selbst den dauerlächelnden Helfern für einen Augenblick die Gesichtszüge entglitten waren.

Jetzt schleppe ich noch diesen klebrigen, süßen Drecksbrei in meinem Bauch mit mir herum, dachte sie und flirtete mit der großen grünen Mülltonne am Ende des Verpflegungstisches. *Vielleicht füttere ich dich in der nächsten Runde, Baby.*

Mürrisch und mehr aus Gewohnheit als aus wirklichem Interesse blickte Elena auf ihre Laufuhr. Was das runde Display ihr im Schein des Flutlichtes anzeigte, deckte sich überhaupt nicht mit dem, was sie erwartet hatte zu sehen. *Jetzt fangen schon die Zahlen an, mich zu verhöhnen.*

Nachdem sie sich von Sue Lightfoot zu einem viel zu schnellen Start hatte verleiten lassen, war sie die letzten Stunden nur noch lustlos dahingetrabt. Endlos oft war sie inzwischen von anderen Läufern überrundet worden. Jetzt, nach zehneinhalb Stunden zeigte ihre GPS-Uhr an, dass sie mit ihren bislang absolvierten dreiundachtzig Kilometern bis auf wenige Sekunden genau ihre geplante Durchschnittsgeschwindigkeit gelaufen war.

Ungläubig schaute Elena immer wieder auf das Display und überschlug die Zahlen vorsichtshalber noch einmal im Kopf. Wenn das stimmte und sie sich jetzt endlich zusammenriss, wären theoretisch sogar noch die ursprünglich von ihr anvisierten 190 Kilometer möglich.

Jetzt kämpfe wenigstens einmal in deinem Leben für deine eigenen Ziele, schrie sich Elena innerlich an und forcierte ihr Tempo.

Samstag 22:50 Uhr - Stewart

Rein äußerlich hat sich Jamie nicht verändert. Überhaupt nicht. Immer noch trug sie ihre blonden Locken kurz geschnitten, was in Stewarts Augen sehr gut zu ihrem sportlichen und quirligen Erscheinungsbild passte. Und immer noch schien ein Lächeln ihr normaler Gesichtsausdruck zu sein.

In jeder Runde versuchte er, seine Zwillingsschwester möglichst unauffällig zu beobachten. *Wie sehr habe ich dich das ganze letzte Jahr vermisst. Wie lange muss ich diesmal warten, bis ich dich wiedersehen kann, wenn mein Plan nicht aufgeht? Sehr lange. Sehr, sehr lange. Aber daran darf ich jetzt nicht denken. Scheitern ist keine Option, und schließlich habe ich alles weit im Voraus genau geplant.*

Während er - wie es im Augenblick schien - erfolglos versucht hatte, Karriere bei der Polizei zu machen, hatte sie das Sportgeschäft ihrer Eltern übernommen. In nur wenigen Jahren machte sie aus dem schlecht sortierten kleinen Laden, in dem ihr Vater nach seiner Erinnerung die meiste Zeit über allein hinter der Kasse gestanden hatte, ein angesagtes Laufsportgeschäft mit acht Angestellten. Und auch hier im Stadion schien ohne sie nichts zu laufen. Ständig war sie im Gespräch mit irgendwelchen Helfern und Offiziellen, hörte geduldig zu, beantwortete Fragen und packte selbst mit an, wenn es notwendig war.

Ja, ob solche Veranstaltungen wie dieser 24-Stunden-Lauf erfolgreich sind oder nicht, hängt häufig nur an einigen wenigen Personen. Diese Erkenntnis war Stewart schon früher gekommen. Dies war ihm auch schon klar gewesen, als er bei seinen privaten Nachforschungen beim Klub *Olympia 1908* in die Tiefe vorgestoßen war.

Wer waren die Köpfe hinter diesem Klub, hatte er sich gefragt. Wer waren die Anführer, die Ideengeber und wer waren die Mitläufer?

Die Offiziellen des Klubs waren damals schnell ermittelt. Hierzu hatte ein Blick auf die Homepage gereicht – der Präsident und die Vizepräsidentin, dazu noch der Name des Schatzmeisters und des Schriftführers.

Waren der Präsident und die Vizepräsidentin die Personen, die auch für den inoffiziellen Zweck des Klubs, dem Stewart auf die Schliche gekommen war, verantwortlich waren?

Bei dem Präsidenten, einem Blaublüter, der einen *Earl* im Namen mit sich herumschleppte, schloss Stewart dies fast aus. Der Earl war nach außen hin einfach der ideale Repräsentant für einen Klub mit einem noblen Anliegen. Das sahen mindestens sieben andere Klubs, denen dieser Earl ebenfalls vorstand und zahlreiche Initiativen, für die er die Schirmherrschaft übernommen hatte, genauso, wie Stewart schnell recherchiert hatte.

Etwas undurchsichtiger war da schon die Vizepräsidentin des Vereins, bei der Stewart vermutete, dass sie die Person war, die die eigentliche Arbeit verrichtete. Qualifizierte sie die

Tatsache, als junge Frau und noch unter ihrem Mädchennamen selbst einmal an den Olympischen Spielen teilgenommen zu haben? Wenigstens schien sie dem Sport über all die Jahre treu geblieben zu sein, worauf zahlreiche Suchmaschinentreffer hinwiesen, wenn über sie auch sonst wenig in Erfahrung zu bringen war.

Wesentlich schwieriger als die Suche nach den Namen der Offiziellen des Klubs hatte sich die nach den einzelnen Mitgliedern gestaltet. Hier war Detailarbeit gefragt gewesen. Aber Stewart war durch die systematische Auswertung von Veröffentlichungen, Bildern und Berichten mit der Zeit vorangekommen, ohne jedoch einen Anspruch auf Vollständigkeit erheben zu können.

Am Ende standen siebzehn Namen auf seiner Liste. Diese glich er dann mit den Namen der Kontoinhaber ab, die er erhalten hatte. Das Ergebnis dieses Abgleichs sprach für ihn eine eindeutige Sprache. Zwölf der ihm bekannten Mitglieder des Klubs waren ebenfalls Kunden der Genfer Privatbank.

Bei den einzelnen Mitgliedern des Klubs handelte es sich, soweit Stewart das hatte überblicken können, um verdiente Bürger der besserverdienenden Londoner Gesellschaft. Und entgegen dem Bild, das er sich immer von Londoner Klubs gemacht hatte, schienen längst nicht alle der Mitglieder mit einem goldenen Löffel im Mund geboren zu sein.

Da standen zum Beispiel die Brüder John und Alain Braverman auf seiner Liste. Zwei anerkannte Unternehmerpersönlichkeiten, die vor über vierzig Jahren zusammen in Notting Hill ihr erstes Blumengeschäft eröffnet hatten, wie Stewart aus einem Artikel erfuhr, der zum Firmenjubiläum erschienen war. Heute – das heißt vor zwei Jahren – (so alt war der Artikel nämlich, als Stewart ihn gelesen hatte) waren die Brüder Herren über ein ganzes Blumenimperium, bestehend aus eigenen Gartenbaubetrieben, Transportunternehmen, Großhandel, Ladenketten und Kurierdiensten.

»In ganz London gibt es keine einzige Pelargonie, die nicht mindestens einmal in Kontakt mit einem unserer Unternehmen gekommen ist«, erinnerte sich Stewart noch an Alain Bravermans selbstbewusstes Statement, das als Unterschrift für ein Bild des jüngeren der beiden Brüder gedient hatte, auf dem er seine runzelige Knollennase in die zarten roten Blüten einer Geranie versenkt hatte.

Die beiden Brüder waren ihm sympathisch gewesen und der Geldbetrag in Genf, der darauf wartete, dem britischen Schatzamt zugeführt zu werden, vergleichsweise gering – ein niedriger fünfstelliger Betrag – eine Nachlässigkeit, nicht mehr.

Ähnlich angetan war Stewart zunächst auch von Gregory Telford, der in früheren Jahren einmal als Schatzmeister des Vereins fungiert haben musste. Eine ganze Seite auf der Homepage seiner Firma widmete sich ausführlich seiner Selbstdarstellung. Detailliert wurde der Werdegang des Inhabers vom einfachen Installateur zum allseits geachteten Entrepreneur einer Firma beschrieben, die sich als weltweiter Marktführer im Bereich der Gebäudesicherheitstechnik darstellte.

So weit, so gut. Sozialneid war Stewart fremd, und erfolgreiche Selfmade-Millionäre bewunderte er. Und hätten dann auf derselben Webseite nicht noch die von Telford unterschriebenen Unternehmensleitlinien gestanden, für deren Einhaltung er sich mit seinem Namen verbürgte, wäre dies auch so geblieben.

Unter dem Stichwort *Think global, act local* bekundete der Entrepreneur sein Selbstverständnis, alle anfallenden Steuern in England zu entrichten.

In Kenntnis von Telfords Konto in Genf hatte Stewart dieses Werbeversprechen zumindest fragwürdig gefunden. Je mehr er recherchierte und nachdachte und weiter recherchierte, umso mehr gewann damals eine andere Erkenntnis bei Stewart die Oberhand. Die Aussage war widerwärtig. So verlogen, falsch und unerträglich, dass Stewart spontan beschloss, eine dritte Serie von Briefen an Steuersünder zu schreiben. Diesmal allerdings nicht anonym. Diesmal im Namen von Gregory Telford, dessen Unterschrift er aus dem Unternehmensleitbild kopierte, mit dem Klublogo im Briefkopf. Die Adressaten waren die anderen sechzehn ihm bekannten Klubmitglieder gewesen.

Samstag 23:20 Uhr – Elena

Zwölf Stunden sind kein Tag! Und noch sind nicht einmal die vorbei, dachte Elena, als sie wieder an der Tafel vorbeilief, auf der die bislang absolvierten Kilometer abzulesen waren.

Ja, das Zwischenergebnis von 23 Uhr, das hier aushing, war für sie entmutigend. Aber mit solchen Situationen hatte sie in ihrem Leben gelernt umzugehen.

Vermutlich gab es im Augenblick niemanden in diesem Stadion, der auch nur einen Penny darauf wetten würde, dass sie dieses Rennen noch gewinnen könnte. Aber von diesen Leuten hätte auch niemand einen Penny investiert, als sie mit vierzehn, als eher durchschnittliche Schülerin aus einfachen Verhältnissen, zur Erheiterung ihrer Klasse ihren Berufswunsch kundgetan hatte.

Und als Elena nach ihrem erfolgreichen Studium an der Medizinischen Universität Sofia nach England ging, sagten ihr nicht wenige voraus, sie würde spätestens in einem halben

Jahr wieder zurück sein. Aber Elena hatte sich durchgesetzt. Nicht, dass alles immer so lief, wie sie sich das wünschte, aber sie hatte es geschafft und wenigstens ihre wichtigsten Ziele erreicht. *Und darum werde ich auch diesen verdammten Lauf hier gewinnen!*

107 Kilometer hatte Sue Ligthfoot in den ersten elf Stunden absolviert. Das war ein echtes Pfund. Nur vier Männer waren bisher mehr Kilometer gelaufen und standen somit über ihrem Namen auf der Tafel. Das Frauenfeld dominierte sie unangefochten.

Auch Elena war im Augenblick Fünfte, allerdings nicht im Gesamtfeld, sondern bei den Frauen. Neunzehn Kilometer betrug ihr Rückstand auf Sue oder etwas mehr als zwei Stunden, wenn man von ihrem augenblicklichen Tempo ausging. In einem normalen Rennen war so ein Rückstand nicht aufzuholen. Bei einem 24-Stunden-Lauf, wenn sie einen kühlen Kopf bewahrte und etwas Glück hatte, vielleicht schon. Wenigstens hatte sich der Abstand zu Sue, die jetzt allein lief, in der letzten halben Stunde nicht mehr vergrößert. Elena hatte Sue mittlerweile sogar einmal überholt und das, obwohl sie streng darauf achtete, ein Tempo von 6:50 Minuten pro Kilometer nicht zu überschreiten. Jetzt lief sie rund zweihundert Meter vor oder hinter Sue, je nach Sichtweise.

Das nennt man dann wohl ein Re-Break, hatte sich Elena einen winzigen Moment gefreut, und dabei an das berühmte Tennisturnier gedacht, das im nur drei Kilometer entfernten Wimbledon stattfand. Aber am Ende war dies nur ein Minisieg, ein Glühwürmchen im Schatten der sechsundvierzig Runden Vorsprung, die Sue immer noch hatte. Elena hoffte jedoch, dass ihr das Laufen in der Nacht besser lag als Sue. Schließlich war sie es durch ihre Nachtdienste gewohnt, unabhängig von der Tageszeit eine gute Leistung abzuliefern. Anders als Sue, die schlaflose Nächte nur von Partys kannte, auf denen sie mit irgendwelchen Männern rumturtelte, wie Elena vermutete.

Wo ist Dave eigentlich hin? Elena hatte ihn jetzt schon mehrere Runden nicht mehr an der Seite ihrer Konkurrentin gesehen. Ohne einen Helfer, der sie begleitete, aufmunterte, ablenkte und unterstützte würde es für Sue nicht leichter werden.

Unbewusst hob Elena das Kinn etwas an, während sie auf die Gegengerade einbog. *Ich brauche keine Helfer! Ich komme alleine zurecht. Das war schon immer so*. Ein weiterer Punkt, der ihr in die Karten spielen würde.

Elena horchte in sich hinein. Wenn sie den schmerzenden Knöchel einmal ausblendete, fühlte sich ihr Körper eigentlich noch ganz gut an. *Ich muss jetzt einfach dranbleiben, es mehr wollen als Sue. Wenn ich am Ende des Rennens mehr Runden auf dem Zettel stehen habe als Sue, dann gewinne ich dieses Rennen. Da können die anderen Läuferinnen dann machen, was sie wollen.*

Elenas Zuversicht, was die übrigen Teilnehmerinnen anging, speiste sich aus dem Programmheft, in dem die Teilnehmer vorgestellt wurden. Da sie bis auf Sue keine ihrer Konkurrentinnen kannte, hatte sie vor dem Start noch einen flüchtigen Blick in das dünne Heft geworfen. Schließlich wollte sie über ihre Mitstreiterinnen im Bilde sein, um sich nachher nichts vorwerfen zu müssen.

Ann Worley, die im Augenblick den zweiten Frauenrang belegte, war eine Triathletin mit einem auffallend kraftvollen Laufstil. Sie hatte zwar schon Wettkämpfe von der Dauer eines 24-Stunden-Laufs bestritten, aber nicht als reine Laufveranstaltung. Sie würde sich vermutlich noch wundern, wie ihr Körper auf diese einseitige Dauerbelastung reagierte.

Dann gab es da eine Fiona McGahan. Eine elegante Läuferin, die bislang hoch konzentriert, in einem gleichmäßig langsamen Tempo eine Runde nach der anderen absolvierte und der man noch nicht die geringste Müdigkeit ansah. Nach den Angaben in dem Programmheft hatte Fiona im letzten Herbst, genau wie sie, am Autumn 100, einem Traillauf östlich von London, teilgenommen. Dort hatte Elena ihr über die einhundert Meilen fast fünf Stunden abgenommen. So elegant und fließend Fionas Laufstil immer noch war, das würde am Ende nicht reichen, um es mit ihr aufnehmen zu können.

Mehr Respekt hatte Elena dann schon vor der Läuferin, die gerade vor ihr lief. *Da staunt der Laie und der Experte wundert sich*. Bei der Einschätzung von Athleten, die mit so einem unspektakulären, flachen und ökonomischen Laufstil unterwegs waren wie diese Läuferin aus der Schweiz, hatte sie schon häufiger danebengelegen und am Ende das Nachsehen gehabt. Aber auch für Steffi war es der erste 24-Stunden-Lauf und eine ansprechende Leistung in den ersten zwölf Stunden ließ sich nicht so ohne Weiteres auf die zweite Hälfte hochrechnen.

Sonntag 23:50 Uhr – Stewart

Schon wieder ist eine Stunde rum, stellte Stewart verblüfft fest. *So hat halt jede Sache auch etwas Gutes. Dass ich Kim so unerwartet hier getroffen habe, das hat bei mir das Kopfkino in Gang gesetzt.*

Über Stewarts schmale Lippen zuckte die Andeutung eines Lächelns. Wie im Flug waren die Minuten seither an ihm vorbeigerast. Ganz anders, als noch vor einem Jahr. Gleich einem dichten, wabernden Nebelschleier hatte sich damals die Zeit nicht bewegen wollen. Stewart hatte seine dritte, mit Gregory Telford unterschriebene Serie an Briefen versendet.

Und wieder zeigten sich nicht die geringsten Effekte. Er hatte zunächst geduldig abgewartet und anschließend über einschlägige Informationsquellen versucht, sich kundig zu machen. Fehlanzeige. All seine Bemühungen, zu etwas mehr Steuergerechtigkeit beizutragen, waren verpufft, oder die Auswirkungen waren für ihn nicht spürbar gewesen. Das war unbefriedigend. Aber wenigstens gab es für ihn keine negativen Folgen, da er als Verfasser der Briefe zum Glück unentdeckt geblieben war. Und wenn Stewart ganz ehrlich zu sich selbst war, hatte er sein Projekt der Datenauswertung sogar ein wenig aus den Augen verloren. Auch wenn er keine der unterschiedlichen Gruppen von Steuersündern, die in den Daten aufgelistet waren, vollständig aufgeschreckt hatte, so hatte er wenigstens in jedem Bereich etwas getan. Damit war für diesen Sommer der Gerechtigkeit genügend gedient, hatte er gedacht und sich in seiner Freizeit wieder anderen Dingen gewidmet.

Dann hatte er eines Tages, er erinnerte sich, es war ein regnerischer Spätsommertag, auf dem Weg zur Arbeit im *Daily Telegraph* einen kleinen Artikel über eine Segelyacht mit dem Namen *Olympia* gelesen. Der Artikel schien die Fortsetzung eines vorangegangenen Berichtes zu sein und weckte sein Interesse.

Im Büro angekommen rief er das Internetarchiv der Zeitung auf und fand die ursprüngliche Meldung.

Die *Olympia*, nach Zeitungsangaben eine Hallberg-Rassy 342, war von der Coastguard aufgebracht worden, nachdem diese von der Besatzung einer Autofähre angefordert worden war. Einzelnen Fahrgästen der Fähre war zuvor beim Passieren ein roter Fleck an der weißen Bordwand der anscheinend führerlos, mit flatterndem Vorsegel treibenden Yacht aufgefallen.

In dem Artikel war ein unscharfes Foto abgedruckt, das offensichtlich von einem der Passagiere der Fähre aufgenommen worden war, auf dem Stewart aber nichts Besonderes entdecken konnte. Es folgte ein Interview mit dem Sprecher der Küstenwache, der davon berichtete, dass sich an Bord ein tragischer Segelunfall ereignet hatte. Dabei sei der Eigner des Bootes, der sechzigjährige Inhaber einer Londoner Firma für Sicherheitstechnik, ums Leben gekommen.

Sonntag 23:54 Uhr – Elena

Ein älterer Herr in gelber Warnweste, der mit einem orange-weiß gestreiften Verkehrspylon bewaffnet an der Startlinie wartete, erinnerte Elena an den abermaligen Richtungswechsel, der um Mitternacht anstand. Zwei komplette Stadionrunden würde sie bis dahin noch absolvieren. Elena freute sich schon auf den Wechsel der Laufrichtung, hoffte sie doch, die andere Belastung würde ihren immer noch schmerzenden Knöchel etwas besänftigen.

Weniger erfreulich fand Elena, dass Sue Lightfoot seit einigen Runden wieder schneller unterwegs war. Der Vorsprung, den sie sich nach der letzten Überrundung auf Sue herausgelaufen hatte, schmolz zunehmend dahin. *Hat Sue ihr Zwischentief überwunden, oder beflügelt sie die Aussicht, dass um Mitternacht die Hälfte des Laufs vorbei ist? Egal. Mir kann das gleich sein,* schwor sich Elena ein. *Ich laufe hier meinen Stiefel und lasse mich von Sue nicht mehr aus dem Konzept bringen.*

Eine Runde später bekam Elena mit, wie ein blass wirkender Dave seinem Rundenzähler mitteilte, er sei zurück im Rennen. Dann drehte sich Dave zu ihr um. Sein Mund öffnete sich zu einem jungenhaften Lächeln, und er streckte ihr aufmunternd einen nach oben gerichteten Daumen entgegen.

Elena konnte sich nicht dagegen wehren, sie freute sich über Daves kleine Geste. Für den winzigen Bruchteil einer Sekunde hoffte sie sogar, Dave würde sie nun ein Stück begleiten. Dave blieb jedoch an der Startlinie stehen und wartete auf Sue, die jetzt nur noch rund fünfzig Meter hinter ihr lief, um seinen Lauf an ihrer Seite fortzusetzen.

Von einem Augenblick zum anderen fühlten sich Elenas Beine schwer wie Blei an. War sie gerade noch ruhig atmend unterwegs gewesen, schien sie jetzt die doppelte Menge an Sauerstoff zu benötigen, um ihr Tempo halten zu können. *Nur noch sechshundert Meter bis zum Richtungswechsel*, spornte sie sich an und biss die Zähne zusammen.

Und dann?, fragte plötzlich eine innere Stimme.

In den *Tipps zum Rennen*, die Elena zusammen mit ihren Startunterlagen erhalten hatte, stand die Empfehlung, auch Rennpausen fest einzuplanen. Diese würden die Athleten mit einem zweiten Wind belohnen. Häufig würden die Läufer trotz der verlorenen Laufzeit am Ende sogar ein besseres Ergebnis erzielen, hatte sie gelesen.

Bei dem Gedanken an eine Pause durchflutete Elenas Körper eine Welle der Müdigkeit. Dann erinnerte sie sich daran, dass bei den Renntipps davor gewarnt wurde, diese Pause um Mitternacht zu machen. Die Läufer sollten ihre große Pause lieber eine Stunde vor oder nach Mitternacht einplanen, um die psychologische Barriere, die die Halbzeit des 24-Stunden-Laufs darstellte, ohne zusätzliche Probleme zu überwinden.

Der Gedanke, noch eine ganze Stunde ohne Pause durchhalten zu müssen, entmutigte Elena zusätzlich, und sie tat, was man als Läufer in keinem Fall machen sollte: Sie drehte sich nach ihrer Konkurrentin um.

Mit einem Mal hatte Elena den Eindruck, sie würde wie auf einem Laufband nur noch auf der Stelle treten. Mit der Eleganz einer 800-Meter-Läuferin kam Sue von hinten angeflogen. *Der perfekte Laufstil,* dachte Elena nur. Füße, die kaum den Boden zu berühren schienen. Ein harmonischer und absolut symmetrischer Bewegungsablauf. Den Oberkörper leicht nach vorn gebeugt, die Arme kraftvoll pendelnd. Mit geöffneten, gestreckten Händen zog Sue völlig unangestrengt an ihr vorbei. Elena hatte sogar den Eindruck, auf Sues roten Lippen ein glückliches und befreites Lächeln zu sehen.

Bei dem Tempo, das Sue vorlegte, konnte auch Dave nicht mehr mithalten, stellte Elena fest. Unfähig, ihren Blick von Sue abzuwenden, sah sie ihrer langbeinigen Konkurrentin hinterher. Sue überholte einen Läufer nach dem anderen, blickte auf ihre Laufuhr und schien noch einmal zu beschleunigen.

»Wir sehen uns«, hörte Elena in diesem Augenblick Dave neben sich, der sein Tempo ebenfalls forciert hatte und sich schnell entfernte. Dann war im rund hundert Meter entfernten Zielbereich plötzlich ein lauter Jubelschrei zu hören. Weitere Stimmen riefen etwas, was Elena über die Distanz nicht verstand. Sie konnte aber erkennen, wie Sue mit hochgestreckten Armen jubelnd vor dem Zelt der Rundenzähler herlief, als hätte sie das Rennen soeben gewonnen. Dann schien sie einen Freund getroffen zu haben und posierte für Fotos vor der Tafel, die die bislang absolvierte Laufstrecke der einzelnen Athleten anzeigte. Danach lief sie Dave entgegen, der kurz davor war, seine Runde ebenfalls zu beenden, und fiel ihm um den Hals.

Als Elena auf den orange-weißen Verkehrspylon zulief, den sie zum Richtungswechsel umrunden mussten, kamen ihr Sue und Dave Händchen haltend entgegen. Beide beachteten sie nicht und schauten stattdessen zurück zu dem Zelt der Rundenzähler.

»Du hast genau 118 Kilometer in zwölf Stunden zurückgelegt«, rief einer der Rundenzähler zu Sue herüber. Das sind 295 Stadionrunden.«

Wieder ließ Sue einen hellen Jubeljauchzer hören und hüpfte über die Laufbahn. Dave strahlte Sue an und küsste sie auf die Wange.

Elena stolperte fast über den Verkehrspylon.

Ganz nebenbei hatte Sue mit ihrer Leistung Elenas Bestmarke, die sie bei einem 12-Stunden-Lauf erzielt hatte, und die bei knapp 117 Kilometern lag, getoppt.

Elenas Laufuhr zeigte nach zwölf Stunden gerade einmal 93,6 Kilometer an. Damit war ihr Ziel, das sie sich für diesen Lauf vorgenommen hatte, immer noch in Reichweite. Das würde aber bedeuten, dass sie die zweite Hälfte schneller laufen müsste als die erste, und sie kannte persönlich niemanden, dem dies bei einem 24-Stunden-Lauf schon einmal gelungen war. Und selbst wenn das fast Unmögliche gelänge, wäre es äußerst unklar, ob diese Leistung dann für einen Sieg ausreichen würde.

Elena fehlte im Augenblick einfach die Kraft sich vorzustellen, noch weitere zwölf Stunden auf dieser ovalen roten Tartanbahn unterwegs zu sein. Selbst die nächste Runde erschien ihr auf einmal ein unerreichbar weit entferntes Ziel zu sein. *Ich brauche eine Pause. Jetzt sofort!* Sie würde sich ihre Isomatte holen und diese in der Umkleidekabine ausrollen. Danach würde sie noch kurz nach ihrem Knöchel gucken und ihn bestmöglich verarzten. *Und dann werde ich mich ausstrecken. Einfach nur ausstrecken.* Und sie würde einen Power Nap machen. Ganz kurz nur, wie sie es von ihren Bereitschaftsdiensten im Krankenhaus kannte. Und erst dann, wenn sie wieder aufwachte und sich hoffentlich etwas erholt hatte, würde sie entscheiden, ob es sich überhaupt noch lohnte, weiterzulaufen.

Sonntag 0:30 Uhr - Kim

Davon, dass ihr Vater nur zu dem Lauf gekommen war, um Fiona bei ihrem ersten Wettkampf über vierundzwanzig Stunden zu unterstützen, hatte Kim bislang nicht viel mitbekommen. Ein paar Fotos hatte er von der immer noch gleichmäßig ihre Runden drehenden Fiona bislang gemacht. Ansonsten war er auf Achse gewesen und hatte sich nur selten bei Kim blicken lassen.

Dennoch konnte sich Kim nicht beklagen. Fiona hatte sich bislang als überaus pflegeleichte Athletin erwiesen, und Kim hatte viel Zeit gehabt, sich von Helen und Rick in die Geheimnisse des Marathons und besonders natürlich in die des Triathlons einführen zu lassen.

Gerade schien der Läufer mit der Startnummer 11, Ellis – der selbst ernannte Philosoph – Fiona wieder mit Beschlag belegen zu wollen, als sie bei Kim vorbeikam.

»Lass dich nicht aufhalten«, rief Fiona ihrem Begleiter noch nach und steuerte direkt auf Kim zu.

»Und? Hat er wieder versucht, dir Angst zu machen?«, fragte Kim.

»Der Kerl sieht noch immer Gespenster. Er hat bestimmt von deinem Vater gesprochen, als er berichtete, hier würde ein kleiner älterer Mann im Stadion rumlaufen und das ganze Gelände abchecken. Er hat mich erneut ermahnt, achtzugeben. Der Verrückte glaubt, hier wäre etwas ganz Großes im Gange.«

»Und glaubst du das auch?«

»Ich glaube, dass gerade etwas Großes in meinem Schuh passiert. Kannst du gleich einmal bei dem Sani vorbeigehen und ankündigen, dass ich in zwei Runden reinkomme? Ich will in keinem Fall zu viel Zeit verlieren, aber vielleicht kann er mir die Blase ja auf die Schnelle verarzten.«

»Es gibt da wirklich nichts, was ich für dich nicht machen würde«, antwortete Kim, neigte ihren Kopf nach links und grinste ihre Freundin glücklich an.

Mit einem Lächeln machte sich Fiona wieder auf, eine weitere Runde zu laufen.

Kim schlenderte zu dem lang gestreckten eingeschossigen Gebäude am Stadioneingang. Das mit einem mächtigen Walmdach versehene Bauwerk verfügte über zwei symmetrische Vorbauten, deren aus rotem Backstein gemauerten Giebelfronten zur Laufbahn zeigten. Der medizinische Dienst war während des Rennens in dem rechten Gebäudeflügel untergebracht. Der Eingang zur Sanitätsstation befand sich an der Seite des Vorbaus. Durch die offene Tür sah Kim zwei leere Krankenliegen. Der einzige Sanitäter in dem Raum nutzte die freie Zeit und las in einer Zeitschrift.

Kim gab ihrer Freundin ein Zeichen. Fiona meldete sich bei ihrem Rundenzähler ab und kam zur Sanitätsstation herüber. Der Sanitäter unterbrach seine Lektüre, als er sie leicht humpelnd auf die offene Tür zukommen sah. Fiona setzte sich auf einen Stuhl. Unter sichtbaren Schmerzen zog sie den linken Schuh und dann vorsichtig den Socken aus.

»Ah, da sind andere Läufer aber mit ganz anderen Blessuren unterwegs«, stellte der Sanitäter nach einer ersten Begutachtung lapidar fest.

Kim verspürte trotzdem ein flaues Gefühl im Magen, als sie zusah, wie der Sanitäter die große Blase an Fionas Fuß desinfizierte. Um etwas Frischluft zu schnappen, stellte sie sich in die offene Eingangstür.

Während der Sanitäter, ein spezielles Blasenpflaster in seiner Hand vorwärmte, streifte Kims Blick durch das Stadion und blieb an dem verschlossenen Einfahrtstor hängen. Dort stand neben dem Drehkreuz, durch das Fußgänger jederzeit in das Stadion hinein und heraus konnten, ein durchtrainiert wirkender Mann mit militärisch kurzem Haarschnitt. Der etwa dreißig Jahre alte Mann erweckte nicht den Eindruck, sich für den Wettkampf zu interessieren. Ebenso wenig wie ihr Vater, der direkt neben dem Mann stand und auf ihn einredete. Mit ausholenden Gesten schien George ihm gerade auf irgendwelche Besonderheiten außerhalb des Stadions aufmerksam zu machen.

Kim konnte nicht erkennen, worauf George den Mann hinwies, da ihr das Gebäude, in dem sie sich gerade befand, den Blick versperrte.

»Bin gleich wieder hier«, entschuldigte sich Kim, deren Neugier jetzt geweckt war. Dann verließ sie den Sanitätsraum und ging die wenigen Schritte zur Laufbahn hinüber. Neben dem Zelt der Rundenzähler blieb Kim stehen und tat so, als wolle sie sich auf der Tafel, auf der die bislang absolvierten Distanzen der einzelnen Läufer abzulesen waren, einen Überblick über die aktuelle Rennsituation verschaffen. Ihr Vater musste nicht wissen, dass sie ihm nachspionierte.

Nach wenigen Sekunden drehte sich Kim um und blickte zurück zu dem roten Backsteingebäude, in dem sich der Sanitätsraum befand. Dann ging ihr Blick nach oben. Sie hatte verstanden. Ihr Vater musste den Mann am Eingangstor auf das Hochhaus hinter dem Backsteingebäude hingewiesen haben.

Hat der selbst ernannte Philosoph recht gehabt? Ist Dad tatsächlich für die Sicherheit hier im Stadion verantwortlich?

Hätte man ihr diese Aufgabe übertragen, hätte sie auf jeden Fall einen Beobachtungsposten oder wenigstens eine Kamera hinter einem der Fenster des Hochhauses platziert. Das Hochhaus war der ideale Beobachtungsstandort, wenn man frühzeitig wissen wollte, wer sich dem Stadion näherte.

Sonntag 1:24 Uhr – Stewart

Komm Stew, nur noch eine Runde, versuchte Stewart sich selbst ein weiteres Mal zu motivieren. Mehr und mehr verkrampfte seine Oberschenkelmuskulatur. Vereinzelt trat sogar schon ein schmerzhaftes Ziehen auf.

So überraschend leicht ihm die ersten zwölf Stunden des Laufs gefallen waren, so plötzlich waren die Probleme nach Mitternacht aufgetreten. Bereits die erste Runde nach dem neuerlichen Richtungswechsel war ihm unsagbar schwergefallen. Und jetzt schien es bald nicht mehr weiterzugehen.

Kein Problem. Komm, bleib ganz ruhig, Stew, ermahnte er sich. *Dann geh jetzt halt mal ein Stück.* Sofort spürte er, wie die Spannung in seinen Oberschenkeln nachließ. *Puh, das tut jetzt aber wirklich gut. So halte ich noch eine Weile durch. Was war das nur für eine bekloppte Idee gewesen? Nie wieder in meinem Leben werde ich an einem 24-Stunden-Lauf teilnehmen. Aber heute muss ich irgendwie noch eine Weile durchhalten. Ich darf gar nicht daran denken, was alles auf dem Spiel steht.*

Stewart schob seine Schirmmütze, die er tief in das Gesicht gezogen hatte, ein Stück nach oben und gestattete sich einen kurzen Blick durch das Stadion. Das Teilnehmerfeld hatte sich inzwischen spürbar gelichtet. Einige Läufer hatten vermutlich schon ganz die Segel gestrichen, andere sich für eine Pause zurückgezogen, und nicht wenige bestritten die Stadionrunde gehend wie er. Dann blieb Stewarts Blick an der Stadionuhr auf dem Dach des Umkleidegebäudes hängen. Der kleine schwarze Zeiger stand zwischen der Eins und der Zwei, während der große die halbe Stunde markierte. *Genau um diese Zeit bin ich damals nach Hause gekommen. Was wäre passiert, wenn ich vor einem Jahr früher in mein Apartment zurückgekehrt wäre? Würde ich dann heute noch leben?*

Die Einbrecher hatten sich keinerlei Mühe gegeben, die Spuren ihres Eindringens zu verbergen. Die sonst so hellhörigen Nachbarn hatten nichts mitbekommen. Dabei war das Schloss regelrecht aus der Wohnungstür herausgebrochen worden. Hier hatte, und das war Stewart auf den ersten Blick klar gewesen, rohe Gewalt jede Art von Fachkenntnis ersetzt.

Auch über den Zweck des Einbruchs hatten ihn seine ungebetenen Gäste nicht im Unklaren gelassen. Zu eindeutig waren die Spuren gewesen, die er fand, als er sein 2-Raum-Apartment betrat. Sein entwendeter Laptop. Seine alte Musiksammlung: Die geöffneten Hüllen und lose CDs verstreut auf dem Parkettboden. Die durchwühlten Schubladen unter seinem Schreibtisch. Und dann die Wandbilder: Die Rückwände waren herausgerissen worden, und die Rahmen lagen auf dem Holzboden oder standen an den weiß verputzten Wänden.

Hier hatte sich jemand für Datenträger jeglicher Art interessiert, erkannte er damals sofort, und er hatte sich kopfschüttelnd die Frage gestellt, ob es sein konnte, dass sich die mediale Diskussion um Steuer-CDs derart in das öffentliche Bewusstsein eingebrannt hatte. Stewart war zwar kein ausgesprochener IT-Freak, aber CDs zur Datensicherung waren für ihn so prähistorisch wie Fußabdrücke von Dinosauriern – er lebte ja schließlich nicht mehr in den Neunzigern.

Noch bevor er sein Schlafzimmer betrat, war ihm klar gewesen, dass er der Polizei diesen Einbruch nicht melden konnte. Wie sollte er seinen Kollegen vom Einbruch klar machen, wonach die Ganoven bei ihm gesucht hatten, ohne selbst Teil der Ermittlungen zu werden?

Was Stewart dann in seinem Schlafzimmer vorgefunden hatte, ließ ihn jedoch an der Richtigkeit dieser Entscheidung zweifeln. Plötzlich ging es nicht mehr nur um Steuerhinterziehung.

Neben dem erwarteten Anblick von durchgewühlten und teilweise ausgeräumten Schränken, hatten die Einbrecher in alter Filmmanier auch die Matratzen seines Bettes aufgeschlitzt. Das Einzige, was sich in diesem Raum noch an seinem angestammten Platz zu befinden schien, war sein Kopfkissen gewesen. Nur, dass auf dem Kopfkissen etwas lag, was dort definitiv nicht hingehörte. Eine Petroleumlampe. Der Glasschirm der Lampe musste irgendwann einmal zerbrochen sein, wenigstens fehlte er. Dafür wies der messingfarbene Fuß der Lampe eine unübersehbare Beule auf.

Als Stewart las, was auf dem Fuß der Lampe eingraviert war, bekam er zum ersten Mal Angst. Richtige Angst. Todesangst.

Olympia

Dabei sein ist alles.

Allzeit gute Fahrt.

Deine Freunde

Sonntag 3:09 Uhr – Elena

Mir klappen gleich die Augen zu. Kommt jetzt die nächste Krise? Wie in Trance war Elena die letzten Runden gelaufen. Zwischendurch hatte sie für ein paar Schritte immer mal wieder die Augen geschlossen, und es war ihr zunehmend schwerer gefallen, sie wieder zu öffnen. Dabei wurde sie stetig langsamer, sie konnte jetzt selbst den Abstand zu denjenigen Teilnehmern nicht mehr verkürzen, die sich in der Nacht auf schnelles Gehen verlegt hatten.

Jetzt bloß nicht beim Laufen einschlafen, ermahnte sich Elena. Ihr Albtraum war, aus Unachtsamkeit oder vor Müdigkeit noch einmal mit ihrem lädierten Fuß auf die Begrenzungssteine zu treten, erneut umzuknicken und den Wettkampf verletzungsbedingt vorzeitig beenden zu müssen.

Nachts zwischen drei und vier Uhr war es für die Läufer am schwierigsten. Nach über fünfzehn Stunden auf der Bahn und gut drei Stunden, bevor die Morgendämmerung einsetzte und neue Lebensgeister weckte, kämpften sie jetzt gegen ihren eigenen Biorhythmus an.

Aber nicht nur die Läufer rangen mit ihrer Müdigkeit, erkannte Elena, als sie wieder über die Startlinie lief und Blickkontakt zu ihrem Rundenzähler suchte. Dieser musste die Hand, die er beim Gähnen vor seinen Mund gehalten hatte, nur wenige Zentimeter heben, um ihr zu signalisieren, dass er sie gesehen hatte.

Elena blieb an dem Verpflegungstisch stehen, griff nach einem Wasserbecher und trank einen Schluck. Dann schüttete sie sich etwas Wasser in die rechte Hand und vollführte damit eine kleine Katzenwäsche. Das würde sie wieder eine halbe

Runde wachhalten und dann müsste sie sich etwas Neues überlegen.

Sollte sie sich noch einmal zu einem Power Nap zurückziehen, wie sie es kurz nach Mitternacht gemacht hatte? Das 15-minütige Nickerchen hatte ihr gutgetan, ihr neue Kraft und Zuversicht gegeben.

Als sie nach ihrer ersten längeren Unterbrechung wieder auf die Laufbahn zurückgekehrt war, stellte sie überrascht fest, dass Sue und Dave verschwunden waren. Zu diesem Zeitpunkt hatte Sue unglaubliche fünfundzwanzig Kilometer Vorsprung auf sie herausgelaufen. Sue hatte Elena in den ersten zwölf Stunden des Wettkampfs in Grund und Boden gerannt, sie völlig demontiert, ihr ihre Grenzen aufgezeigt.

Natürlich würde auch Sue eine solche Leistung in der zweiten Hälfte nicht wiederholen können. Musste sie aber auch nicht. Läppische 72 Kilometer würden ihr reichen, um Elenas Traummarke von 190 Kilometern zu knacken. Damit würde sie dieses Rennen auf jeden Fall gewinnen. Und 72 Kilometer in zwölf Stunden, die würde Sue auch dann schaffen, wenn sie nur noch schnell wanderte, hatte Elena ausgerechnet.

Aber das war jetzt über drei Stunden her. Und seitdem waren Sue und Dave nicht mehr gesehen. Sue blieben also nur noch knapp neun Stunden. Auch in dieser Zeit waren 72 Kilometer keine Herausforderung für eine Sue Lightfoot. Aber in den letzten drei Stunden hatte Elena emsig Runden gesammelt, und in der Zwischenzeit sogar mit Sue gleichgezogen. Und wenn Sue nicht bald wieder auf der Laufbahn zurückkehrte, stiegen ihre Chancen immer weiter.

Wo steckten Sue und Dave nur? War der Helfer, der da dick eingemummelt in seinem Schlafsack auf einem Campingstuhl vor dem Igluzelt schlief, nicht ein Betreuer von Dave? Elena meinte, im Verlauf des Abends gesehen zu haben, wie sich

Dave mehrmals an dem Verpflegungstisch, der neben dem Schlafenden stand, bedient hatte.

In diesem Moment war ein heftiges Stöhnen aus dem Zelt zu hören. Der Helfer erwachte und schlug die Augen auf. Gleich darauf war das Stöhnen ein zweites Mal zu hören. Elena musste im Vorbeilaufen einen extrem fragenden Gesichtsausdruck gemacht haben. Wenigstens fühlte sich der Helfer genötigt, schelmisch grinsend eine Erklärung abzugeben: »Bei Dave menschelt es gerade ein wenig.«

Sonntag 3:50 Uhr – Kim

Kim musste kurz eingenickt sein. Als sie wieder aufwachte, war der Campingstuhl, auf dem ihr Vater zuletzt neben ihr gesessen hatte, verwaist.

Kim zitterte. Jetzt war ihr nur noch kalt. Obwohl es trocken geblieben war und das angekündigte Tiefdruckgebiet weiter auf sich warten ließ, kroch die Feuchtigkeit unaufhaltsam unter die Wolldecke, in die sie sich eingehüllt hatte. Wie gerne würde sie jetzt in ihr Zelt krabbeln und ein paar Stunden in ihrem warmen Daunenschlafsack schlafen. Aber stattdessen saß sie hier auf ihrem Stuhl am Rande der Laufbahn in einem mit Flutlicht ausgeleuchteten Stadion und sah den Läufern zu, die monoton Kilometer sammelten.

Ich darf nicht wieder einschlafen, ermahnte sich Kim. *Wie viel mehr als ich leisten die Läufer, die jetzt schon seit fast sechzehn Stunden ihre Runden drehen. Nur noch knapp zwei Stunden bis zur Dämmerung. Dann haben die Läufer die härteste Phase des Rennens überstanden. Das Licht des neuen Tages gibt ihnen wieder neue Kraft.*

Kim hatte es aufgegeben, Fiona jede Runde etwas Aufmunterndes zuzurufen. Das Motivieren eines Läufers bei einem 24-Stunden-Lauf kann kein Dauerzustand sein. Es muss zyklisch und angemessen erfolgen, sonst kann das Ganze auch nach hinten losgehen, hatte Kim in dieser Nacht bereits gelernt. Zum Glück hatte sie diese Erfahrung nicht mit Fiona gemacht, aber als Polizistin war sie es gewohnt, aufmerksam ihre Umgebung zu beobachten. Man muss nicht alle Fehler selber machen, um aus ihnen zu lernen.

Fiona bog gerade wieder am Start der 100-Meter-Bahn in die Kurve ein, in der Kim ihr Zelt aufgeschlagen hatte. Müde, aber anscheinend dankbar, dass sie da war und ausharrte, lächelte Fiona ihr zu. Sie lief jetzt schon fast seit zwei Stunden hinter der Läuferin mit der Startnummer 39. *Schlafwagenexpress*, so hatte Kim die beiden gleichmäßig langsam, aber ausdauernd dahintrabenden Läuferinnen insgeheim getauft. Eine temporäre Interessengemeinschaft, um die langen Stunden vor Sonnenaufgang zu überstehen.

Eigentlich waren die beiden Konkurrentinnen. Fiona lag immer noch auf Platz vier bei den Frauen, und Steffi – Kim kannte dank ihres Programmheftes inzwischen fast alle mit Namen – war Fünfte, mit zwei Runden Rückstand auf Fiona. Für den Augenblick herrschte zwischen den beiden so etwas wie ein Waffenstillstand. Man läuft sowieso immer nur gegen sich selbst, hatte ihr Fiona noch vor dem Rennen erklärt. Und im Moment schienen beide davon zu profitieren, sich am Rhythmus der anderen orientieren zu können.

Ganz anders erging es nach Kims Beobachtungen Ann Worley. Ann war bei ihrem Betreuerteam, das nach eigenem Bekunden nur hier war, um ihren Vereinskollegen Dave zu unterstützen, unbeliebt. So unbeliebt, dass Helen und Rick sich einen Spaß daraus gemacht hatten, sie besonders eifrig anzufeuern. Übermotiviert war Ann das Rennen viel zu schnell angegangen. Zwar war sie immer noch mit großem Abstand die dritte Frau im Feld, doch das Feuer schien bei ihr erloschen zu sein. Wenigstens hatte Kim sie jetzt schon seit fast einer Stunde nicht mehr auf der Laufbahn gesehen. War sie ausgestiegen, oder nahm sie eine längere Auszeit, um sich noch einmal für die verbleibenden Stunden des Rennens zu erholen?

Überhaupt schienen einige der Teilnehmer anscheinend gar nicht die Absicht gehabt zu haben, vierundzwanzig Stunden am Stück durchzulaufen. Kim stand kurz auf und versuchte sich einen Überblick zu verschaffen, wie viele der ursprünglich sechsundvierzig Teilnehmer im Moment auf der Strecke waren.

Kim zählte zweiunddreißig Läufer. *Was wohl mit den anderen ist? Wie viele haben aufgegeben, und wie viele pausieren nur? Und würde es hier jemanden auffallen, wenn einem der Teilnehmer 'etwas Schreckliches' zustößt?* Kim bekam diesen Gedanken, seitdem ihr Fiona von der Prophezeiung des Philosophen erzählt hatte, einfach nicht mehr aus dem Kopf, und langsam fing sie an, Gespenster zu sehen.

Sonntag 3:55 Uhr – Elena

Bei Dave menschelt es ein wenig. Viele Runden lang grübelte Elena darüber nach, was diese Aussage wohl bedeutete. Dabei stiegen ihr die unterschiedlichsten Bilder in den Kopf, die sie einfach nicht wahrhaben wollte. Dann öffnete sich der Reißverschluss des Igluzelts, und eine schläfrig wirkende Sue Lightfoot erschien.

Also doch! Jetzt war Elena alles klar, und sie spürte einen spitzen Stich in ihrem Herzen. Im nächsten Moment verdrängte der aufsteigende Ärger über ihre eigenen irrationalen Gefühle die aufkommende Eifersucht. *Ich bin doch kein pubertierender Teenager mehr,* herrschte Elena sich an. *Ich bin fast dreißig!* Und das Thema Dave Catani war für sie sowieso längst abgeschlossen. Sie war nicht mehr bereit, sich von einem solchen Blender wie Dave immer wieder verletzen zu lassen.

Elena heftete ihren Blick auf die weiße Linie, die die Innenbahn von der zweiten Laufbahn trennte. Diese Linie würde jetzt ihre Schiene sein, die dafür sorgte, dass sie nichts mehr aus der Bahn warf, ihr Tau, an dem sie sich Richtung Ziel hangeln würde.

Das Rennen ging noch über acht Stunden. Wenn alles optimal lief, konnte sie in dieser Zeit eine Strecke von siebzig Kilometern zurücklegen. Ihr Vorsprung auf Sue betrug zurzeit etwas mehr als sieben Kilometer. Am Ende war es so gekommen, wie Elena sich das im Vorhinein ausgemalt hatte – auch wenn die Begleitumstände andere waren. Sie hatte in der Nacht den Rückstand auf Sue nicht nur wettmachen können, nein, sie hatte sich sogar einen Vorsprung herausgearbeitet. Nur würde der Vorsprung ausreichen?

Als Elena die Runde vollendet hatte und an dem Zelt vorbeilief, war von Dave immer noch nichts zu sehen. Sue hatte in der Zwischenzeit aber ihre Laufschuhe wieder angezogen und unterhielt sich mit Daves Betreuer. Dabei verbog sie ihren durchtrainierten Körper mit rhythmischen Dehnübungen, die einen etwas weniger müden Mann vermutlich nervös gemacht hätten. Elena konnte ihren Blick nicht abwenden, und Sue winkte ihr freudestrahlend zu.

»Ich muss mich erst einmal wieder ein bisschen einlaufen«, vernahm Elena kurz darauf die helle Stimme von Sue, als sie auf der Innenbahn von ihr überholt wurde. »Ich bin ganz eingerostet. Die letzte Nacht mit Dave war echt anstrengend – aber du kennst das ja«, trillerte Sue fröhlich und enteilte der verwirrt und betroffen zurückbleibenden Elena mit leichten Schritten.

Was hat Sue da gerade gesagt?

Sonntag 4:20 Uhr – Kim

Kim hielt es nicht mehr aus. *Was ist, wenn tatsächlich einem Teilnehmer etwas zustößt? Wenn 'etwas Schreckliches' passiert, während ich, in eine Decke eingewickelt wie eine Mumie, am Rand der Laufbahn sitze?*

Kim konnte sich die einfühlsamen Bekundungen ihrer Kollegen bei Scotland Yard, die nur dazu dienten, weitere Informationen für Lästertiraden hinter ihrem Rücken zu sammeln, schon lebhaft vorstellen. Ganz zu schweigen davon, wenn die Boulevardpresse Wind von der Sache bekäme.

Niemand würde sich dafür interessieren, dass sie heute keinen Dienst hatte, nur aus privaten Gründen hier war.

Kurzentschlossen bewaffnete sich Kim mit einem Kugelschreiber und dem Teilnehmerheft und machte sich auf zum Zelt der Rundenzähler. *Die müssen schließlich wissen, wer von den Läufern das Rennen beendet hat und wer nur pausiert.*

Sie würde diejenigen Teilnehmer aus ihrem Heft streichen, die das Rennen offiziell verlassen hatten, und sich danach auf ihre Stadionrunde begeben. Bei den einzelnen Helferteams, die am Streckenrand kampierten, würde sie anschließend möglichst unauffällig versuchen, ihre Liste zu vervollständigen. Falls sie dann jemand nicht finden konnte, war es immer noch früh genug, sich Sorgen zu machen.

»Warum legst du dich nicht hin und schläfst ein bisschen?«, rief George ihr schon von Weitem zu, als sie zum Zelt der Rundenzähler kam. »Ich bin hier gleich fertig, einen Augenblick noch.«

Aus der Entfernung hätte Kim ihren Vater beinahe für einen Fotoreporter gehalten. Über seiner linken Schulter hing ein breiter gelber Tragegurt, auf dem in schwarzen Großbuchstaben mehrfach der Name NIKON aufgedruckt war. Am unteren Ende des Tragegurtes baumelte etwa auf Bauchhöhe ein Fotoapparat mit einem beeindruckend großen Teleobjektiv. Und unter Georges linkem Arm klemmte eine zusammengerollte Zeitung.

Jetzt stand George leicht vorgebeugt bei einem der Rundenzähler, der sich aufgrund der kühlen Morgentemperaturen eine dicke Daunenjacke übergezogen hatte. »Nur noch die Startnummer 43. Ist die noch im Rennen oder nimmt die eine Auszeit?«

»Die 43 ist draußen. Hatte Probleme mit der Achillessehne«, sagte der Rundenzähler mit einem mitfühlenden Gesichtsausdruck.

George nickte mitfühlend und notierte etwas mit einem Stift in dem Programmheft, das er sich irgendwo besorgt haben musste. Dann wandte er sich an Kim. »Wenn du nicht schlafen möchtest, dann trinkst du vielleicht einen Kaffee mit mir?«

Sonntag 4:25 Uhr - Stewart

Oh, das tat weh - aber auch sehr, sehr gut, merkte Stewart, als der Schmerz nachließ. Er hatte seine kurzen Lauftights so weit es ging hochgeschoben, lag auf dem Rücken und ballte bei jeder neuen Schmerzwelle seine Fäuste. Zehn Minuten ging das jetzt schon so und langsam spürte er, wie sich trotz Erschöpfung und Muskelschmerzen ein anderes Gefühl bei ihm einstellte. *Wann ist mir zuletzt eine Frau so nah gekommen?*

Sie hatte sich ihm als Lucia vorgestellt. Jetzt griff sie ein weiteres Mal nach der Flasche mit dem Massageöl.

Stewart beobachtete sie, wie sie etwas Öl mit einer anmutigen Bewegung in ihre linke Hand goss, die Flasche wegstellte und beide Hände aneinander rieb. Dann arbeiteten sich ihre kräftigen, dunkelbraunen Hände langsam vom Muskelansatz am Kniegelenk hoch, der inneren Oberschenkelmuskulatur folgend, über die Stelle hinweg, wo seine Läuferbräune aufhörte und einer meist sonnengeschützten Winterblässe Platz machte.

»Deine Muskulatur fühlt sich jetzt schon wieder viel besser an«, sagte sie und schenkte Stewart ein nur durch eine kleine Zahnlücke unterbrochenes Hochglanzlächeln.

Stewart hoffte, in diesem Lächeln kein Signal dafür zu erkennen, dass die Massage jetzt schon beendet war. Gerne würde er sich von dieser attraktiven, groß gewachsenen Frau noch ein wenig verwöhnen lassen. *Auf welchen Männertyp sie wohl steht?* Und ob sie zu den Frauen gehörte, die Probleme damit hatten, wenn ihr Partner deutlich kleiner war als sie selbst? Stewart hatte diese Erfahrung in der Vergangenheit häufiger gemacht. *Ich habe nichts gegen große Frauen! ... Okay, zu wirklich vielen Situationen, in denen es Probleme hätte geben können, ist es in den letzten Jahren auch nicht gekommen. Von diesem Standpunkt aus wäre Kim schon die ideale Partie für mich gewesen.*

»Was schaust du mich so verträumt an? Habe ich dich etwa müde massiert?«, fragte Lucia, mit leicht zur Seite geneigtem Kopf, immer noch freundlich lächelnd.

»Äh, nein. Also ein bisschen vielleicht.«

»Deine Muskeln sind jetzt wieder locker und geschmeidig wie ein zartes Filet«, sagte sie und klopfte zur Bestätigung mit der flachen Hand auf seinen Oberschenkel. »Und falls du trotzdem wieder Probleme kriegst, kommst du einfach wieder, okay?«

»Ja, genau das werde ich machen. Vielen Dank! Ich freue mich jetzt schon auf meinen nächsten Krampf.« Unbeholfen stemmte sich Stewart hoch, um sich zunächst auf die Massageliege zu setzen. Dann rutschte er vorsichtig unter Zuhilfenahme seiner Arme von der Liege, um sich auf seine Beine zu stellen. Unter dem prüfenden Blick von Lucia verließ er langsam, Schritt für Schritt in sich hineinhorchend, den Massageraum.

Kaum zu glauben, aber meine Beine fühlen sich tatsächlich viel besser an. »Ich bin wieder im Rennen«, meldete sich Stewart bei seinem Rundenzähler zurück.

»Geht's wieder, Andrew?«

Stewart zögerte kurz, als er den Namen hörte. Dann hob er den linken Daumen und lief langsam los.

Fantastisch, was so eine kurze Massage bewirken kann. Manchmal lohnt es sich eben doch, auf die Hilfe anderer zurückzugreifen, philosophierte Stewart. Sich selbst gegenüber gestand er offen ein, häufig ein ziemlicher Eigenbrötler zu sein. Er war einfach nicht gerne von anderen Leuten abhängig. Und in der Vergangenheit war er meist ganz gut damit gefahren. Das Schlimmste für ihn war jedoch, wenn er dringend Hilfe benötigte und keine erhielt – wie vor einem Jahr.

Nach dem Einbruch in seinem Apartment und dem Fund der Petroleumlampe mit der Gravur *Olympia* auf seinem Kopfkissen war ihm die Zeitungsmeldung über den tragischen Segelunfall auf der gleichnamigen Yacht wieder eingefallen. Und seine anschließende Anfrage bei den Polizeikollegen in Southampton half ihm nicht dabei, seine Angst wieder in den Griff zu bekommen.

Doch der Reihe nach. Die Polizei in Southampton hatte die Untersuchungen zu dem Todesfall an Bord der Yacht *Olympia* als Segelunfall abgeschlossen. Laut dem Untersuchungsbericht war der Bootseigner, der als erfahrener und besonnener Segler galt, morgens allein vom Yachthafen in Cowes zu einer Inselumrundung aufgebrochen. Bei einem Manöver vor der Ostküste der Isle of Wight, auf der Höhe von St. Helens, musste es dann zu dem Unglück gekommen sein. Bei aktivierter Selbststeueranlage der Yacht hatte sich der Skipper mit dem Fuß so unglücklich in der Fockschot verfangen, dass diese sich wie eine Schlaufe um sein Fußgelenk legte und er über Bord gestürzt war. Laut Bericht hatte der Mann keine Chance, wieder an Deck zu gelangen, da ihn die Wellen immer wieder von außen gegen die Bordwand geschleudert haben.

Stewart hatte weder vom Segeln noch von Yachten die geringste Ahnung. Dennoch wusste er in dem Augenblick, in dem er den Bericht beiseitegelegt hatte, dass dieser nicht stimmen konnte. Dass Gregory Telford, der ehemalige Schatzmeister des Klubs *Olympia 1908* von Bord seiner Segelyacht Olympia stürzte, war die eine Sache. So etwas passierte – leider. Dass dies zwei Wochen nach dem Versenden der Briefe geschah, die Stewart mit Telfords Unterschrift an die Klubmitglieder versandt hatte, machte eingeweihte Beobachter stutzig. Aber die Petroleumlampe vom Bord der Segelyacht auf seinem Kopfkissen, das war eine klare Morddrohung. Dies konnte nichts anderes bedeuten, als dass die gleichen Personen, die bei ihm eingebrochen waren, auch beim Tod von Gregory Telford ihre Hände mit im Spiel hatten.

Da Stewart den Einbruch nicht anzeigen konnte, ohne selbst wegen der Steuerdaten, die sich in seinem Besitz befanden und der anonymen Briefe, die er geschrieben hatte, mit einer Anzeige rechnen zu müssen, wandte er sich hilfesuchend an Kim.

Zu diesem Zeitpunkt habe ich noch gedacht, Kim und ich wären so etwas wie Freunde.

Kim hatte sich jedoch auf keinen seiner Anrufe oder E-Mails gemeldet. Dann war er zu ihr nach Hause gefahren, stellte aber nur fest, dass sie nicht mehr unter der ihm bekannten Adresse wohnte. Die Nachbarn wussten immerhin, dass sie sich ein Hausboot gekauft hatte, konnten aber keine näheren Angaben machen.

Stewarts Angst und Verzweiflung gediehen in den darauffolgenden Tagen prächtig. Statt nur Angst um sein eigenes Leben zu haben, fragte er sich nun, ob die Personen, die Telford umgebracht hatten und bei ihm eingebrochen waren, eventuell auch hinter Kim her waren und sie deshalb untergetaucht war. Also unternahm er einen letzten Anlauf und versuchte Kim noch einmal telefonisch bei Scotland Yard zu erreichen. Wieder gingen seine Bemühungen ins Leere.

Stewart wollte schon auflegen, als eine sympathische Männerstimme am anderen Ende der Leitung ihm zuvorkam und ihn bat, gerade das nicht zu tun.

Sonntag 4:30 Uhr – Kim

»Du bist eingeladen, Kim«, sagte George, als sie die kleine portable Holzhütte in der Nähe des Stadioneingangs erreicht hatten, die während des Laufs das kulinarische Zentrum der warmen Läuferverpflegung bildete. »Ich habe hier für heute Nacht eine Kaffee-Flatrate gebucht«, fügte er mit einem gewinnenden Lächeln hinzu.

»Kannst du mir vielleicht einmal sagen, was das alles zu bedeuten hat?«

»Wie? Was? Ich verstehe die Frage nicht ganz. Deine Freundin macht hier ihren ersten 24-Stunden-Lauf, und ich stehe euch beiden moralisch bei«, sagte George und stellte zwei dampfende Kaffeebecher auf den runden weißen Stehtisch.

Kim nippte vorsichtig an ihrem Becher. »Ah, das tut gut, da erwachen gleich meine Lebensgeister wieder.«

»Du bist gerade kurz in deinem Campingstuhl eingeschlafen.«

Kim antwortete nicht. Stattdessen beobachtete sie still, wie ihr Vater zunächst genüsslich an seinem Kaffee schnupperte und dann genussvoll einen Schluck trank. Dabei wanderten seine wachen blauen Augen ständig durch das Stadion. Kurz sah er zu einem benachbarten Hochhaus hoch, in dem schon – oder immer noch – hinter drei Fenstern Licht brannte. Dann bewegte sich sein Blick wieder zurück ins Stadion, wo die kleine Zuschauertribüne seine Aufmerksamkeit zu erregen schien.

»Was ist eigentlich los? Was läuft hier? Was soll diese Maskerade als Fotoreporter? Bist du eigentlich immer im Dienst?«, brach ein Schwall an Fragen aus Kim heraus.

»Jetzt hör mal auf. Ich habe doch gesagt, dass ich nur wegen Fiona und dir hier bin.«

»Und was war das dann gerade beim Zelt der Rundenzähler? Was hast du da in das Programmheft geschrieben? Warum führst du Buch darüber, welche Läufer noch im Rennen sind, und warum scannst du mit deinen Blicken ständig die Umgebung?«, hakte Kim nach und griff sich das Programmheft, das George zusammen mit einem Exemplar des Guardians auf den Stehtisch gelegt hatte.

»Ich interessiere mich halt für das Rennen und das ganze Drumherum. Das ist alles neu für mich. Ich bin zum ersten Mal bei einer solchen Veranstaltung. Das fasziniert mich hier einfach. Die ganzen tollen Leute, die so etwas machen, die Zuschauer und so ...«

»Und das Ganze fasziniert dich so, dass du das Programmheft nachpflegst wie ein Buchhalter?« Kim zeigte mit ihrem Finger auf mehrere Einträge, die George hinter den Namen einzelner Teilnehmer gemacht hatte.

»Ja, ich will doch wissen, welche Chancen Fiona hat, eine gute Platzierung zu erzielen«, antwortete George mit ruhiger Stimme.

»Ha, ha, ha. Das ich nicht lache. Darum hast du auch hinter Steffi, die Startnummer 39, *ungefährlich* geschrieben«, sagte Kim wütend und steckte das Programmheft demonstrativ ein. »Steffi ist im Augenblick Fünfte und wie ich das einschätze alles andere als *ungefährlich* für Fiona. Rein sportlich natürlich.«

»Dann habe ich das wohl falsch eingeschätzt«, sagte George achselzuckend. »Gibst du mir bitte mein Heft zurück!«

»Du kannst meins haben. Du bist ja schließlich nur zu deinem privaten Vergnügen hier, während ich Hinweise darauf habe, dass hier ein Verbrechen passieren könnte«, sagte Kim, stellte ihren Becher auf den Tisch und machte sich auf den Weg zurück zu ihrem Zelt.

Sonntag 5:56 Uhr – Stewart

Plötzlich zerriss ein schriller Schrei die Stille im Stadion. Stewart erschrak, blickte kurz auf, konnte aber nichts Ungewöhnliches entdecken. Seit fast einer Stunde war er nun wieder auf der Strecke. Müde hatte er eine Runde nach der anderen vollendet. Dabei war er meist zügig marschiert. Nur gelegentlich hatte er sich aufraffen können, noch ein paar Meter zu laufen. Aber sofort hatten sich seine Oberschenkel wieder bemerkbar gemacht. Außerdem hatte er nicht den Eindruck gewonnen, laufend wesentlich schneller unterwegs zu sein.

Wieder ein Schrei, gefolgt von einem mehrstimmigen Kreischen. Mit einem Mal war Stewart hellwach. Die Stimmen hatten nichts Menschliches an sich. Jetzt sah er sie. Im Schein des Flutlichts schossen sieben oder acht grüne Vögel mit auffallend langen Schwänzen im Tiefflug über das Stadion. *Grüne Papageien.* Stewart spähte prüfend zu den hohen Bäumen auf der anderen Seite des Stadions. *Hat die Tiere etwas aufgeschreckt? Oder haben die Papageien die Bäume als Nachtquartier genutzt? Machen sie sich jetzt auf Futtersuche?* Stewarts Magen knurrte. *Wann gibt es endlich Frühstück für die Läufer?*

Stewart hatte Hunger. Natürlich konnte er sich an dem Tisch mit den Snacks bedienen, der während des gesamten Wettkampfs auf die Läufer wartete. Aber Stewart verspürte auf einmal Appetit auf ein richtig großes Frühstück. Hungrig blickte er zu der kleinen Holzhütte am Stadioneingang, wo es das Frühstück geben würde. Noch war es nicht so weit, aber er meinte, im Vorbeilaufen eine rege Betriebsamkeit in der Hütte wahrgenommen zu haben. Außerdem sah er seit längerer Zeit seinen persönlichen Beschützer Tom zum ersten Mal wieder. *Wo hat der sich denn die letzten Stunden versteckt?* Vermutlich hatte ihn jetzt der Geruch des frischen Kaffees angelockt.

Wieder ertönte der Schrei eines Papageis über dem Stadion. Ein einsamer Nachzügler flog in die Richtung, in die zuvor seine Kollegen entschwunden waren. *Wie lange gibt es in London eigentlich schon Papageien?* Stewart erinnerte sich, einmal einen Bericht im Fernsehen über diese exotischen Stadtbewohner gesehen zu haben, wusste aber nicht mehr, ab wann die Tiere hier heimisch geworden waren. Fest stand nur, dass die ersten Exemplare irgendwann einmal aus einer Voliere ausgebrochen sein mussten. Das war für die Papageien der Wendepunkt gewesen. Seitdem breiteten sie sich in den Londoner Parks aus.

Für Stewart war das Telefonat mit dem sympathischen Kollegen von Kim damals der entscheidende Wendepunkt gewesen. Endlich passierte etwas, endlich wurden seine Todesängste ernst genommen. Nur einen Tag nach dem Gespräch mit Kims Kollegen hatte sich Chief Inspector Diana Hall bei ihm gemeldet. Sie stellte sich als ehemalige Leiterin der Mordkommission vor – also Kims frühere Chefin. Hall erklärte, sie sei frisch zur National Crime Agency gewechselt, und hätte erst jetzt von seinem Hilfegesuch erfahren. Keine zwölf Stunden später hatte Stewart alle Brücken zu seinem alten Leben abgebrochen.

»Andrew, ich hab dich«, erklang eine Stimme und riss Stewart aus seinen Erinnerungen.

Wenigstens bin ich heute nicht mehr ganz so schreckhaft wie noch vor einem Jahr. Dankbar realisierte Stewart, dass der Rundenzähler ihm gerade lediglich mit seinem Zuruf bestätigt hatte, dass er eine weitere absolvierte Stadionrunde für den Neuseeländer Andrew Davies gutschrieb.

Ich werde mich nie an diesen Namen gewöhnen. Zum Glück wird es Andrew Davies nur noch wenige Stunden geben. Heute ist der Tag, an dem ich mir mein altes Leben zurückhole. Den Plan dazu hatte Stewart bis ins kleinste Detail ausgearbeitet. *Und meine Retterin, Diana Hall, wird die Schlüsselrolle in meinem Plan spielen. Nur weiß sie noch nichts davon. Muss sie aber auch nicht. Im Moment reicht es, wenn sie für meine Sicherheit sorgt.*

Sonntag 6:10 Uhr - Kim

Mehr als achtzehn Stunden war Fiona nun schon auf der Tartanbahn des Tooting Bec Leichtathletikstadions unterwegs. Jetzt, kurz vor Sonnenaufgang, schien sie am Ende ihrer Kräfte zu sein.

Mit Beginn der Morgendämmerung hatte sie angefangen, die ersten Gehpausen zu machen. Anfangs immer nur ein kleines Stück, auf der Gegengeraden gegenüber der 100-Meter-Bahn. Rechtzeitig vor dem Start-Zielbereich, in dem die Rundenzähler saßen, war sie jeweils wieder in einen leichten Trab verfallen. Der aufmunternde Applaus der Rundenzähler und der der wenigen Zuschauer, die in diesen frühen Morgenstunden auf den Beinen waren, hatte ihren Laufschritt dann etwas beschleunigt und sie bis zur nächsten Gehpause getragen.

Inzwischen ging Fiona nur noch. Über Kims Versuche, sie wieder zum Laufen zu motivieren, war Fiona müde lächelnd hinweggegangen.

»Nur noch ein bisschen gehen, eine Runde noch«, hatte sie anfangs geantwortet, ohne sich danach jedoch wieder zum Laufen aufraffen zu können.

Jetzt schien ihr selbst das Gehen zunehmend Mühe zu bereiten. Seit einigen Runden neigte sie außerdem ihren Kopf auf eine verkrampft und völlig unnatürlich aussehende Art nach rechts in Richtung des Innenfeldes der Laufbahn. Kim tat es weh zuzusehen, wie Fiona sich quälte. Aber Fiona schien zufrieden zu sein, rang sich sogar jede Runde ein Lächeln ab, wenn sie Kim passierte. Was trieb sie nur in ihrem Innern an, solche Strapazen wie diesen Lauf auf sich zu nehmen?

»Wie viele Kilometer hat sie jetzt?«, fragte George, der zu Kim getreten war und sich bei Fionas Anblick ebenfalls Sorgen zu machen schien.

»Das müssen jetzt so ungefähr 134 Kilometer sein.«

»Und wann hat sie zuletzt gegessen und getrunken?«

Kim vergaß bei der Frage kurz das Atmen. *Wann hat Fiona zuletzt gegessen und getrunken? Natürlich gehört es zu meinen Pflichten als Betreuerin mit darauf zu achten, dass Fiona regelmäßig etwas zu sich nimmt.*

George schaute Kim immer noch fragend an, aber sie konnte die Frage einfach nicht beantworten. Zu sehr hatte sich Kim in der Nacht mit der Prophezeiung dieses angeblichen Philosophen beschäftigt und damit, was für ein Spiel ihr Vater bei diesem Lauf spielte.

»Schatz, möchtest du nächste Runde noch einen Becher Iso?«, fragte Kim ihre Freundin, als sie in eine neue Runde einbog.

»Von dem Zeug kriege ich nichts mehr runter.«

»Dann nimm doch noch ein Stückchen Banane. Du musst essen, damit du keinen Hungerast bekommst.«

»Bananen kommen mir schon aus den Ohren raus«, antwortete Fiona mit weit aufgerissenen Augen und kraus gezogener Stirn.

»Dann mach wenigstens einmal eine kurze Pause. Die wird dir guttun«, rief ihr Kim hinterher.

»Kann ich nicht«, antwortete Fiona und drehte sich dabei im Gehen zu Kim um. »Steffi sitzt mir im Nacken.«

»Ich kann immer noch Dritte werden«, fügte Fiona eine Runde später erklärend hinzu. »Da darf ich mir aber keine Pause erlauben. Steffi ist nur fünf Runden hinter mir, und ich bin jetzt schon nicht sicher, ob mein Vorsprung reichen wird.«

»So ganz taufrisch sieht die aber auch nicht mehr aus«, platze es etwas zu laut aus George heraus, worauf er sich prompt einen strafenden Blick von Steffis Betreuern einfing, die zufälligerweise in der Nähe standen und ihrerseits das Beste versuchten, ihre Läuferin bei Laune zu halten. »Ich meine, sie sieht immer noch toll aus«, sagte er entschuldigend in Richtung der beiden Betreuer und hob dabei zur Untermalung seiner Aussage beide Hände. Dann drehte er sich wieder zu Kim. »Aber halt nicht mehr so taufrisch wie noch vor zwölf Stunden.«

***

Als Fionas ärgste Konkurrentin einige Runden später eine Pause machte und sich für ein kurzes Läuferfrühstück auf einem der Plastikstühle vor der Holzhütte am Rande der Tartanbahn niedergelassen hatte, sah auch George seine Chance gekommen. Mit weit ausgebreiteten Armen trat er einer mehr und mehr vor Erschöpfung und Müdigkeit taumelnden Fiona entgegen. »Wenn Du jetzt nicht freiwillig eine Pause machst, erklärt gleich der Rennarzt deinen Wettkampf für beendet.«

»Komm Fiona, nur fünf Minuten. Du wirst sehen, die Pause tut dir gut, und am Ende erreichst du sogar ein besseres Ergebnis, als wenn du eisern versuchst durchzulaufen.«

Mit Mühe gelang es George und Kim, Fiona zu überreden, sich für einen kurzen Boxenstopp auf einen der Plastikstühle zu setzen. Unter sichtbarer Mühe verrückte Fiona ihren Stuhl so, dass sie ihre Konkurrentin jederzeit im Blick hatte.

Irgendwoher organisierte George eine Wolldecke. Vor Kälte und Erschöpfung zitternd, wickelte sich Fiona dankbar in die Decke ein. Ein wenig später erschien George mit einem Pappbecher in der Hand, in dem ein großer Löffel steckte. »Frühstück ist fertig! Wer hatte hier Porridge bestellt?«, fragte er freudestrahlend.

Fiona antwortete nicht, ließ sich aber widerstandslos den Becher in die Hand drücken. Langsam und halb in Trance begann sie den Haferbrei in sich hineinzulöffeln. »Ach, sieh an! Gewinnertyp Nummer 3. Der Typ, der jedes Rennen beendet«, sagte Fiona unvermittelt mit leiser und leiernder Stimme, ohne dabei die Lippen groß zu bewegen.

Kim konnte sich keinen Reim darauf machen, was Fiona ihr mitteilen wollte. Sie drehte sich um und blickte in die Richtung, in die Fiona schaute. Als sie ihn sah, fiel ihr wieder ein, was Fiona ihr vor fast zwölf Stunden von der Begegnung mit Ellis, dem Philosophen, erzählt hatte.

»Ja, da schleicht er von dannen, der Dummschwätzer. Vermutlich war er nur hier, um mit seinen Märchen zwei Frauen eine unruhige Nacht zu bereiten«, sagte Kim, die plötzlich merkte, wie die Müdigkeit von ihr Besitz ergriff.

»Ich muss weiter«, sagte Fiona unvermittelt.

Sofort war Kim wieder hellwach.

Mit kräftigem Armeinsatz und schmerzverzerrtem Gesicht stemmte sich Fiona hoch und befreite sich aus der Decke.

Auch Steffi war aufgestanden und bewegte sich mit einem nicht zu übersehenden Anlaufschmerz wieder Richtung Laufbahn.

»Alles gut«, sagte Fiona zu George, als er ihr helfen wollte. »Sind ja keine sechs Stunden mehr.« Tapfer lächelnd und mit ganz kleinen Schritten machte sie sich auf, ihrer Konkurrentin zu folgen.

»Ich bewundere die Beharrlichkeit deiner Freundin«, sagte George. »Vor einer Minute bin ich noch fest davon ausgegangen, dass sie hier gleich im Sitzen einschlafen wird, und jetzt ist sie schon wieder unterwegs. Glaubst du, sie kann tatsächlich noch Dritte werden?«

»Im Augenblick ist noch die Nummer 8, diese Ann Worley, auf dem dritten Platz. Aber Ann pausiert seit gut zwei Stunden, und wenn sie nicht bald wieder in das Rennen einsteigt, hat Fiona sie. Falls Ann sich länger als fünf Stunden nicht auf der Laufbahn blicken lässt, fällt sie hier sowieso aus der Wertung. Ich schätze jedoch, dass Ann gleich gut ausgeruht aus ihrem Zelt kommt und das Rennen fortsetzt«, sagte Kim. »Oder hat deine Sonderkommission andere Erkenntnisse?«, fragte sie und schaute George herausfordernd an.

»Was soll das denn jetzt schon wieder? Es gibt keine Sonderkommission. Ich bin nur wegen Fiona und dir hier. Das habe ich doch schon mehrfach gesagt. Da hat meine liebe

Tochter anscheinend einmal wieder zu viel Fantasie«, sagte George und trat dabei unruhig von einem Bein auf das andere. »Als Polizist solltest du dich besser an den Fakten orientieren und keine Mutmaßungen anstellen.«

»Mach ich doch«, sagte Kim und schaute George mit leicht gehobenem Kinn trotzig an.

»Ach ja? Deine Ann Worley zum Beispiel. Die liegt gerade nämlich nicht in ihrem Zelt.«

»So?«

George blickte auf seine Uhr. »Ann Worley liegt seit zwei Stunden und dreizehn Minuten im Fond ihres Geländewagens.« George hob die rechte Hand an seine Schläfe und deutete damit ein Salutieren an. »Alles klar, Detektive Inspektor?«

Kim hasste es, wenn sich Kollegen mit nachlässigen Ermittlungen zufriedengaben. Noch mehr hasste sie es jedoch, wenn sie selbst nachlässig ermittelte und dabei auch noch erwischt wurde. Kim spürte, wie Wut in ihr aufstieg. Dann merkte sie, dass ihr Vater sie beobachtete und genau dies bezweckt zu haben schien. Außerdem verrieten ihr die Falten um Georges Mund, dass er gleich ansetzen würde, noch einen draufzusetzen. Das war ihr Vater. Immer nach dem Motto: Lieber einen guten Freund verlieren, als einen Witz für sich behalten.

»Es gibt da aber noch eine gute Nachricht«, setzte George an.

»Das heißt, du erzählst mir jetzt endlich, was hier eigentlich läuft? Warum du ständig alles und jeden in diesem Stadion beobachtest und du die halbe Nacht hindurch telefonierst?«

»Nein. Die gute Nachricht ist, die Scheiben des Geländewagens sind beschlagen.«

Kim schaute ihren Vater fragend an.

»Verstehst du nicht?« George blickte Kim provozierend an. »Beschlagene Scheiben. Ann atmet – sie lebt!« Jetzt konnte sich George nicht länger zurückhalten und lachte herzhaft über seinen eigenen Witz. »Für Scotland Yard gibt es hier und heute nichts zu tun. Du kannst dich also ganz entspannt zurücklehnen und dich um deine Freundin kümmern. So, und ich, ich muss jetzt einmal für kleine Königstiger«, erklärte George und verabschiedete sich in Richtung des Toilettengebäudes.

Kim blickte ihrem Vater nachdenklich hinterher. *Bin ich tatsächlich ein Opfer meiner Fantasie?*

»Ist hier noch frei?«, fragte in diesem Augenblick eine Stimme mit einem fröhlichen Singsang hinter Kim.

Kim drehte sich um. Sue Lightfoot und Dave hatten ihren Lauf anscheinend für ein kurzes Frühstück unterbrochen. Sue deutete fragend auf die Sitzgruppe mit den drei freien Plastikstühlen und dem Tisch, auf dem immer noch die Wolldecke lag, die Fiona beim Aufstehen dort abgelegt hatte.

Sonntag 6:30 Uhr – Elena

Die ersten Sonnenstrahlen verwandelten die Kondensstreifen der Flugzeuge in orangegelbe Lichterketten. Hoch in den Baumkronen ließ ein auffrischender Wind die Blätter tanzen. Und selbst in der Gegenkurve des Stadions hatte Elena gerade die ersten Böen gespürt, die einen Wetterwechsel ankündigten. Hier im Eingangsbereich, wo sich Sue und Dave zum Frühstück niedergelassen hatten, war es dagegen noch nahezu windstill.

Elena öffnete den Reißverschluss ihrer Laufjacke ein Stück. Anders als ihre Konkurrentin hatte sie nicht vor, eine

Frühstückspause einzulegen. *Im Sitzen esse ich erst wieder, wenn ich diesen Lauf hier gewonnen habe.* Bis dahin würde sie sich nach Möglichkeit im Laufen verpflegen. Sollte doch das neue Liebespaar erst einmal in Ruhe seinen Heißhunger stillen. Je länger sie beim Frühstück miteinander flirteten, umso mehr würde Elenas Vorsprung wieder wachsen. Der war nämlich, nach einer weiteren starken Vorstellung von Sue in den letzten zweieinhalb Stunden, auf deutlich unter drei Kilometer geschrumpft. Elena hatte das mit Sorge beobachtet. Doch diesmal wollte sie sich an ihren Plan halten und in einem gleichmäßigen Tempo weiterlaufen.

»Hey Elena«, rief Dave, stand auf und trat zwei Schritte auf die Laufbahn. »Möchtest du nicht mal eine kleine Pause machen und mit uns frühstücken?«

»Das könnte euch so passen. Du hast ja wohl einen Vogel.« Elena spürte, wie der Ärger in ihr aufstieg. *Was für ein Arschloch! Nicht genug, dass er hier den edlen Helfer für Sue Lightfoot spielte und Sue jeden Wunsch von den Augen ablas. Nein, jetzt versuchte er auch noch, ihre Konkurrentin um den Sieg zu bringen.*

Elena durchlief ein kalter Schauer, als ihr auf der Gegengeraden eine Böe ins Gesicht blies. *Welche Einsichten man doch bei einem solchen Rennen gewinnt.* Vor dem Lauf war Dave für sie noch fast ein Heiliger gewesen. Eine der wenigen Personen, zu denen sie aufgeschaut hatte, ja, zu denen sie sich hingezogen fühlte. Und jetzt entpuppte sich dieser Übermann als ein testosterongesteuerter Kotzbrocken. *Tiefer kann man ja wohl nicht fallen!* Elena spuckte auf den Rasen des Innenfeldes, was sonst nicht ihre Art war.

»Elena, super! Du hast jetzt drei Kilometer Vorsprung auf Sue«, rief Marek, ihr Rundenzähler, als sie wieder über die Startlinie lief.

Marek war sogar aufgestanden und klatschte aufmunternd in die Hände. Zum ersten Mal unterstützte er sie mit Applaus, seitdem er wieder seinen Dienst als Rundenzähler angetreten hatte. Elena erinnerte sich, dass Marek ihr vor dem Start erzählt hatte, er sei extra wegen Sue aus Tschechien angereist, um hier zu helfen. *Vermutlich habe ich den Beifall dieses Opportunisten ausschließlich der Tatsache zu verdanken, dass seine liebe Sue – diese falsche Schlange – jetzt in aller Öffentlichkeit mit Dave rumturtelt.*

Dave war schon wieder aufgestanden, als sich Elena nach weiteren dreihundert Metern erneut dem Kiosk näherte, an dem die Läuferverpflegung ausgegeben wurde. »Ich würde gleich ganz gerne einmal ein paar Runden mit dir laufen, Elena.«

»Fick dich ins Knie«, zischte Elena ihm im Vorbeilaufen zu, ohne ihn anzuschauen. Im nächsten Moment erschrak sie. *Das habe ich jetzt nicht wirklich gesagt?* Elena schaute sich um, aber Dave hatte sich schon umgedreht und ging müde oder gebeugt, mit auf dem Boden gerichteten Blick und hängenden Schultern, zurück zu dem Tisch, an dem Sue saß.

Das scheint jetzt gesessen zu haben. Elena verabscheute vulgäre Ausdrucksweisen, und sie hasste es, wenn sie die Beherrschung verlor. *Warum ist mir das jetzt ausgerechnet bei Dave rausgerutscht?* Auf der Suche nach einer Antwort blickte sie in den Himmel. Auch die kleinen, tiefer liegenden Wolken, die mit einem flotten Tempo nach Osten unterwegs waren, wurden jetzt von der Morgensonne beschienen. Der Himmel schien ihr ihren Aussetzer wenigstens nicht übel zu nehmen, und bei Dave würde sie sich entschuldigen, wenn sie diesen Lauf hier gewonnen hatte.

Zusammen mit den ersten Sonnenstrahlen am Himmel zeigten sich immer mehr Helfer an der Strecke. Sie hatten für die Athleten eine ähnlich belebende Wirkung wie die aufgehende Sonne. Einige der Helfer schienen gerade erst verschlafen aus den Zelten und Autos geschlüpft zu sein, die am Außenrand der Tartanbahn standen. Andere – vielleicht die »Frühschicht« eines Betreuerteams, das sich um einen Athleten kümmerte – sah sie zum ersten Mal.

Um nach ihrem verbalen Ausrutscher wieder auf andere Gedanken zu kommen, versuchte Elena sich einen Überblick zu verschaffen, wie viele der Läufer ihr eigenes Team dabeihatten. Sie schätzte, dass es deutlich mehr als die Hälfte waren. *Dabei braucht man bei einem solchen Lauf gar keine eigenen Betreuer.* Die offizielle Verpflegung, die in mundgerechten Portionen direkt neben dem Zelt der Rundenzähler bereitstand, war reichhaltig und vielseitig. Und diejenigen, die aus irgendwelchen Gründen hier nicht zugreifen wollten, konnten ihre eigenen Getränke und ihr spezielles Essen auf einem dafür bereitgestellten Tisch deponieren. Weiter gab es einen medizinischen Service und die Möglichkeit, sich zum Ruhen oder Schlafen in die Umkleidekabine zurückzuziehen.

Warum schlagen sich die Leute hier die Nacht um die Ohren? Nur um ihren Freunden, Familienangehörigen oder Partnern dabei zuzuschauen, wie sie auf einer 400-Meter-Bahn im Kreis rennen und dabei Stunde für Stunde immer langsamer, abgekämpfter und gereizter werden?

Und dennoch. Was für ein tolles Gefühl wäre es, wenn es jemanden gäbe, der genau das für mich machen würde?, dachte Elena wehmütig.

Aber wen hätte ich ansprechen können? Meine Brüder natürlich. Ja, die hätten das für mich gemacht und ganz nebenbei aus der Veranstaltung ihre eigene Party. Aber Nicolay und Sasha waren drei Flugstunden entfernt.

Und wen gab es in London? Wen habe ich in den letzten fünf Jahren kennengelernt, der ... Nein, das ist jetzt die falsche Frage, ermahnte sich Elena. Sicher war der ständige Schichtdienst nicht förderlich gewesen, wenn es darum ging, sich einen neuen Freundeskreis aufzubauen, aber das war hier gar nicht das Thema. *Entscheidend ist, dass ich überhaupt niemanden brauche, der mich unterstützt.*

Als Elena Sue und Dave ein weiteres Mal passierte, stand Dave schon auf der zweiten Außenbahn und klatschte ihr zu. Reflexartig blickte Elena auf einen imaginären Punkt, der sich etwa drei Meter vor ihr auf der Laufbahn befand und errötete. In dem Klatschen von Dave hatte sie nichts Ironisches oder Negatives entdecken können. Es schien aufrichtig und ehrlich gemeint zu sein.

Aus dem Augenwinkel heraus meinte sie aber auch ein Zögern und eine gewisse Verunsicherung bei Dave zu erkennen, bevor er sich in Bewegung setzte und ihr auf der Laufbahn folgte.

Sonntag 6:33 Uhr – Kim

Als Kim die Wolldecke vom Tisch nahm, an den sich Sue Lightfoot und Dave setzen wollten, hielt sie auf einmal Georges Handy in der Hand. Es musste auf dem Tisch gelegen haben, als Fiona aufgestanden war und die Decke dorthin gelegt hatte. *Und der kleine Königstiger hat es nicht vermisst, als er auf seinen Samtpfoten zum Toilettengebäude getapst ist,* überlegte Kim schmunzelnd.

Kim kannte Georges Smartphone. Sie hatte es ihm vor einem Monat selbst eingerichtet, samt der Fingerabdruck-Sperre, mit der das Handy gegen einen unautorisierten Zugriff geschützt war. So war das Handy für jeden, der es zufällig fand wertlos. Es gab keine Möglichkeit, an die Daten zu gelangen oder die Telefonanrufliste einzusehen. Für niemanden, außer für George. Und Kim. Bei der Einrichtung des Handys hatte sie den Fingerabdruckscanner zunächst selbst ausprobiert, und da weder sie noch ihr Vater diesen Zugangscode gelöscht hatten, konnte sie jetzt, nachdem sie ihren Zeigefinger auf das Sensorfeld gelegt hatte, das Telefonprotokoll ihres Vaters einsehen.

Dieser verdammte Schwindler! Wie kann er mir nur so frech ins Gesicht lügen? Von wegen, er ist bloß wegen Fiona und mir bei dem Lauf. Die ganze Nacht über hatte er fast jede halbe Stunde telefoniert. Immer wieder erschien der gleiche Kontakt in der Anrufliste. »D-NCA.«

Kim überlegte. *Bei der Abkürzung kann es sich nur um Dianas Büronummer handeln.* Chief Inspector Diana Hall, die Lebensgefährtin ihres Vaters und ihre ehemalige Chefin. *Es ist also alles genau so, wie ich es die ganze Zeit vermutet habe. Hier ist etwas im Busch!*

Diana Hall schien in einem Fall zu ermitteln, in dem sie eine Vertrauensperson brauchte. Einen engen Verbündeten, den sie in den elf Monaten, die sie jetzt bei der NCA war, vielleicht bislang noch nicht gefunden hatte. Was lag da näher, als Kims Vater, Diana Halls Lebensgefährten, von der London Metropolitan Police anzufordern.

Als ehemaliger Spezial Agent war George prädestiniert für jede Art von Sondereinsatz. Und nach sechsunddreißig Jahren im Polizeidienst war er sowohl innerhalb als auch außerhalb der Londoner Polizei bestens vernetzt. Im gesamten Londoner Süden gab es vermutlich keinen Ganoven und nur wenige Polizisten, die ihren Vater nicht kannten oder ihm sogar noch einen Gefallen schuldig waren.

Aber was suchte George bei seinen Ermittlungen hier im Stadion, und was machte diese so akut, dass er die ganze Nacht hindurch praktisch eine Standleitung zur NCA, dem britischen Zentrum im Kampf gegen das organisierte Verbrechen, unterhielt?

Kim blickte in Richtung des Toilettengebäudes. Von ihrem Vater war immer noch nichts zu sehen. *Jetzt oder nie*, sagte sie sich und tippte auf den Kontakt *D-NCA* und dann auf Wählen.

»Was gibt es Neues, Darling?«, hörte Kim, die ihr so vertraute Stimme am anderen Ende der Leitung. »Ist Martin Bolton inzwischen im Stadion aufgetaucht?«

Erschrocken legte Kim auf, ohne auf die Frage zu antworten.

Martin Bolton, ihr neuer Chef in der Mordkommission. *Warum sollte Bolton hier im Stadion auftauchen? Soll ich noch einmal bei Diana anrufen und mich zu erkennen geben? Wird sie mir am Telefon sagen, welche Operation hier gerade läuft? Nein, eher nicht. Von Dad weiß Diana natürlich, dass ich hier im Stadion bin. Und wenn sie mich in die geheimen Ermittlungen hätten einweihen wollen, hätten sie das längst getan. Wenn ich hier etwas herausbekommen will, dann muss ich auf eigene Faust handeln.*

Kim ging zu dem Tisch zurück, an dem Sue Lightfoot jetzt allein saß. »Da kommt gleich ein graublonder älterer Mann und sucht sein Handy«, sagte sie und legte das Telefon auf den Tisch.

Sonntag 7:00 Uhr – Elena

Seit knapp einer halben Stunde lief Dave jetzt allein in einem Abstand von dreißig Metern hinter Elena. Sue war zunächst an dem Tisch sitzen geblieben, an dem sie mit Dave gefrühstückt hatte. Später hatte sie sich noch Zeit für ein längeres Gespräch mit einem älteren Mann genommen, wie Elena beobachtet hatte. Vor ein paar Runden war Sue dann wieder in das Rennen eingestiegen und seitdem ohne Begleitung unterwegs.

»Ich würde gleich ganz gerne einmal ein paar Runden mit dir laufen«, klang es Elena immer noch im Ohr. *Wollte Dave das wirklich? Oder verfolgte er eine ganz andere Absicht?*

Elena schaute auf ihre Laufuhr. Sie war beim letzten Kilometer zehn Sekunden langsamer unterwegs gewesen als die Kilometer zuvor, aber Daves Abstand auf sie war nicht kleiner geworden. *Was mache ich, wenn Dave mich einholt und ein Gespräch anfangen will? Soll ich mich dann gleich als Erstes bei ihm für meinen Aussetzer entschuldigen?*

Beim Überqueren der Startlinie spürte Elena ein Kratzen im Hals, und sie beschloss spontan, mit einem Becher Cola dagegen anzukämpfen. Entgegen ihrer sonstigen Gewohnheit schnappte sie sich den Becher nicht im Vorbeilaufen, um ihn dann während des Laufens zu leeren, sondern blieb kurz an dem Verpflegungstisch stehen und trank.

Was ist, wenn Dave mich lediglich aushorchen will, um dann Sue brühwarm zu erzählen, welche Probleme ich habe? Nein, das ist eher unwahrscheinlich. Dann würde er nicht erst eine halbe Stunde lang hinter mir herlaufen. Trotzdem, von meinem schmerzenden Knöchel erzähle ich ihm nichts!

Als Elena zurück zur Innenbahn kam, um ihren Lauf fortzusetzen, war das Kratzen in ihrem Hals verschwunden, und Dave, der den Rückstand aufgeholt hatte, lächelte sie an.

»Ich komme sehr gut alleine zurecht«, platzte es auch für Elena überraschend spontan und viel zu laut aus ihr heraus.

»Ich weiß«, antwortete Dave sichtlich überrumpelt. »Dafür bewundere ich dich auch.«

Was sollte das jetzt? So kann man mir meine Schwächen natürlich auch unter die Nase reiben. Das ist also deine Art, mir zu zeigen, was du von meinem niveaulosen Verhalten hältst.

»Und bei Sue ist es genauso.«

»Was ist bei Sue genauso?«

»Sue bewundert dich auch.«

»Also jetzt reicht's! Ich hätte das gerade nicht zu dir sagen sollen, das stimmt. Das ist mir so rausgerutscht. Das ist normalerweise gar nicht meine Art, so etwas zu sagen. Dafür bitte ich dich um Entschuldigung. Aber das war's dann auch schon. Ich wünsche dir noch einen schönen Lauf.« Elena zog demonstrativ das Tempo an.

»Was meinst du?«, fragte Dave, der sofort zwei Meter Rückstand auf Elena hatte, überrascht von hinten.

»Na, die Sache mit dem Knie.«

Elena war wieder langsamer geworden, und Dave schloss zu ihr auf. »Ach du meinst, dass ich mich ins Knie ficken soll?«

Elena nickte und merkte, dass sie erneut errötete.

Jetzt lachte Dave, was nicht dazu beitrug, Elenas Verlegenheit zu mildern. »Du glaubst ja nicht, was ich schon alles zu Leuten gesagt habe, die mir von außen irgendeinen Kommentar zugerufen haben, den ich für unpassend hielt. Wenn ich mich übermüdet und erschöpft durch einen Wettkampf quäle, vergesse ich auch manchmal meine Erziehung, das kannst du mir glauben. Meiner Ex-Frau habe ich schon angedroht, ihr gleich die Kappe vom Kopf zu hauen.

Sie hatte mir am Ende eines Ultralaufs geraten, doch einfach längere Schritte zu machen.«

Jetzt lachte auch Elena und speicherte in ihrem Gedächtnis ab, dass Dave eine Ex-Frau hatte. »Nur zu. Zeig mir, was du drauf hast. Vielleicht reicht es ja noch für einen Platz auf dem Treppchen, wenn du jetzt Tempo machst.«

Dave schaute Elena nachdenklich an, setzte zum Sprechen an, schwieg dann aber.

»Hat es dir jetzt die Sprache verschlagen?«

Wieder zögerte Dave einen Augenblick: »Ja, für einen Moment schon«, gab er bereitwillig zu. Dann suchte er wieder nach den richtigen Worten. »Ich glaube, ich habe dich gerade zum ersten Mal lachen gesehen.«

Wieder lachte Elena und verdrehte dabei die Augen.

»Das steht dir übrigens ausgesprochen gut. Das Lachen meine ich, das solltest du häufiger mal machen.«

»Dein Platz auf dem Treppchen überholt dich gerade«, sagte Elena ernst zu Dave, als sie von einem der schnellen Männer überrundet wurden, die das Rennen dominierten.

»Ach, das bedeutet mir gar nichts.«

»Das sagt sich leicht, wenn die anderen einfach schneller sind.«

»Quatsch! Das war Frank Rendell. Frankie ist happy, wenn er 200 Kilometer schafft.«

»Und du schaffst mehr?«

»Sicher. Ich meine an einem normalen Tag schon.«

»An einem normalen Tag?«

Sonntag 7:30 Uhr – Kim

Kim erinnerte sich richtig. *Ja, da steht es ganz klar und eindeutig in der Ausschreibung. Die maximale Teilnehmerzahl beträgt fünfundvierzig.* Wer sich zu spät anmeldete, hatte nur noch die Chance, über eine Warteliste nachzurücken, falls einer der fünfundvierzig Läufer ausfiel.

Wieder passierte der Läufer mit der Startnummer 46 Kim, die auf ihrem Campingstuhl direkt an der Tartanbahn saß. Einmal mehr beschlich sie dabei das ungute Gefühl, dass der Mann sie aus dem Schutz seiner tief ins Gesicht gezogenen schwarzen Kappe beobachtete.

Kim schloss die Homepage mit der Ausschreibung und legte ihr Smartphone auf den Tisch. Dann schlug sie erneut das Veranstaltungsheft auf. Fünfundvierzig Athleten wurden mit ihrem Namen und Verein sowie mit ihrer bisherigen Ultralauf-Erfahrung vorgestellt – nicht sechsundvierzig!

George hatte seine Aufzeichnungen bis zu dem Zeitpunkt, an dem sie ihm das Heft weggenommen hatte, akribisch geführt, stellte Kim fest. Die Läufer, die das Rennen bereits aufgegeben hatten, waren durchgestrichen. Hinter einigen Namen stand der Kommentar *Pause*, manchmal mit einem Fragezeichen. Auch hatte George den Teilnehmer mit der Startnummer 8, Nicholas Pedersen von den Aberdeen Road Runners, durchgestrichen und den Namen Ann Worley hinter die Acht geschrieben. Doch die Startnummer 46 war ihm entgangen.

Kein Wunder, dachte Kim, *so unscheinbar, wie der in dem Läuferfeld mitschwimmt.* Bei weitem nicht so schnell, dass er mit der Spitze in diesem Rennen irgendetwas zu tun hätte, aber auch nicht so langsam, dass es auffallen würde. Das Einzige, was an Nummer 46 nicht durchschnittlich war, war seine Körpergröße.

An wen erinnert mich der Typ nur? Kim konnte das Gesicht des Läufers im Schatten seiner Kappe nicht richtig erkennen. *Kann es sein, dass hier ein VIP am Start ist, und die Polizei zu seinem Schutz vor Ort ist? Nein, eher nicht,* verwarf sie den Gedanken gleich wieder. Dann würde Hall nicht Martin Bolton, den Leiter der Mordkommission, hier im Stadion erwarten.

Warum kommt ausgerechnet Bolton hierher? Findet hier heute ein geheimes Treffen mit einem Kriminellen statt? Eine erste inoffizielle Kontaktaufnahme mit einem potenziellen Kronzeugen in einem Mordfall, an einem gut gesicherten, aber neutralen Ort?

Kims Blick glitt durch das Stadion auf der Suche nach möglichen Verdächtigen. Statt eines potenziellen Kronzeugen sah sie Helen und Rick auf sich zukommen.

»So, wir haben mal wieder unsere Stadionrunde beendet«, sagte Helen gut gelaunt. »Deine Freundin ist jetzt übrigens die dritte Frau im Feld.«

»Da scheint die gute Ann Worley sich ihr Rennen nicht wirklich gut eingeteilt zu haben«, bemerkte Rick verschmitzt.

»Daran wart ihr ja vielleicht nicht ganz unschuldig«, flachste Kim. Dann fiel ihr ein, dass Rick und Helen in der Szene der Ultralangstrecken-Sportler bestens vernetzt waren. »Sagt mal, der Läufer mit der Nummer 46, der kommt mir irgendwie bekannt vor, aber ich kann beim besten Willen nicht sagen woher. Kennt ihr den vielleicht?«

Rick und Helen schauten sich fragend an. Dann nahm Helen Kims Programmheft, das auf dem Tisch gelegen hatte, und blätterte es bis zum Ende durch. »Das ist komisch. Da ist gar kein Läufer mit einer Startnummer 46 aufgeführt.«

»Da kommt er gerade«, bemerkte Rick. »Super, weiter so Sportsfreund«, feuerte Rick ihn an und trat dabei einen Schritt auf die Laufbahn.

Der Läufer hob den Kopf ein wenig und schaute Rick aus einem emotionslosen, bärtigen Gesicht an.

»Keine Ahnung, nie gesehen«, sagte Rick, und auch Helen zuckte ratlos mit den Schultern.

»Am besten fragst du direkt mal bei Jamie Cantwell nach, wer das ist«, empfahl Helen. »Jamie ist die Organisatorin des Laufs, und sie entscheidet, wer mitläuft und wer nicht.«

»Da vorne ist sie gerade«, sagte Rick und deutete auf den Start-Ziel-Bereich. »Die Frau mit dem blonden Lockenkopf und der rosafarbenen Jacke.«

»Dann kannst du sie auch gleich mal fragen, was Ann Worley ihr angeboten hat, dass sie sich so kurzfristig noch nachmelden konnte.«

»Helen, bitte«, sagte Rick.

Die beiden benahmen sich wie ein altes Ehepaar, fand Kim. »Danke für den Tipp. Dann mache ich mich am besten gleich mal auf den Weg, um Jamie Cantwell zu befragen.«

Kim war noch keine zwanzig Meter weit gekommen, als plötzlich wie aus dem Nichts ihr Vater vor ihr stand.

»Kim! Wir bekommen Besuch.«

In Georges Stimme lag eine für ihn völlig untypische Anspannung. Würde ihr Vater ihr jetzt von Martin Boltons Ankunft im Stadion berichten? Das brauchte sie nun gerade nicht. Sie hatte sich darauf gefreut, dieses Wochenende ein weiteres unvergessliches Erlebnis mit Fiona zu teilen. Etwas, was sie noch mehr zusammenschweißen würde, wenn dies denn überhaupt möglich war. Und sie hatte sich ablenken wollen von der unbefriedigenden Phase, die sie derzeit bei Scotland Yard durchlebte. Da war ihr Chef nun wirklich die letzte Person, die sie gerade sehen wollte.

»Da vorne rückt Fionas Mann an. Malcolm ist gerade hinter dem Zelt der Rundenzähler verschwunden. Ich schätze mal, er wird gleich zu uns rüberkommen. Also sei schön artig zu ihm – tu es einfach für Fiona.«

Kim korrigierte ihre Meinung. *Martin Bolton ist der Mensch, den ich am zweitwenigsten hier haben will.* Enttäuscht schaute sie zum Himmel auf. Ihr Blick blieb an einem vierstrahligen, silberglänzenden Flugzeug hängen, das sich gerade in der Höhe der untersten Wolkenschichten im Landeanflug auf London Heathrow befand. Hatte Fiona nicht gesagt, ihr Mann würde erst heute Abend aus Shanghai zurückkommen?

Sonntag 7:45 Uhr – Stewart

Moment mal. Hab ich das richtig verstanden? Ist da gerade tatsächlich der Mann von Kims lesbischer Freundin Fiona ins Stadion gekommen? Malcolm ... Ja, Malcolm hat der Mann ihn genannt.

Stewart schmunzelte und zog automatisch seine Kappe tiefer ins Gesicht. Während er auf der zweiten Laufbahn durch die Stadionkurve marschierte, blickte er suchend in die Richtung, in die der ältere, graublonde Mann gezeigt hatte. Tatsächlich, hinter dem Zelt der Rundenzähler erschien gerade ein groß gewachsener Mann, ein wahrer Hüne, mindestens einen Meter und neunzig groß. Der Mann trug einen schlichten dunkelblauen Anorak und dazu eine schwarze Hose. Malcolm ging um ein Geländer herum und dann einige Stufen die Treppe der Tribüne herab. Jetzt blieb er stehen und schien sich einen Überblick über die Läufer zu verschaffen, die noch im Rennen waren.

Stewart blickte auf seine Uhr. Er hatte noch knapp zwei Stunden Zeit, bis er Diana Hall in seinen Plan einweihen würde. Bis dahin musste er nur seine Tarnung aufrechterhalten. *Da ist doch gegen einen kleinen Zeitvertreib nichts einzuwenden*, überlegte er, und ein ernster Zug legte sich um seinen Mund. *Kim hat einen Denkzettel verdient, das steht fest. Sie ist zwar nicht die Einzige, die mich enttäuscht hat, aber von ihr habe ich es am wenigsten erwartet.*

Nun ging Malcolm an den Sitzplätzen in der untersten Reihe der Tribüne entlang. Etwa in der Mitte der Tribüne blieb er stehen und winkte Stewart mit seinen großen Händen und einem warmen Lächeln zu.

Stewart erschrak. *Der Mann kennt mich doch gar nicht.* Es dauerte einen Augenblick bis Stewart begriff, dass ihn Kims Freundin gerade auf der Innenbahn überholte und der Gruß ihr gegolten hatte.

»Fiona, Schatz. Ich habe einen Flieger eher genommen. Freust du dich?« Der Hüne zeigte wieder seine großen weißen Zähne, und Fiona lächelte zurück. »Machst du gleich mal eine Pause?«, rief er ihr noch hinterher, bekam aber keine Antwort auf seine Frage.

Dieses Gefühl, keine Antwort zu erhalten, kannte Stewart nur zu gut. Auf einmal fühlte er sich diesem Mann auf seltsame Weise verbunden. *Auch Malcolm ist ein Betrogener. Und bei uns beiden war es Kim, mit der das Unglück ins Haus kam.*

Stewart musste wieder an den Einbruch in sein Apartment denken. Akribisch hatte er alle Spuren fotografiert. So war eine umfangreiche Dokumentation zusammen gekommen, der er zusätzlich noch die Kopien der Zeitungsartikel hinzugefügt hatte, die er damals zum Unglück auf der Segelyacht Olympia finden konnte.

Eine erste Kopie des Berichtes hatte Stewart direkt an den Leiter der Mordkommission von Scotland Yard gesendet. Stewart wollte, dass von vornherein die richtigen Personen involviert waren, die entscheiden konnten, die Akte Gregory Telford wieder zu öffnen. Wenn der vermeintliche Mörder des ehemaligen Schatzmeisters des Klubs Olympia hinter Gittern sass, würde auch er sich wieder einigermaßen sicher fühlen, hatte er damals gedacht. Gleichzeitig wusste Stewart aber auch, dass er sich selbst namenlos im Hintergrund halten musste. Zu groß war die Gefahr, sonst selbst aufgrund der Steuerdaten und der anonymen Briefe, die er geschrieben hatte, im Sog der Ermittlungen unterzugehen.

Und wenn die Akte Telford verschlossen blieb und der Mörder weiter frei herumlief? Alleine der Gedanke daran hatte Stewart damals nachts nicht mehr schlafen lassen und ihm tagsüber Schweißausbrüche beschert. Er brauchte einen Vertrauten bei Scotland Yard, war ihm klar geworden. Jemanden, der ihn informierte, wie es mit den Ermittlungen weiterging und auf den er sich verlassen konnte. Kim!

Kim war ihm schließlich noch einen Gefallen schuldig gewesen. Und sie hatten schon einmal erfolgreich zusammengearbeitet.

Stewart hatte sich die Entscheidung nicht leicht gemacht. Am Ende war er jedoch überzeugt gewesen, genau das Richtige zu tun. In einer ausführlichen E-Mail offenbarte er sich Kim und teilte ihr seine vollständigen Rechercheergebnisse zu dem Klub Olympia 1908 mit. Auch von seinen Ängsten nach dem Einbruch hatte er ihr offen berichtet und sie halb beschworen, halb angebettelt, damit sie sich für seine Sicherheit einsetzte.

Und wer hat anschließend nicht einmal den kleinen Finger für mich krumm gemacht?

Stewart spürte, wie die Wut, die in ihm aufstieg, ihm neue Kraft verlieh. Einmal mehr fing er in langsamem Tempo an zu joggen, als er zu der Kurve kam, in der Kims Zelt stand. Die kleine Verräterin schien gerade von ihrer Geliebten irgendwelche Anweisungen bekommen zu haben. Wenigstens beugte sie sich, als Stewart vorbeilief, so weit in ihr Zelt, dass nur noch ihre Füße und ihr Hintern zu sehen waren.

Na warte ab, Darling. Künftig wirst du wieder mehr Zeit für deine Polizeiarbeit haben.

Sonntag 8:00 Uhr – Elena

»So, das ist unser letzter Richtungswechsel«, sagte Dave heiter und unterbrach damit die erste längere Gesprächspause, die zwischen Elena und ihm entstanden war.

Nachdem Elena von Dave erfahren hatte, warum dies kein normaler Lauf für ihn war, waren ihre Gedanken immer wieder abgedriftet. Sie hatte einfach nichts mehr zu ihrer Unterhaltung beitragen können, bis diese schließlich versandet war.

Auch jetzt war ein kurzes Lächeln alles, was Elena beisteuern konnte. Dann versank sie sofort wieder in ihren Gedanken.

Wenn das wirklich stimmt, was Dave sagt. Wenn er Sue tatsächlich angerufen hat, um mit ihr diesen Lauf als gemeinsamen Trainingslauf zu absolvieren. Ja, dann habe ich ihr Unrecht getan. Und dass isotonische Getränke einem Läufer derart auf den Magen schlagen können, wie das letzte Nacht angeblich bei ihm der Fall war – davon habe ich auch schon gehört.

»Bei Dave menschelt es gerade ein wenig.« Was hatte ich für verquere Gedanken? Wir kann man bei der Aussage an etwas anderes denken als an Dave, wie er sich immer wieder laut stöhnend in seinem Zelt übergibt?

»Ich kann es immer noch nicht glauben, dass dir Sue vor dem Lauf nicht erzählt hat, dass sie hier nicht auf Sieg laufen wird«, unternahm Dave einen weiteren Versuch, das Gespräch wieder in Gang zu bringen.

»Tja, vielleicht wollte sie sich alle Optionen offenhalten?«

»Nein, das würde sie nicht machen. Nicht, wenn jemand am Start ist, den sie kennt. Und bei dir schon gar nicht!«

»Wer weiß?«

»Ich weiß es. Ich kenne Sue. Sie ist eine echte Sportsfrau. Leider wird sie von anderen Läufern immer wieder falsch eingeschätzt.«

»Dann sollte sie sich vielleicht mal Gedanken darüber machen, woran das liegt?«

»Ich hab da so meine Vermutung und hab auch schon mit Sue drüber gesprochen.«

Dave führte nicht weiter aus, worin diese Vermutung bestand, und Elena kam nicht dazu nachzufragen, da Dave das Thema wechselte: »Stell dir das doch einmal vor. Mit Sue hatte ich verabredet, sie zu einer neuen Bestleistung über zwölf Stunden zu ziehen. Wenn da jetzt jemand bei dem Lauf dabei ist, der Sue als Konkurrentin über die vierundzwanzig Stunden ansieht ... Eine Läuferin, die nicht so stark und diszipliniert ist wie du. Die würde sich doch möglicherweise verleiten lassen, viel zu schnell zu starten, wenn sie nichts von Sues wahren Zielen wüsste. Am Ende würde die Läuferin, obwohl sie die stärkste über die vierundzwanzig Stunden ist, einbrechen oder sogar aufgeben müssen und eine andere viel schwächere Läuferin würde gewinnen. Das wäre doch tragisch. Besonders, wenn man sich überlegt, wie lange man sich auf so einen Lauf vorbereiten muss.«

In diesem Augenblick spürte Elena den Schmerz in dem Knöchel, den sie sich verstaucht hatte, als Sue sie zum ersten Mal überrundet hatte, so stark wie nie zuvor. Elena musste einige Meter mit geschlossenen Augen laufen, um das Stechen, das jetzt von ihrem Fußgelenk nach oben bis zum Knie hin ausstrahlte, ertragen zu können.

Dave schaute Elena halb fragend, halb prüfend an. »Sue hat mir wirklich mehrfach gesagt, dass sie dir Bescheid geben wollte.«

»Ich glaube dir«, sagte Elena und biss die Zähne zusammen.

»Du hast dich doch nicht von ihrem Anfangstempo mitziehen lassen, oder?«

»Mein Knöchel tut so weh, Dave.«

Sonntag 8:30 Uhr - Stewart

Jetzt ist der richtige Zeitpunkt. Die optimale Gelegenheit für eine längere Rennpause. Aber auch genau der richtige Moment, um Kim zu zeigen, was mit Leuten passiert, die Freundschaft für eine Einbahnstraße halten.

Malcolm, der Mann von Kims Freundin, stand jetzt nur fünf Meter von Kim entfernt an der Außenbahn. Die Hände in den Hosentaschen vergraben, schaute er dem Verlauf des Rennens zu. Nach einer kurzen und kühlen Begrüßung hatten Malcolm und Kim ihre jetzigen Positionen eingenommen. Seither würdigten sie sich keines Blickes.

Ein entspannter Umgang miteinander sah anders aus, war Stewart sofort klar geworden. Da lag eine gewisse Spannung zwischen den beiden in der Luft – aber keine positive. Selbst wenn der Hüne nicht wusste, dass seine Frau ihm Hörner aufsetzte – die beiden mochten sich nicht. *Bei denen reicht der kleinste Funke, und es macht BOOM.*

Stewart hatte nicht vor, nur einen kleinen Funken zu zünden. Er meldete sich für eine Pause bei seinem Rundenzähler ab, lief dabei beinahe zwei spielende Kinder über den Haufen und verschwand in der Umkleidekabine.

Bei den wenigen Sachen, die Stewart zu dem Wettkampf mitgenommen hatte, fand er, was er gesucht hatte. Schnell traf er seine Vorbereitungen. Wieder draußen rief er die beiden Kinder zu sich und überredete sie zu einem kleinen Spiel.

***

Schöner kann das Leben nicht sein, fand Stewart, der seinen Beobachterposten genau in der Mitte der kleinen Tribüne aufgeschlagen hatte. Nicht nur, dass er nach den vielen Stunden auf den Beinen, das Sitzen in den Kunststoffhalbschalen auf der Tribüne, als den größten vorstellbaren Luxus ansah, nein jetzt kam auch noch die Morgensonne raus und wärmte ihn.

Direkt vor der Tribüne, auf der äußeren Bahn der 100Meter-Geraden, liefen nun die beiden Kinder wie abgesprochen auf Kim zu. Stewart fühlte sich in seiner Menschenkenntnis bestätigt, als er sah, wie Kim dem Mädchen und dem Jungen ihr bezauberndes Lächeln schenkte, als diese mehrmals um sie herumrannten. Genauso hatte er sich das vorgestellt. Auch Kims entgeisterten Gesichtsausdruck hatte er vorausgesehen, als die Kinder weiter zu Fionas Mann liefen und ihm einen Zettel aushändigten.

Jetzt lächelte der Hüne die Kinder an. Daraufhin drehte er sich zu Kim um und grinste sie an, als hätte er gerade einen kleinen Sieg über sie davongetragen. Dann schaute er den Kindern hinterher, wie sie sich kichernd entfernten.

Ja, zwei so aufgeweckte Kinder hättest du auch gerne, deutete Stewart den Blick des Mannes aus der Ferne. *Dann suchst du dir aber am besten erst einmal die richtige Frau für deine Träume.*

Als hätte er Stewarts Gedanken gehört, faltete Malcolm den Zettel auseinander und las die Nachricht, die Stewart ihm hatte zukommen lassen.

Kim blickte unsicher zu Malcolm und machte dabei einen kleinen Schritt von ihm weg in Richtung ihres Zeltes.

Stewart kannte Fionas Mann nicht. Wie würde er auf die Nachricht reagieren? Würde er kurz nachdenken, dann auflachen und den Zettel einfach wegwerfen?

Schützend hob Stewart die Hand gegen die tief stehende Sonne, um die Reaktion des Mannes genau beobachten zu können. Ja, der Hüne dachte kurz nach. Dann knüllte den Zettel in seiner großen Hand zusammen und warf ihn weg. Aber er lachte nicht. Stattdessen ballte er seine Hände zu Fäusten und starrte auf einen kleinen Punkt auf der anderen Seite des Sportplatzes, den Stewart von seiner Position aus als Kims Freundin identifizieren konnte, die kurz davor war, eine weitere Runde zu beenden.

Jetzt drehte sich Malcolm zu Kim um und schien ihr etwas zuzurufen.

Kim wirkte eingeschüchtert und warf einen ängstlichen Blick auf das verwaiste Nachbarzelt und dann zum Start-Ziel-Bereich. Dann schien sie ihre Strategie zu ändern. Kim machte drei Schritte auf den zwei Köpfe größeren Mann zu und schrie ihn nun ihrerseits wild gestikulierend an.

Stewart ärgerte sich, dass er so weit weg saß und nicht hören konnte, was die beiden sich zu sagen hatten. An den Reaktionen der Läufer, die die beiden passierten und teilweise unschlüssig wirkten, ob sie eingreifen sollten, schloss er jedoch, dass es über den üblichen Austausch von Höflichkeiten hinausging.

Kim war eine echte Kämpferin, bemerkte Stewart. An ihrer Körperhaltung und Gestik war selbst über diese Entfernung eindeutig zu erkennen, dass sie nicht bereit war, in der Diskussion nur einen Millimeter nachzugeben. Dann musste sie etwas zu Malcolm gesagt haben, das ihn plötzlich zum Schweigen brachte, nur realisierte Kim es nicht sofort.

Die Kraft der Worte, dachte Stewart heute ein weiteres Mal. Das hatte er auch schon gedacht als er die vier Wörter auf den Zettel geschrieben und sich ausgemalt hatte, was diese bewirken würden. Nur vier kurze Wörter »Kim vögelt deine Frau« und schon verwandelte sich ein vermutlich gebildeter Mann, der gerade noch seinen eigenen Lebensträumen nachhängend zwei Kindern zugelächelt hatte, in einen Totschläger. Und dieser Mann war ein potenzieller Totschläger, da war Stewart sich jetzt sicher.

Kim hatte sich eindeutig verschätzt. Sie hatte nicht mitbekommen, dass Malcolm sich nicht weiter auf Verbalattacken beschränken würde und sie jetzt taxierte. Im nächsten Augenblick geschah es. Mit einer Schnelligkeit und Wendigkeit, die Stewart einem so großen Mann niemals zugetraut hätte, war er bei Kim. Er packte sie und schien sie mühelos hochzuheben. Dann warf er sie wütend und in hohem Bogen auf ihr Zelt. Das reichte dem Hünen jedoch noch nicht. Er zog seinen Anorak aus und ließ ihn achtlos auf die Wiese fallen. Während er die Ärmel seines karierten Hemdes hochkrempelte, ging er langsam auf Kims Zelt zu.

Von der anderen Seite des Sportplatzes kam eilig der graublonde ältere Mann angerannt, den Stewart zuvor schon zusammen mit Kim gesehen hatte. Schon von weitem rief er dem Hünen etwas zu.

Malcolm zögerte kurz, drehte sich aber nicht um. Nun ballte er wieder die Fäuste. Er stand direkt vor dem Zelt. Im Gegensatz zu Stewart, dem das Zelt den Blick verstellte, musste Malcolm Kim jetzt sehen können.

Inzwischen hatte der andere Mann den Hünen erreicht. Malcolm schien seine Anwesenheit allerdings nicht zur Kenntnis zu nehmen. Halbherzig, als wolle er ihm nicht wehtun, trat der kleine Mann dem Hünen von hinten in die Knie.

Mit geballten Fäusten, aber hängenden Armen drehte sich Malcolm um und schaute von oben auf den kleinen graublonden Aggressor.

Oh, das tut mir leid. Jetzt wird es lächerlich. Trotz des Anblicks, der sich ihm gerade bot, war Stewart weit davon entfernt zu lachen. *Das habe ich nicht gewollt, dass Dritte in die Sache reingezogen werden.* Der ältere Mann hatte seine beiden Fäuste gehoben und bewegte diese so vor dem Gesicht des Hünen, als würde er mit hoher Frequenz gegen einen Punchingball boxen.

Stewart musste unwillkürlich an einen alten Schwarz-Weiß-Film denken, den er einmal im Kino gesehen hatte. Klamauk mit Oldtimern und Männern, die Melone trugen. Das Ganze mit Klaviermusik untermalt. Ein Faustschlag und der Hüne würde seinen mindestens dreißig Jahre älteren Quälgeist auf die Bretter schicken. Mit einer Geste, als wolle er eine lästige Fliege verscheuchen, versuchte Fionas Mann den Möchtegern-Boxer zu vertreiben.

Hinter ihrem Zelt erblickte Stewart jetzt Kim. Sie schien die harte Landung halbwegs unbeschadet überstanden zu haben. Wenigstens stand sie jetzt wieder auf eigenen Beinen.

In diesem Moment passierte Fiona die beiden streitenden Männer. Als hätten sie sich abgesprochen, verschränkten beide ihre Arme hinter ihren Rücken. Wie zwei Kinder, die sich gerade noch gezankt hatten und jetzt so taten, als könnten sie kein Wässerchen trüben. Um ihr friedliches Wesen zu untermauern, redeten die Streithähne mit beschwichtigendem Kopfschütteln auf die Läuferin ein.

Fiona setzte ihren Lauf fort. Als sie die Kurve vollendet hatte, blickte sie sich noch einmal um. Die Männer hatten sich keinen Zentimeter bewegt. Zwei Sekunden später kreisten die Fäuste des kleinen Mannes wieder vor dem Gesicht des Hünen. Diesmal war die Geduld von Malcolm erschöpft. Mit einer fließenden und kraftvollen Bewegung schlug er zu.

Was dann passierte, ging für Stewart fast zu schnell. Der ältere Mann wich dem Faustschlag mit einer geschickten Körperdrehung aus. Dabei trat er, die Energie der Drehbewegung nutzend, Malcolm mit aller Kraft gegen das linke Schienbein. Der Hüne taumelte vor Schmerz. Mit zwei schnellen Handgriffen öffnete der kleine Mann die Gürtelschnalle des strauchelnden Goliaths und zog den Gürtel heraus. Malcolm war jetzt nur noch ein verdutzter Zuschauer der Szene, in deren Mittelpunkt er stand. Als sein rechter Fuß von einem energischen Tritt getroffen wurde, ging er in die Knie.

Der ungleiche Kampf hatte nur wenige Sekunden gedauert, aber einen unerwarteten Ausgang genommen. Jetzt half der kleine Mann dem Hünen, dessen Hände er mit seinem eigenen Gürtel auf dem Rücken gefesselt hatte, wieder auf die Beine.

Andere Zuschauer und Läufer kamen auf die beiden Männer zu und stellten sich ihnen in den Weg. Der ältere Mann redete beruhigend auf die Gruppe ein. Dann nestelte er mit einer Hand an seiner Brusttasche und streckte der Gruppe einen Ausweis entgegen. Die Gruppe teilte sich vor ihm, und während er weiter Erklärungen an Zuschauer, Offizielle und Sportler abgab, führte er den Hünen aus dem Stadion.

Stewart reflektierte, was er da gerade beobachtet hatte. Bei dem Rumgehampel des Alten musste es sich um ein reines Ablenkungsmanöver gehandelt haben. Der so unscheinbar wirkende Mann schien ein ausgebildeter Einzelkämpfer zu sein, ein Polizist, vermutlich zu seinem Schutz in dieses Stadion abkommandiert.

Diana Hall hat also Wort gehalten. Jetzt kann der Countdown für das große Finale beginnen.

Sonntag 9:00 Uhr – Elena

»Darf ich?«, fragte Dave und nahm der Sanitäterin die Dose mit dem Eisspray aus der Hand.

Die Sanitäterin, eine grauhaarige ältere Dame, blickte irritiert durch ihre Hornbrille, schien kurz nachzudenken und nickte. Dann wandte sie sich kommentarlos einem anderen Läufer zu, der, auf einem Feldbett liegend, auf die Behandlung seiner geschundenen Füße wartete.

Dave kniete sich vor Elena, schüttelte noch einmal die Dose mit dem Eisspray und sprühte ihren blau geschwollenen Knöchel ein.

»Ich bleibe dabei, Sue ist ein großartiger Mensch.« Dave stellte das Eisspray auf einen Tisch und half Elena beim Aufstehen.

»Du meinst eine großartige Frau?« Elena schaute Dave prüfend an, während sie vorsichtig wieder ihren Laufschuh anzog.

Dave zog eine Augenbraue hoch. Dann ging er zu den Rundenzählern hinüber, meldete Elena und sich für den Wettkampf zurück und schien zunächst nicht weiter auf ihre Frage reagieren zu wollen.

»Viele Leute haben ein total falsches Bild von Sue«, sagte er, als er mit Elena auf die Laufbahn zurückgekehrt war. Im Vorbeigehen nahm er sich einen Becher Cola vom Verpflegungstisch. In einem Zug trank er den Becher aus, drückte ihn zusammen und warf ihn mit einem lockeren Wurf aus dem Handgelenk zielsicher in eine zwei Meter entfernte, grüne Mülltonne. »Sue hat als Läuferin eine fantastische Basis, auf die sie zurückgreifen kann. Schon in ihrer Jugend war sie recht erfolgreich auf der Bahn unterwegs. Das fand Sue mit der Zeit jedoch zu langweilig und so ist sie über die kürzeren Cross-Rennen zu den Trailläufen gekommen, wo sie ihr Potenzial voll ausschöpfen kann.«

Elena und Dave verfielen wieder in einen langsamen Laufschritt. Kurz darauf wurden die beiden von Sue überholt, die jetzt zusammen mit dem Läufer, den Elena als Frank Rendell kennengelernt hatte, ihre Runden zog.

Im Vorbeilaufen gab Sue Dave mit der flachen Hand einen Klaps auf den Hintern, und Dave strahlte.

Elenas Blick blieb an Sues langen Beinen haften. Mit einem immer noch perfekten Bewegungsablauf schien Sue ohne jegliche Anstrengung davonzuschweben.

»Sue macht jetzt noch ihre einhundert Meilen voll. Die Pause hat ihr gutgetan, auch wenn sie aufgrund meiner Übelkeit wenig Schlaf bekommen hat.«

Elena schaute auf ihre Laufuhr, was Dave laut auflachen ließ.

»Elena. Wenn dein Knöchel keine Probleme macht, wirst du diesen 24-Stunden-Lauf mit großem Abstand gewinnen. Du musst nicht immer so skeptisch sein. Du bist die stärkste Läuferin hier in diesem Feld, und Sue ist heute zufrieden, wenn sie ihre hundert Meilen vollmacht.«

Jetzt musste auch Elena lachen, war sie doch mit ihren Berechnungen zu einem ähnlichen Ergebnis gekommen wie

Dave. »Du hast vor einiger Zeit gesagt, du weißt, warum einige Läufer ein falsches Bild von Sue haben.«

»Ich habe gesagt, ich vermute es«, stellte Dave richtig, der immer dann, wenn das Gespräch auf Sue kam, aufzublühen schien. »Und wenn man es ganz korrekt ausdrücken möchte, sind es auch eher die Läuferinnen, die ein falsches Bild von Sue haben. Ich hatte es schon kurz angesprochen, dass Sue, seitdem sie auf den Trailstrecken aktiv ist, ihr Potenzial voll ausschöpfen kann. Und das ist dann teilweise aus meiner Sicht auch ihr Problem. Es gibt kaum einen Lauf, an dem sie teilnimmt, den sie nicht gewinnt.«

»Das kann ich allerdings bestätigen.«

Wieder bemerkte Elena diesen schwärmerischen Ausdruck in Daves Gesicht, als er fortfuhr: »Wenn dir das immer wieder passiert und du Rennen, für die andere Läufer eine ganze Saison gezielt trainieren, quasi im Vorbeilaufen gewinnst, dann besteht natürlich die Gefahr, dass man die Wertschätzung vor den Leistungen der anderen Läufer verliert. Ich will nicht sagen, dass das bei Sue so ist, aber wenigstens kommt es bei einer Reihe von Läuferinnen so an.«

»Und was sagt Sue dazu?«

»Ich bin halt so, wie ich bin«, zitierte Dave vergnügt und strahlte glücklich.

»Und wie ist Sue im Bett?«, fragte plötzlich laut eine Stimme, die Elena bislang für ihr Unterbewusstsein gehalten hatte.

»Das war nie unser Problem. Möchtest du Details wissen?«

»Entschuldigung«, schob Elena erschrocken schnell hinterher und wünschte sich, ein tiefes Loch würde sich vor ihr auftun, in dem sie verschwinden konnte. »Das hätte ich nicht fragen dürfen.«

»Sue ist meine Ex-Frau. Wir haben eine gemeinsame zehnjährige Tochter.«

Das habe ich nicht gewusst, wollte Elena erklären, brachte aber die Lippen nicht mehr auseinander.

Sonntag 9:50 Uhr – Kim

Kim rieb sich ihr schmerzendes Handgelenk. Das war ein kurzer, aber eindringlicher Auftritt von Malcolm gewesen.

Ein Glück nur, dass Dad gerade in der Nähe war. Der Typ ist ja völlig ausgerastet. Wie kann eine so einfühlsame und zärtliche Frau wie Fiona nur mit einem solchen Holzklotz zusammenleben?

Kims Finger glitten in die Tasche ihrer Jeans und tasteten nach dem Zettel, den sie vom Boden aufgehoben hatte.

Die Kinder haben den Zettel bestimmt nicht geschrieben. Der Verfasser musste aus ihrem direkten Umfeld stammen. Nur wenige Freunde und Bekannte kannten ihr kleines Geheimnis.

Oder sind wir von jemanden beobachtet worden, ohne es zu bemerken? Aber woher kennt diese Person meinen Namen? Fiona ist zwar mit ihrem Namen angemeldet und nach fast zweiundzwanzig Stunden Laufzeit vermutlich den meisten im Stadion bekannt – aber ich?

Im Laufe der Veranstaltung hatte Kim sich nur mit einer Hand von Leuten namentlich bekannt gemacht, und all diesen neuen Bekanntschaften fehlte das Motiv für eine solche Nachricht an Malcolm.

Der Läufer mit der Nummer 46 ging inzwischen nur noch. Besser gesagt, er schlich über die Laufbahn. Vermutlich hatte er mit Muskelkrämpfen zu kämpfen, die eine schnellere Art der Fortbewegung verhinderten. Diesmal hatte er definitiv nicht zu ihr herübergeschaut. Wie Kim es schon bei anderen Läufern beobachtet hatte, schien sein Blick jetzt nur noch an der weißen Begrenzungslinie der Laufbahn zu haften, auf der er unterwegs war.

Wer ist dieser Mann und warum kommt er mir so bekannt vor?, fragte sich Kim zum wiederholten Mal. *Ob ich Fiona bitten kann, ihn während des Laufs einfach mal anzusprechen? Nein, zunächst sollte ich den Rat von Helen und Rick in die Tat umsetzen und Jamie Cantwell nach ihm fragen.*

***

»Ach der, das ist Andrew Davies«, erklärte Jamie Cantwell beiläufig. »Der ist gestern einfach in meinem Sportgeschäft aufgetaucht und wollte sich nachmelden. Er ist für den Lauf extra aus Neuseeland angereist, und da konnte ich ihn doch nicht zurückschicken.«

Kim nickte, bedankte sich für die Auskunft und machte sich auf den Weg zu der kleinen Holzhütte, um sich einen weiteren Kaffee zu holen. Dann hatte sie sich anscheinend geirrt. Einen Neuseeländer namens Andrew Davies kannte sie definitiv nicht. Vermutlich sah er nur jemanden ähnlich, mit dem sie es einmal zu tun gehabt hatte.

Da bei Fiona alles rund zu laufen schien, setzte sich Kim mit ihrem Kaffee auf einen der Plastikstühle und holte ihr Handy raus. In das Suchfeld des Browsers tippte sie »Andrew Davies« ein.

41.200.000 Treffer. *Oh nein, wie blöd von mir. Eine Nacht fast ohne Schlaf, und schon mache ich Fehler. Also noch einmal.* Jetzt mit Anführungszeichen, um nach dem kompletten Namen als zusammenstehenden Begriff zu suchen.

Immer noch 484.000 Treffer. *Auch das hätte ich mir denken können. Ich muss den Namen noch weiter eingrenzen.* Kim probierte es mit »Andrew Davies« & Neuseeland. 312.000 Treffer.

Wie viele Einwohner hat Neuseeland eigentlich, dass es dort so viele Treffer mit diesem Namen gibt? Heißen da unten alle Männer Andrew Davies?

Wie kann ich die Suche noch weiter eingrenzen? Wen suche ich genau? Einen Andrew Davies aus Neuseeland der Ultramarathons läuft. 682 Treffer. Jetzt war Kim nicht mehr weit davon entfernt, sich ein konkretes Bild von dem Läufer mit der Startnummer 46 machen zu können. Der Rest war Fleißarbeit, wusste sie aus Erfahrung.

Kim wechselte in ihrem Browser auf die Bildersuche. *Vielleicht habe ich ja Glück, und mir springt gleich ein Foto des Läufers mit der Nummer 46 ins Auge.* Langsam bauten sich die Bilder in ihrem Browser auf. Da die Bilder recht klein waren, vergrößerte sie diese auf ihrem Display, stellte aber nur fest, dass die Bilder zu pixelig waren. So erkannte sie auch nicht mehr als auf den kleinen Fotos und der Bildaufbau verschlang nur Zeit.

Das ist jetzt aber witzig, dachte Kim vergnügt, als sich auf der zweiten Seite die nächsten Bilder aufgebaut hatten. Auf einem der Bilder war tatsächlich ein Läufer mit der gut sichtbaren Startnummer 46 abgebildet. Aber natürlich handelte es sich nicht um ihren Andrew Davies.

Nach fünf weiteren zähen und ergebnislosen Minuten sah Kim ein, dass es keinen Sinn machte, weiter mit ihrem Handy zu suchen. *Aber da bleib ich dran*, sagte sie sich und nahm sich vor, ihre Recherche am Abend zu Hause an ihrem Laptop fortzusetzen.

Sonntag 10:48 Uhr - Stewart

Schnapp! Da schließt sich die Falle. Das war's. Stewart hatte soeben den Mann mit der roten Baseballmütze auf der Tribüne entdeckt. Einen winzigen Moment lang öffneten sich Stewarts schmale Lippen zu einem Lächeln. Dann schloss sich sein Mund wieder, und er setzte seinen Weg auf der Laufbahn mit ernstem Gesichtsausdruck fort.

Die Schnellen fressen die Langsamen. Aber nur die Klugen fressen auch die Schnellen. Stewart ballte eine Faust. Sein Triumph war ein stiller. *Das war ein verdammt weiter Weg bis hierher.* Als er sich der Doppeldeutigkeit dieser Aussage klar wurde, musste er schmunzeln, betrafen sie doch nicht nur das Zuschnappen der Falle, sondern auch die 122 Kilometer, die er inzwischen in den Beinen hatte. *Mehr als dreihundert Stadionrunden - was für eine perfekte Tarnung für meinen Plan.*

Stewart kannte Mr. Res, den Mann mit der roten Baseballmütze, nicht persönlich. Die rote Mütze war das Erkennungszeichen. Und ihr Träger war auf die Minute pünktlich zu dem vereinbarten Treffen gekommen.

Res hat den Köder also geschluckt. Und was bedeutet das jetzt für mich? Stewart überholte einen schlaksigen Läufer, der seine Runden nur noch wandernd absolvierte. *Nichts! Ich habe erst einmal alle Zeit der Welt. Ich kann die Situation in aller Ruhe beobachten. Mit Res nehme ich genau dann Kontakt auf, wenn es mir passt.*

In Gedanken ging Stewart seinen Plan noch einmal durch. Lange Zeit war es ein äußerst unsicherer Plan gewesen. Aber Schritt für Schritt - wie bei einem Ultramarathon - war er seinem anfangs weit entfernten Ziel immer näher gekommen.

Es gab nur einen Weg, sein altes Leben zurückzubekommen, hatte Stewart damals begriffen. Er brauchte den Kopf, der hinter dem Klub Olympia stand. Denjenigen, der den Einbruch bei ihm befohlen hatte. Er war sich sicher, dies war ein und dieselbe Person, die auch für den Tod von Gregory Telford dem ehemaligen Schatzmeister des Klubs verantwortlich war, selbst wenn die Polizei diesen Fall offiziell immer noch als Segelunfall führte.

Anhand der Namen, die er identifiziert hatte, wusste Stewart, die Mitglieder des Klubs rekrutierten sich aus der höheren Londoner Gesellschaft. Daher lag die Vermutung nahe, dass es sich auch bei dem gesuchten Drahtzieher hinter dem Klub um eine einflussreiche Persönlichkeit handelte. Und wie schwierig es war, so jemanden dingfest zu machen, war ihm spätestens klar, seitdem er Kim im Fall Campbell unterstützt hatte. Kein Wunder, dass die Polizei sich hier nicht die Finger verbrennen wollte. Er musste also selbst aktiv werden und Scotland Yard den Täter auf dem goldenen Tablett servieren. Sonst würde er in seinem Versteck alt und grau werden, falls man ihn nicht vorher fand und kaltstellte.

Stewart hatte lange gegrübelt, wie er den Einbrecher und Mörder überführen konnte. Zuerst hatte er überlegt, ihn mit seiner Tat zu konfrontieren und ihm so ein Geständnis zu entlocken. Diese Idee scheiterte jedoch schon daran, dass er den Täter noch nicht einmal kannte. Er vermutete lediglich, zu welchem Personenkreis er gehörte.

Es würde nicht ausreichen, weiter zu machen wie bislang. Er musste den Täter aus seiner Deckung locken. Ihn mit etwas ködern, dass er unbedingt haben wollte. Erst dann konnte die Falle zuschnappen.

Stewart beendete eine weitere Stadionrunde. Wieder lief er an der Tribüne vorbei, auf der Res wartend auf seinem Platz saß. Stewart versuchte Res möglichst unauffällig im Schutz seiner Schirmmütze zu beobachten, ohne dabei den Kopf zu verdrehen. Ein Mann mittleren Alters. Nach außen hin wirkte er ganz ruhig, vielleicht sogar entspannt, als würde er die Stimmung im Stadion genießen. Dabei schien er sich aber nicht für die Athleten zu interessieren. Sein Blick wanderte immer wieder von einem Ende der menschenleeren Tribüne zum anderen.

Stewart spürte, wie ein leichter Ärger in ihm aufstieg, weil Res so entspannt dasaß. Gleichzeitig empfand er eine gewisse Genugtuung darüber, wie gut seine Tarnung funktionierte. *Ich lasse Res noch ein wenig schmoren. Erst wenn er unruhig wird und nicht mehr mit meinem Erscheinen rechnet, tauche ich aus meiner Deckung auf. Dann stehe ich plötzlich vor ihm, überrumpele ihn und ziehe meinen Plan eiskalt durch.*

Dass er Res überhaupt hatte identifizieren können, war ein Zufall gewesen. Stewart hatte im Trüben geangelt und er hatte angebissen. Sein Köder waren die Steuerdaten gewesen. Diese Daten, so dachte er damals, schienen dem unbekannten Täter schließlich derartig wichtig zu sein, dass er bei ihm eingebrochen war oder dies zumindest befohlen hatte.

Stewart hatte über die offizielle E-Mail-Adresse des Klubs eine Nachricht an Gregory Telford geschrieben – wohl wissend, dass dieser kürzlich verstorben war. In seiner Nachricht fragte er Telford, was jetzt mit den Steuerdaten des Klubs geschehen solle, die er für ihn ausgewertet hatte. Stewart ging in seiner E-Mail nicht weiter ins Detail, hoffte aber, eine solche Nachricht würde ihren Weg schon zu dem richtigen Adressaten finden. Und tatsächlich. Schon nach wenigen Stunden erhielt er eine Antwort und die E-Mail-Adresse *a.res@olympia1908.com*, die er für die künftige Kommunikation nutzen sollte.

In der Mitgliederliste des Klubs gab es niemanden, auf den die Abkürzung *A. Res* passte. Aber Stewarts Liste war auch nicht vollständig. Jetzt nicht zulange grübeln – just do it – hatte er sich selbst ermutigt und direkt mit Mr. Res Kontakt aufgenommen.

Res hatte sich zunächst bedeckt gehalten, alle Vorwürfe abgestritten und mit rechtlichen Schritten für den Fall gedroht, dass Stewart seine Anschuldigungen gegen den Klub publik machen würde. Erst als Stewart ihm unaufgefordert eine »Arbeitsprobe« seiner Ermittlungen zustellte, änderte sich der Tonfall, und Res schlug ein Treffen an einem öffentlichen Ort vor.

Die Idee mit dem Treffen an einem neutralen, öffentlichen Ort hatte etwas. Wichtig war dabei nur, dass er selbst Regie führte, hatte Stewart gleich erkannt und Mr. Res seine Bedingungen genannt.

Res war einverstanden gewesen, hatte lediglich darauf bestanden, dass es nur dieses eine Treffen geben würde. Stewart sollte sich genau überlegen, was er forderte.

Welche Vorstellungen hatte Res von dem, was er wollte? Glaubte Res, er war auf Geld aus? Dachte er, alle Leute wären korrupt, alle Menschen wären käuflich? Was Stewart sich ersehnte, konnte man mit Geld nicht kaufen. Er wollte sein altes Leben zurück. Sein scheißlangweiliges altes Leben, in dem er sich so oft unbedeutend und unsichtbar gefühlt hatte. Aber er hatte wenigstens nicht ständig lügen müssen. Nicht immer darauf bedacht sein müssen, keine Personen um sich zu haben, die ihm etwas bedeuteten.

Was Res mit dem Treffen wirklich beabsichtigte, war Stewart erst spät klar geworden. Aber genau darin bestand das Dilemma. Anders als die Einbrecher interessierte sich Res nicht vorrangig für die Daten. Res hatte verstanden, wie die Welt zu Beginn des 21. Jahrhunderts funktionierte.

Zugang zu vertraulichen Daten zu erhalten, war die eine Sache. Die Königsdisziplin bestand jedoch darin, die Nutzung von vertraulichen Daten, die in die falschen Hände gelangt waren, zu stoppen. Und da sich das Kopieren und Vervielfältigen der Daten nicht wirklich unterbinden ließ, musste verhindert werden, dass aus Daten Informationen wurden. Statt Bytes und Bits jagte man heute die Menschen, die in der Lage waren, den toten Daten Leben einzuhauchen und die willens waren, die daraus gewonnenen Informationen zu nutzen.

Am Ende war es bei Mr. Res genauso wie bei ihm. Er wollte Res als den vermeintlichen Kopf, der hinter den Machenschaften des Klubs Olympia 1908 stand, um seine eigene Freiheit wieder zu erlangen. Und Mr. Res wollte seinen Kopf, um seine Freiheit zu bewahren. Im Prinzip war die Ausgangssituation so einfach – High Noon.

Sonntag 11:00 Uhr -Elena

Die Zeit war wie im Flug vergangen. Elena atmete tief ein und genoss den Augenblick. Fast zwei Stunden hatte sie sich durchgehend mit Dave unterhalten, und noch nie war er ihr so sympathisch gewesen wie jetzt. Auch wenn er momentan wortlos neben ihr herlief, war das Schweigen alles andere als unangenehm. Ganz im Gegenteil. Es war ein Ausdruck von Verbundenheit, von stillem Einvernehmen.

Erstmals löste sich Elenas Blick von der roten Laufbahn, und ihre Gedanken schweiften umher. *Wie engstirnig ich war, als dieser Lauf vor dreiundzwanzig Stunden begann. Mich hat nur mein eigenes Rennen interessiert. Um mich herum habe ich überhaupt nichts wahrgenommen. Und Sue war für mich nur die übermächtige Konkurrentin, im Kampf um den Sieg. Ja, und später auch um Dave.*

Fünf Jahre kannte sie Sue jetzt. Dabei hatte sie Sue frühzeitig den Stempel oberflächlich und egozentrisch aufgedrückt. Und das nur, weil Sue alles, was sie sich selbst wünschte und hart erarbeiten musste, scheinbar mühelos gelang. Dabei hatte sie sich in all den Jahren nicht ein einziges Mal länger mit ihr unterhalten. Wozu auch, sie hatte ihre Meinungsbildung ja abgeschlossen, ein Urteil gefällt, ohne Chance auf Bewährung.

Ich habe es mir in der Vergangenheit im Umgang mit anderen Menschen häufig verdammt einfach gemacht, gestand sich Elena ein. *Und wenn das stimmt, was Dave über Sue erzählt, dann treffen die Attribute oberflächlich und egozentrisch wohl eher auf mich zu als auf Sue.*

Nie im Traum hätte Elena gedacht, dass eine attraktive, extrovertierte und sportlich erfolgreiche Frau wie Sue von Selbstzweifeln gequält wurde. Noch unglaublicher schien ihr jedoch Daves Behauptung, Sue hätte sich ausgerechnet sie – Elena Bontschewa – zu ihrem Vorbild auserkoren. Weil sie alles so gut unter einen Hut bekam, eine anspruchsvolle Arbeit und Sport auf einem derart hohen Niveau, hatte Dave gesagt.

Das ist doch gar nichts Besonderes. Elena blickte sich im Stadion um. Zum ersten Mal hatte sie den Eindruck, die anderen Athleten wirklich wahrzunehmen. *Vermutlich geht es doch den meisten Läufern hier genauso wie mir.*

»Hey, woran denkst du gerade? Du wirkst auf einmal ganz weit weg«, sagte Dave.

»Ach, an nichts. An gar nichts.«

Dave zog die Stirn kraus und schaute Elena auffordernd an.

»Na ja, mir ist gerade aufgegangen, dass der Lauf hier fast zu Ende ist, und ich mich bislang kein bisschen für die anderen Läufer interessiert habe. Also dich und Sue jetzt einmal ausgenommen. Und dabei habe ich mir bislang immer etwas darauf eingebildet, dass ich als Ärztin eine sehr soziale Ader habe.«

»Mach dir deshalb keine Gedanken«, lachte Dave. »Das geht allen ambitionierten Athleten so. Wenn sich in meinem Kopf ein Ziel festgesetzt hat, vergesse ich alles um mich herum. Und wenn ich alles sage, meine ich alles. Ich bin dann völlig im Tunnel. Für mich gibt es dann nur noch: Schwimmen, Radfahren, Laufen. Anders wären solche Ausdauerleistungen vermutlich auch gar nicht möglich.«

»Ich weiß nicht. Irgendwie fehlt einem dann nachher doch etwas von dem gemeinsamen Erlebnis.«

Dave schwieg einen Moment, bevor er antwortete: »Ich weiß, was du meinst. Das sind besonders intensive, verbindende Momente, die man da manchmal mit anderen Sportlern erlebt. Eher noch bei den normalen Ultra-Wettkämpfen als bei den extrem langen Dingern. Wie heute mit dir.«

Daves Stimme hinterließ ein sanftes Klingeln in Elenas Ohr. *Wie heute mit dir*, wiederholte sie still seine letzten Worte.

Dave blickte kurz auf seine Uhr und rechnete. »Elena, ich will dir da wirklich nicht zu nahetreten. Aber dein Ziel, 190 Kilometer in vierundzwanzig Stunden zu laufen, das wird heute nicht ganz klappen.«

Elena nickte. »Ich weiß. Das ist mir auch gar nicht mehr so wichtig.«

»Wenn es dir auf einen Kilometer mehr oder weniger nicht ankommt und du den Lauf eh gewinnen wirst ... Das Rennen geht noch fast eine Stunde. Da wäre jetzt immer noch Zeit, sich mit dem einen oder anderen Läufer anzufreunden. Schau dich doch mal um. Ich denke, viele der Teilnehmer sind jetzt dankbar für ein nettes Gespräch, das ihnen die verbleibende

Zeit etwas verkürzt. Und ich, ich würde ganz gerne noch mal ein paar Runden mit Sue laufen.«

Elena spürte einen kurzen Stich in der Herzgegend, der sofort wieder verschwand, als sie Daves entschuldigenden Blick sah.

»Sue und ich, wir verstehen uns seit einiger Zeit wieder ganz gut. Und da mich ihr neuer Mann nicht besonders mag, sind die gemeinsamen Läufe eine der wenigen Gelegenheiten, wo wir uns ungestört austauschen können. Und ich will ihr doch schließlich noch von der netten Bekanntschaft vorschwärmen, die ich heute gemacht habe.«

Sonntag 11:21 Uhr – Stewart

»Mick! Ich bin dann mal raus!«, rief Stewart seinem Rundenzähler zu. »Ich mache mal einen Break. Kann aber ganz gut sein, dass ich nicht wieder ins Rennen einsteige«, fügte er hinzu. »Die Oberschenkel«, erklärte er im Vorbeigehen noch und hob zum Abschied die Hand.

»Hey, Neuseeländer. Natürlich kommst du zurück«, antwortete Mick lächelnd. »Wer wird denn, nachdem er eine so lange Anreise hatte, so kurz vor dem großen Finale noch aufgeben? Du machst jetzt eine kleine Pause und mit etwas Glück, kannst du deine 130 Kilometer immer noch schaffen.«

»Das glaube ich eher nicht, aber vielen Dank. Auch für die Unterstützung. Ihr macht das großartig hier«, sagte Stewart, war aber in seinen Gedanken schon bei dem für seine Zukunft alles entscheidenden Treffen mit Mr. Res.

***

Das Wichtigste ist, ruhig zu bleiben. Du darfst dir die Gesprächsführung nicht aus der Hand nehmen lassen, trichterte sich Stewart auf dem Weg zur Tribüne noch einmal ein. *Du musst Res vor dir hertreiben. Du darfst ihm keine Zeit zum Nachdenken geben, bis er deine Bedingungen akzeptiert.*

Stewart spürte, wie ihm das Blut durch die Adern rauschte. Ja, er war nervös. Die Uhr auf dem Türmchen des roten Backsteingebäudes zeigte fünf Minuten vor halb zwölf. Wenn er jetzt alles richtig machte, würde es keinen High Noon geben. Schließlich war er sich sicher, anders als Gary Cooper in dem Western-Klassiker, nicht nur einen Schuss zu haben. Die erste Patrone in der Trommel seines virtuellen Revolvers würde sein Handy sein. Stewart aktivierte die Aufnahmefunktion und steckte das Gerät in die Tasche seiner Laufhose.

Langsam ging Stewart die Treppe, die zur kleinen, dachlosen Tribüne führte, hinauf. Res saß ganz links, in der obersten der drei Sitzreihen der Tribüne, deren Rückseite ein etwa zwei Meter hoher Gitterzaun bildete. Stewart blieb auf der Höhe der untersten Sitzreihe stehen, so dass er sich ungefähr auf Augenhöhe mit dem sitzenden Res befand.

Jetzt sah er ihn zum ersten Mal von Nahem. Den Kopf, der hinter dem Klub *Olympia 1908* stand, hatte er sich ganz anders vorgestellt. Irgendwie aristokratischer, mit feinen Gesichtszügen, vielleicht mit einer Hakennase und großen, leicht abstehenden Ohren.

Der Mann, der ihn jetzt herausfordernd anschaute, hatte nichts von dem. Res blickte ihn aus zwei weit auseinanderstehenden Augen an, die so dunkel waren, dass man die Iris fast nicht erkennen konnte. Dazu hatte er eine kleine Nase, kleine wulstige Ohren und breite hervortretende Kieferknochen, die in ein kräftiges, leicht vorstehendes Kinn mündeten. Kurz, das Erscheinungsbild von Res erinnerte Stewart eher an eine Bulldogge als an einen Lord.

Egal. Lass dich jetzt bloß nicht von solchen Äußerlichkeiten aus dem Konzept bringen, ermahnte sich Stewart. Das souveräne Schweigen, das er die letzten Sekunden praktiziert hatte, war auf jeden Fall schon einmal ein guter Anfang, der jeden Gegner nervös machen musste. Jetzt galt es die scharfen Worte, an denen er in den letzten Stunden des Laufes sorgsam gefeilt hatte, treffsicher abzuschießen.

Die größten Hoffnungen verband Stewart mit dem zweiten Schuss, den er geplant hatte. Dem digitalen Beweis, dass Res nicht nur Zugang zu den Steuerdaten haben wollte, sondern beabsichtigte, diese Indizien gegen den Klub Olympia 1908 zu vernichten. Das wäre ein eindeutiges Schuldeingeständnis.

Stewart stellte sich breitbeinig hin, stemmte lässig seine Hände in die Hüften und versuchte seiner Stimme einen tiefen und selbstsicheren Klang zu geben: »Sie wissen, warum ich Sie hierher bestellt habe?«, begann er mit einer rhetorischen Frage, die seinen Gesprächspartner nach seinen Vorstellungen erst einmal in die Defensive treiben würde.

Res zog eine Augenbraue hoch. »Moment mal, ganz kurz! Nur um zu verhindern, dass hier der Schwanz versucht, mit dem Hund zu wedeln«, unterbrach Res bestimmt, aber freundlich. »Schauen Sie doch einmal auf das Dach des Hochhauses da hinten.«

Was soll das denn jetzt, fragte sich Stewart verblüfft, vergaß dabei jedoch für einen Moment seinen Plan und blickte zu dem Hochhaus.

»Und sehen sie irgendetwas?«

Stewart schüttelte den Kopf.

Res hob die linke Hand. »Und jetzt besser?«

»Aahh!«

Kurz und spitz, aber nicht besonders laut, war der Schrei, der Stewarts Mund verließ. Ein stechender Schmerz durchdrang sein linkes Auge. Reflexartig duckte er sich nach vorne.

Verdammt, was war das? Vorsichtig und mit immer noch schmerzverzerrtem Gesicht, tastete er mit der rechten Hand nach seinem Auge.

»Na, wer wird denn gleich so rummemmen! Das war doch nur der Ziellaser eines Scharfschützengewehrs. Wollen Sie wissen, was passiert, wenn ich die rechte Hand hebe?«

Nein! Das wollte Stewart nicht. *Ich will mein altes Leben zurück. Ich muss meinen eigenen Plan durchziehen. Bin ich jetzt auf einem Auge blind? Reiß dich zusammen, Stew. Du musst wieder die Initiative ergreifen.* Noch einmal kniff Stewart das schmerzende linke Auge fest zusammen. *Von außen scheint es unverletzt zu sein.* Dann öffnete er es vorsichtig. Unter Aufbietung all seines Willens nahm er seine Hand von dem Auge und richtete sich wieder zu seiner vollen Körpergröße von einem Meter neunundsechzig auf.

Vor Stewarts linkem Auge flimmerte es nur. Dafür hatte er ein sehr klares Bild im Kopf, was passieren würde, wenn Res seine rechte Hand hob. Im selben Moment, in dem ihn das Projektil des Scharfschützen traf, würde auch Stewarts letzte Kugel den Lauf seiner virtuellen Pistole verlassen. Kein Zweifel, dies war die schlechteste aller Möglichkeiten, Res dingfest zu machen. Aber auch diese Variante hatte Stewart in seinem Plan, den er Hall vor knapp zwei Stunden verraten hatte, berücksichtigt. Sollte ihn Res angreifen, wären ihre Leute gleich zur Stelle. *In diesem Fall für mich leider zu spät,* stellte Stewart nüchtern fest. *Aber wie hätte ich auch mit einem Scharfschützen rechnen sollen?* War es doch ein Hauptpfeiler seines Plans gewesen, Res den Treffpunkt möglichst spät mitzuteilen, um ihm keine Zeit für die Planung etwaiger Hinterhalte zu geben. Stewart merkte, wie seine Knie zitterten, als er zum Sprechen ansetzte.

»Fresse halten! Jetzt rede ich!«, kam ihm Res zuvor. »Ihre große Beschützerin Diana Hall war so freundlich, mich in

Ihren Plan einzuweihen. Und da ich, sagen wir mal, bei der Polizei einen gewissen Einfluss habe ... Aber das geht Sie überhaupt nichts an!«, unterbrach Res sich jetzt selbst.

Stewart spürte, wie all seine Selbstsicherheit seinen Körper verließ und ihm nun, gebunden in eiskaltem Schweiß, den Rücken herunterlief. *Mein Plan ist verraten! Jetzt stehe ich hier auf dem Präsentierteller, im Visier eines Scharfschützen. Und wieder wird mir niemand helfen.* Am liebsten wollte er sich sofort verkriechen. Ein sicheres Versteck, ein kleines Loch, irgendwo unter der Tribüne. Einfach reinkriechen und warten, bis alles vorbei ist. Nur – da war kein Loch.

»Das Handy«, forderte ihn Res jetzt auf. Mit dem Zeigefinger der linken Hand deutete er dabei auf die Treppenstufe vor sich. »Dahin, sonst ...«

Stewart musste nicht lange überredet werden. Drei Sekunden später lag sein Handy genau an der Stelle, auf die Res gezeigt hatte.

Res stand auf, fixierte das Gerät so unter seinem linken Schuh, dass es noch halb über die Stufe hinausragte und trat mit dem anderen Schuh auf das freie Ende.

Geschätzte fünfundachtzig Kilogramm verwandelten Stewarts Handy in Elektroschrott. Diesen Teil seines Plans konnte er vergessen, aber das war im Augenblick sein geringstes Problem.

Sonntag 11:26 Uhr – Kim

Andrew Davies, der Läufer mit der Nummer 46, hätte längst wieder an ihrem Zelt vorbeikommen müssen. Kim stand auf und suchte mit ihrem Blick die Laufbahn ab. Auf der Stadionrunde war der kleine Läufer mit der schwarzen Kappe nicht auszumachen. Und auch an dem Verpflegungsposten konnte sie ihn nicht entdecken.

Kim blickte auf ihre Uhr. Noch gut dreißig Minuten, bis zum Ende des Rennens. Dass ein Läufer über dreiundzwanzig Stunden im Stadion seine Runden drehte, um dann so kurz vor dem großen Ziel aufzugeben, konnte sich Kim nur schwer vorstellen. *Vielleicht hat Davies noch mal eine Toilettenpause eingelegt.* Bei dem Gedanken war Kims Blick automatisch zu dem roten Backsteingebäude am Ende der Laufbahn gewandert. Und tatsächlich, jetzt sah Kim den kleinen, bärtigen Mann. Er stand auf der untersten Stufe ganz am anderen Ende der niedrigen Zuschauertribüne und drehte der Laufbahn seinen Rücken zu. Er schien sich mit einem Mann zu unterhalten, der drei Sitzreihen höher saß. Im nächsten Augenblick stand Davies Gesprächspartner auf. Er trug ein dunkelblaues Jackett und eine dazu völlig unpassende rote Baseballkappe. Der Mann ging zwei Treppenstufen auf den Läufer zu, bückte sich und schien etwas aufzuheben. Dann stand er wieder aufrecht. Einige Sekunden lang blickte auf den deutlich kleineren Läufer herunter. Dann setzte er sich wieder.

Von der Statur und vom Bewegungsablauf her kann der Mann in dem blauen Jackett durchaus mein Chef sein, überlegte Kim, auch wenn sie sich aufgrund der Distanz nicht sicher war. Bolton liebte dunkle Anzüge, würde sich aber modisch nie so vergreifen, eine rote Baseballkappe dazu zu tragen. Aber Hall hatte, als Kim sie mit dem Handy ihres Vaters anrief, angekündigt, Martin Bolton würde ins Stadion kommen.

Kann es sein, dass hier tatsächlich gerade vor meinen Augen ein geheimes Treffen stattfindet? Wenn das da hinten wirklich Bolton ist, muss es um einen Mordfall gehen. Aber warum trifft Bolton seinen Informanten ausgerechnet, während dieser an einer Sportveranstaltung teilnimmt? Und warum lässt er das Stadion nicht durch Einsatzkräfte von Scotland Yard absichern und greift über Hall auf die Ressourcen der NCA zu?

Kim überlegte fieberhaft, von welchen ungeklärten Mordfällen von Scotland Yard sie wusste, bei denen ein Kronzeuge aus Neuseeland eine Schlüsselrolle spielen könnte.

Oder hat das Ganze am Ende sogar etwas mit dem geplanten Präsidentenbesuch zu tun? Was ist hier los? Was hatte Andrew Davies, der Läufer mit der Nummer 46, mit der ganzen Sache zu tun? Kim musste es herausbekommen. Einfach auf die beiden zuspazieren konnte sie nicht. Da gab es nur die 100-Meter-Bahn, an deren anderem Ende sie stand, und die lange Tribüne. Man würde sie schon von Weitem erkennen. Sie musste also möglichst unauffällig die Stadionrunde außen herum machen. Dazu würde sie auch nur ein paar Minuten benötigen. Von der anderen Seite konnte sie sich dann den beiden im Schutz des Rundenzählerzelts bis auf zwanzig Meter nähern. Von dort aus müsste sie Andrew Davies Gesprächspartner eindeutig identifizieren können. Und vielleicht konnte sie unter einem Vorwand in das Zelt der Rundenzähler gelangen. Dann wäre sie nur noch zehn Meter von den beiden entfernt und könnte vermutlich sogar verstehen, worüber sie sprachen.

Sonntag 11:27 Uhr – Stewart

Ich muss raus aus dem Schussfeld des Scharfschützen, mich in Deckung bringen, hämmerten die Gedanken wiederkehrend in Stewarts Kopf. Sein Blick huschte ängstlich durch das Stadion, suchte nach Verstecken, schätzte Entfernungen ab. *Die sicherste Deckung ist das rote Backsteingebäude. Aber das ist auch am weitesten entfernt. Zunächst stürme ich die Tribüne hoch. Sieben flache Stufen, insgesamt nicht mehr als acht Meter. Irgendwie muss ich dabei an Res vorbeikommen – Stufe 5. Solange ich in seiner Nähe bin, wird der Scharfschütze nicht schießen. Aber Res könnte versuchen, mich aufzuhalten. Ich muss ihn überraschen! Dann nach links, rund zwanzig Meter ungeschützt den Zaun entlang. Das ist nicht zu schaffen. Und schon gar nicht in meinem augenblicklichen Zustand mit fast 125 Kilometern in den Beinen.*

Was hatte er sich nur dabei gedacht, als er diesen Treffpunkt und vor allem diesen Zeitpunkt am Ende eines Ultralaufs vorgeschlagen hatte? Sicher, er war davon ausgegangen, das Überraschungsmoment würde ganz auf seiner Seite sein. Zusätzlich hatte ihm der Fakt, als ordentlich angemeldeter Teilnehmer mit Startnummer, an einem offiziellen Lauf in einem abgeschirmten Stadion teilzunehmen, eine gewisse Sicherheit gegeben. Das war doch etwas anderes, als sich als anonymer Passant an irgendeinem öffentlichen Platz mit Res zu treffen. Hier war er einer der Aktiven, stand gewissermaßen unter Beobachtung der Zuschauer, der anderen Teilnehmer, der Offiziellen. Und dann hatte er ja noch auf Diana Hall und ihre Leute gezählt, die versprochen hatten, für seinen Schutz zu sorgen.

Stewarts Verstand lief jetzt auf Hochtouren. Er schaute sich um, aber niemand im Stadion schien zu bemerken oder auch nur zu ahnen, dass sein Leben gerade akut bedroht wurde. *Und auf die Verräterin Diana Hall darf ich jetzt auch nicht mehr zählen. Ich bin alleine. Niemand wird mir helfen. Mein letzter Trumpf sind die Steuerdaten. Jetzt geht es nicht mehr darum, Beweise zu sammeln und Res zu überführen. Sobald ich ihm die Zugangsdaten gebe, bin ich tot.*

Falls es bis zur Umkleide nicht reicht, dann vielleicht bis zu dem Zelt der Rundenzähler. Das Zelt befand sich halb links in seinem Rücken. *Ich muss mich lediglich umdrehen, zwei Treppenstufen hinunterlaufen und über ein Geländer steigen. Dann sind es nur noch wenige Schritte bis zu dem Zelt. Das Zelt bietet zwar keinen Schutz gegen die Kugeln eines Gewehrs, aber wenigstens Sichtschutz.*

Und was ist, wenn der Dachschütze einfach wahllos in das Zelt feuert, in dem sich, aufgereiht an einem langen Tisch sitzend, immer mindestens zehn Rundenzähler aufhalten?

»Nein, nein, nein, nein«, unterbrach Res tadelnd und den Kopf schüttelnd Stewarts Überlegungen. »Denk nicht einmal daran. Die einzige Wahl, die du hast, ist, ob dich die Kugel von vorne oder von hinten trifft.«

Ich könnte mich auch auf Res stürzen und ihn als Schutzschirm gegen den Scharfschützen verwenden, überlegte Stewart. *Dann müsste ich nur ...*

»Was für ein grüblerischer junger Mann du doch bist«, störte Res seinen Gedankenfluss abermals. »Das hat mir dein Chef gar nicht mitgeteilt, als wir letzte Woche zusammen zu Mittag gegessen haben. Er hat da nur von einem maßlos selbstgefälligen Kleingeist gesprochen, der sich an keine Vereinbarungen hält.«

Wer war dieser Mann nur, über den er nichts hatte herausfinden können, der aber mit seinem Chef zu Mittag aß?

»Da musst du aber schon zusehen, dass du bei deinem nächsten Chef ein etwas besseres Bild abgibst«, sagte Res mit einer auf einmal fürsorglich klingenden warmen Stimme, die Stewart irgendwie bekannt vorkam. »Ein guter Draht zu seinem Chef ist wichtig«, ergänzte Res, schob seine rote Kappe etwas nach vorne und kratzte sich an seinem Hinterkopf.

»Ach, da fällt mir übrigens noch völlig zusammenhanglos ein, ich muss mich noch bei dir für meine beiden ehemaligen Mitarbeiter entschuldigen. Du weißt schon, die beiden Typen, die vor einem Jahr bei dir zu Hause waren, um sich deinen Laptop auszuborgen. Die beiden sind inzwischen ... Ja, sie sind in Pension gegangen«, sagte Res und blies dabei an seinem nach oben gerichteten Zeigefinger, als wäre er ein rauchender Colt. »Aber mach dir deswegen keine Vorwürfe. Du kennst ja sicherlich unser Motto. Und für die beiden gilt jetzt einfach – dabei sein *war* alles«, sagte er und zwinkerte Stewart zu.

Krampfartig zog sich Stewarts Magen zusammen, und er musste sich Mühe geben, das Atmen nicht zu vergessen.

»Wer sich in diesem Geschäft nicht ständig weiterbildet, der ist ganz schnell weg vom Fenster. Und dieser Einbruch war wirklich dilettantisch, findest du nicht? Das war gar nicht unser Stil. Bis auf die Idee mit der Lampe vielleicht. Wie hat dir die gefallen?«, fragte der Mann, der Stewart jetzt wie eine Pantomime mit weit aufgerissenen Augen anblickte und dabei den Kopf leicht nach vorne neigte.

Stewart wusste, er musste, wenn er dieser Situation unbeschadet entkommen wollte, das Heft des Handelns wieder in die Hand nehmen. Fieberhaft überlegte er, was er antworten sollte, dann fiel ihm eine passende Antwort ein.

»Nein, sag jetzt nichts«, sagte der Mann und deutete mit einem leichten Zittern seiner rechten Hand an, diese sonst zu heben. »Die Idee mit der Lampe war *großartig*!«, buchstabierte er das letzte Wort fast. »Die war von mir«, fügte er dann noch mit einem selbstgefälligen Grinsen hinzu. »Aber egal, wie peinlich mir dieser Einbruch ist. Wenigstens wissen wir jetzt aufgrund der Auswertung der Laptopdaten, in welcher Cloud die gestohlenen Informationen abgespeichert sind. Das Einzige was uns noch fehlt, ist das Zugangspasswort.«

»Das werden Sie von mir nicht erfahren! Ich habe das Passwort außerdem an Freunde weitergegeben, die die Daten veröffentlichen, wenn mir etwas zustößt. Und darüber hinaus habe ich meinen Freunden erzählt, dass ich mich heute mit Ihnen treffe, Mr. Res«, log Stewart, dem in dieser Situation nichts Besseres einfiel.

»*Mr. Res*«, wiederholte der Mann die Anrede, die Stewart zum wiederholten Mal gewählt hatte, jetzt sehr betont und wackelte dabei amüsiert mit dem Kopf. »Über deinen *Mr. Res* habe ich mich schon schimmelig gelacht, als ich deine erste E-Mail erhalten habe. Natürlich heiße ich nicht *Res*. Dass ich die E-Mail-Adresse *a.res* eingerichtet habe, war als Warnung an dich gedacht, als du mit mir in Kontakt getreten bist. Damit du wusstest, mit wem du dich da einlässt, du Zwerg!«

In Stewarts Augen mussten die Fragezeichen sichtbar gewesen sein, als der Mann fortfuhr: »Was für ein arroganter Blödian bist du eigentlich? *A-Punkt-RES* steht natürlich für *Ares*, den griechischen Gott des Krieges, des Blutbades und des Massakers. Und bei deiner Drohung mit deinen Freunden lache ich mich doch gleich noch einmal halb tot. Seit wann haben Einsiedlerkrebse, wie du einer bist, Freunde?«, fragte er süffisant lächelnd. »Was glaubst du, wie viele Leute sich bei der Polizei nach deinem Verbleib erkundigt haben, als du von einem Tag auf den anderen aus deinem völlig bedeutungslosen, alten Leben verschwunden bist?«, fragte der Mann und verzog dabei den Mund zu einem breiten Grinsen.

»De... de... den wichtigsten Leuten hatte ich es vorher noch erzählt«, stotterte Stewart.

»Niemand!«, schrie der Mann ihn jetzt fast an.

In diesem Moment fiel Stewart wieder ein, warum ihm der Mann so bekannt vorkam. *Ich habe schon einmal ein Bild von ihm gesehen. Klar, das ist er, da bin ich mir jetzt zu einhundert Prozent sicher. Das erklärt natürlich die guten Beziehungen zur Polizei, mit denen er geprahlt hat.* Das Bild, an das er sich jetzt wieder erinnerte, hatte er im Intranet der Londoner Polizei gesehen. Und das nicht auf den Seiten, auf denen über gesuchte Verbrecher informiert wurde, sondern unter *Personal News.*

»Sie können mich nicht umbringen«, quoll es jetzt aufgeregt aus Stewart hervor. »Sie sind der neue Leiter der Mordkommission.«

»Was ist das denn für eine Logik?«, fragte der Mann verächtlich. »Die Frage ist doch vielmehr, ob ich es mir überhaupt leisten kann, dich am Leben zu lassen. Ich muss ja schließlich auch an den guten Ruf von Scotland Yard denken«, fügte er entschuldigend lächelnd hinzu. Von einer Sekunde auf die andere verschwand das Lächeln aus dem Gesicht des Mannes und machte einer brutalen Fratze Platz. »Du gibst mir jetzt auf der Stelle die Zugangsdaten.«

Stewart zögerte mit einer Antwort, dann folgte er dem Blick des Mannes Richtung Startlinie, wo Jamie gerade dabei war, die Tafel mit den Platzierungen der Teilnehmer zu aktualisieren.

»Eine attraktive Frau, deine Zwillingsschwester. Kaum zu glauben, dass ihr beide die gleichen Eltern habt. Aber *Jamie* ist es nicht. Auch nicht *05051988* oder *Jamie88.* Glaub mir, wir haben wirklich alle denkbaren Kombinationen ausprobiert«, sagte er und grinste Stewart derart an, dass dieser am liebsten gleich auf ihn losgestürmt wäre.

»Wir haben jetzt zwei Möglichkeiten«, sagte der Chef der Mordkommission kühl. »Ich persönlich habe da keinerlei Präferenzen. Möglichkeit Eins: Der Einsiedlerkrebs spielt den Helden. Ich werde dann gelangweilt meine rechte Hand heben, und wir beide schauen uns gemeinsam an, wie die schöne Jamie, getroffen von einem lautlos durch die Luft fliegenden Projektil, zu Boden sinkt. Nach kurzer Zeit werden die Leute realisieren, was passiert ist und panisch hin- und herlaufen. Danach fällt ein zweiter geräuschloser Schuss und bläst einem deutlich weniger attraktivem Ziel das Licht aus. Ich werde dann aufstehen und unbehelligt und unerkannt das Stadion verlassen. Spätestens in zwei Stunden werde ich eine Sonderkommission ins Leben rufen, um dieses schreckliche Verbrechen aufzuklären. Was glaubst du, was dabei herauskommt?«

»Und Möglichkeit Zwei?«

»Ach die. Die hätte ich jetzt fast vergessen. Möglichkeit Zwei ist, du gibst mir jetzt das Zugangspasswort, verschwindest dann sofort aus dem Stadion, verlässt auf dem direkten Weg England und kommst nie wieder zurück. Sollte ich noch einmal irgendetwas von dir hören, haben wir ja immer noch unsere Jamie.« Der Leiter der Mordkommission klatschte in die Hände. »So, Zeit für die Entscheidung. Ich gebe dir zehn Sekunden – ab jetzt«, sagte er und fing an von fünf herrunterzuzählen.

Als Stewart realisierte, dass ihm keine zehn Sekunden für die Entscheidung bleiben würden, war der Mann bei e*ins* und hatte angefangen seine rechte Hand in Zeitlupe zu heben.

»Tooting Bec!«, kam es Stewart angstvoll über die Lippen. »Das Passwort, es lautet Tooting Bec, mit Leerzeichen und beide Worte großgeschrieben.«

Ohne Stewart eines weiteren Blickes zu würdigen, griff Bolton nach dem schwarzen Rucksack, der neben ihm stand, und holte einen Laptop heraus. Er klappte das Gerät auf, loggte sich ein, rief die Website der Cloud auf und gab das Passwort ein. »Wollen sie die Daten wirklich löschen?«, las er kichernd vor und schaute Stewart kurz an.

Stewart war sich sicher, in die dunklen Augen eines Wahnsinnigen zu blicken.

»Die Frage ist genau meine Art von Humor«, sagte der Mann und schlug die ENTER-Taste zur Bestätigung so an, als würde er auf einem Konzertflügel den letzten Ton einer Sonate spielen. Danach wendete er sich wieder an Stewart. »Ich gebe dir einen Vorsprung von vier Stunden, um England zu verlassen. Sollte ich danach auch nur noch einen Mucks von dir hören – arme, schöne Jamie!«

Sonntag 11:33 Uhr – Kim

Als Kim am Zelt der Rundenzähler ankam, klatschte ein glücklich strahlender Läufer gerade seine Rundenzählerin ab. Dann nahm er sichtlich gerührt die Glückwünsche der Zuschauer für seine bislang absolvierten 200 Kilometer entgegen.

Kim versuchte die Unruhe, die dadurch entstand, zu nutzen, um sich unbemerkt im Rücken der Helfer durch das Zelt zu schleichen. Zehn schnelle Schritte und sie wäre genau dort am Ende des Zeltes, wo sie die kürzeste Distanz zu dem auf der Tribüne stehenden Andrew Davies hatte. Mit ein wenig Glück konnte sie von dort jedes Wort hören, das gesprochen wurde, ohne selbst gesehen zu werden.

»Halt! Hier dürfen leider nur Helfer rein«, kam ihr freundlich, aber bestimmt ein dunkelhaariger Mann mittleren Alters entgegen, der bis gerade noch auf einem Stuhl gesessen und Richtung Laufbahn geblickt hatte.

»Ich wollte nur kurz mit dem Rundenzähler von Fiona sprechen«, log Kim und deutete auf eine der Personen, die im hinteren Teil des Zeltes saß.

»Dann geh doch bitte außen herum. Das Zelt ist wirklich nur den Offiziellen vorbehalten.«

»Verstehe«, gab Kim kleinlaut bei. Bewusst lässig schlendernd machte sie sich auf den Weg über die äußerste der acht Laufbahnen zum hinteren Ende des Zelts. Instinktiv spürte Kim, wie ihr der Blick des dunkelhaarigen Mannes folgte. Ihren Plan, die Unterredung auf der Tribüne zu belauschen, konnte sie vergessen, wenn sie auf der Laufbahn stand. Und jetzt musste sie auch noch ein Gespräch mit dem Helfer anfangen, um keinen Verdacht zu erwecken.

Mit dem blonden Mann, der auf dem letzten Stuhl in der Reihe der Rundenzähler saß, hatte Kim während des Rennens schon mehrfach gesprochen. Er hatte sich ihr gleich zu Beginn des Laufs als Marek vorgestellt. Jetzt lächelte er Kim kurz zu, als sie vor ihm stand, bedeutete ihr aber mit einer Geste, sich zu gedulden.

Marek stand auf und blickte zwischen seinem Klemmbrett und einer Läuferin, die gerade die Bahn hochkam, hin und her. »Super, Elena! Du hast jetzt 182 Kilometer und 26 Runden Vorsprung auf die zweite Frau. Du läufst das Ding hier heute sicher nach Hause!«

Kim blickte kurz hinüber zu Elena Bontschewa, die jetzt Marek lächelnd zuwinkte. Dann wagte Kim einen Blick um die Ecke des Zeltes auf die Tribüne. Der Mann, den sie von Weitem gesehen hatte, und der jetzt gerade seinen Laptop zuklappte, war eindeutig Martin Bolton.

Sonntag 11:35 Uhr - Stewart

Arme, schöne Jamie. Die Stimme des Leiters der Mordkommission hallte immer noch in Stewarts Kopf, als er Richtung Stadionausgang ging. Ein letztes Mal blickte er sich nach seiner Zwillingsschwester um. Auf einmal kam sie ihm wie eine Fremde vor, die er noch nie zuvor gesehen hatte.

Stewart war völlig ausgebrannt, zu keinerlei Emotionen mehr fähig.

Ich werde England jetzt verlassen. Für immer. Das ist nur die logische Konsequenz. Mein Plan ist gescheitert, mein Plan ist verraten worden. Ich bin umgeben von Verrätern. Hier habe ich nichts mehr verloren.

Er würde sich irgendwo ein neues Leben aufbauen. Und wenn er stillhielt und Mr. Res nie wieder etwas von ihm hörte, würde es ein Leben ohne Angst sein.

Mit einem metallischen Quietschen entließ das Drehkreuz Stewart aus dem Stadion. Jetzt stand er auf dem menschenleeren Parkplatz. Ihm war kalt. Stewart blickte an sich herunter. Überrascht stellte er fest, dass er immer noch sein schwarzes Laufshirt mit der angehefteten Startnummer trug. Alles, was er jetzt noch besaß und auf seine Reise mitnehmen konnte, befand sich in seiner blauen Sporttasche in dem abschließbaren Spind der Umkleide.

Stewart zögerte, bevor er das Stadion wieder betrat. *Was ist das für ein Albtraum. Das kann doch nicht wahr sein, dass ich jetzt noch einmal zurück muss.* Sein Magen verkrampfte sich bei dem Gedanken, und seine Füße schienen in zwei Betoneimern zu stecken. Stewart atmete tief ein und kämpfte gegen die aufsteigende Übelkeit an. *Es gibt keine andere*

Möglichkeit. Ich muss noch mal ins Stadion. Und je länger ich warte, umso größer ist die Wahrscheinlichkeit, Res wieder in die Arme zu laufen.

Zum Eingang der Herrenumkleide waren es nur zwanzig Schritte. Auf dem Platz vor dem Backsteingebäude standen ein paar Zuschauern. Die Gruppe drehte Stewart jedoch den Rücken zu, da sie das Rennen beobachteten.

Sobald ich in dem Gebäude bin, bin ich auch vor Res in Sicherheit. Dann schnell meine Tasche holen und nichts wie weg hier.

Stewart öffnete das Eingangstor zum Stadion gerade so weit, dass er hindurchgehen konnte. Niemand schien ihn zu beachten. Stewart richtete seinen Blick auf die gegenüberliegende Ecke des Backsteingebäudes. Hinter dieser Ecke würde Res erscheinen, wenn er seinen Platz auf der Tribüne verließ. So schnell es ging passierte Stewart dicht an der Häuserwand den kleinen Vorplatz.

Gut gegangen. Die erste Etappe ist geschafft. Erleichtert zog Stewart die Tür der Umkleide hinter sich zu. Dann spürte er nur noch, wie ihn jemand kräftig von hinten packte und ihm ein Tuch vor Nase und Mund presste.

Sonntag 11:38 Uhr – Kim

Dank Mareks ausführlichen Erläuterungen wusste Kim jetzt alles über Fionas Platzierung, den Rückstand zu der Läuferin vor ihr und den Vorsprung, den sie auf die viertplatzierte Frau herausgelaufen hatte. Kim interessierte sich im Augenblick jedoch deutlich mehr dafür, wohin Martin Bolton verschwunden war. Der Sitzplatz auf der Tribüne, auf dem er gerade noch gesessen hatte, war leer, und sie konnte ihn auch sonst nirgends erblicken.

Kim bedankte sich bei Marek für die Auskünfte, die sie erhalten hatte, und eilte zurück zur anderen Seite des Zeltes. Von hier aus konnte sie auch den Bereich des Stadions einsehen, der vorher durch das Zelt verdeckt gewesen war. Auf dem Vorplatz vor dem roten Backsteingebäude befanden sich jetzt zwanzig Minuten vor Ende des Rennens etwa fünfzehn Zuschauer und Helfer. Bolton war nicht dabei. Kims Blick wanderte weiter durch das Stadion, suchte die Kurve ab und scannte dann die Personen, die sich an der Holzhütte aufhielten, an der die Läuferverpflegung ausgegeben wurde.

»Ich liebe dich!«, rief Fiona Kim im Vorbeilaufen zu.

Kim hatte gar nicht bemerkt, dass Fiona eine weitere Runde beendet hatte, so sehr fokussiert war sie auf die Suche nach Bolton. Kims Lächeln folgte Fiona, bis sie in die Kurve einbog. Das nahende Ende des Rennens schien ihr neue Kraft und Zuversicht zu geben. Fiona brauchte sie jetzt nicht. Dann konnte sie sich ohne schlechtes Gewissen wieder auf ihre Suche konzentrieren.

War es möglich, dass Bolton sich in dem Backsteingebäude aufhielt? Insgesamt fünf Türen führten zu den verschiedenen

Bereichen, die im Innern des Gebäudes untergebracht waren. Kims Blick glitt von rechts nach links über die rote Fassade. Dann nahm sie aus dem Augenwinkel eine Bewegung wahr. Durch das Drehkreuz hindurch verließ gerade ein groß gewachsener Mann in einem dunkelblauen Jackett das Stadion. Das musste er sein.

Kim lief zu dem Tor hinüber. Durch die Gitterstäbe sah sie, wie Bolton auf einen Mann mit Sonnenbrille zuging. Der Mann lehnte entspannt an einer schwarzen Limousine und blickte genau in ihre Richtung. Der Unbekannte schien auf Kims Chef zu warten. Jetzt lächelte er Bolton zu und hob dabei wie zum Gruß seinen rechten Arm. Bolton blieb unvermittelt stehen. Er war jetzt nur noch wenige Schritte von der Limousine entfernt. Dann drehte er sich leicht nach rechts. Kim sah, wie er sich dabei an die Brust griff. Dann gaben Boltons Knie völlig unerwartet nach und der Leiter der Mordkommission sackte in sich zusammen, bevor er vornüber auf den Asphalt fiel.

Der Mann mit der Sonnenbrille, der gerade noch lässig angelehnt an den schwarzen Wagen gestanden hatte, schien auf einmal hellwach zu sein. Mit wenigen großen Sätzen sprang er zu Bolton und kniete sich neben ihn.

Kim drängte durch das Drehkreuz und rannte über den Parkplatz.

»Ich bin Arzt«, erklärte der Mann auf dem Parkplatz und erhob sich, als Kim bei Bolton ankam. Er schob seine Sonnenbrille hoch in sein kurz geschnittenes Haar und fixierte Kims Blick mit seinen klaren blauen Augen. »Mein Freund hat einen Herzinfarkt«, fügte er in einem Tonfall hinzu, in dem sich Selbstbewusstsein und Betroffenheit perfekt die Waage hielten. »Holen Sie mir schnellstmöglich den Defibrillator aus dem Sanitätsraum im Stadion.«

***

Keine drei Minuten später stand Kim völlig außer Atem zusammen mit dem Rennarzt, der den Koffer mit dem Defibrillator in der Hand trug, wieder auf dem Parkplatz.

»Machen Sie sich nichts daraus, das kann passieren«, sagte der Rennarzt und schaute Kim mitleidig an. »Sie haben einen der Athleten betreut und die ganze Nacht nicht geschlafen, stimmt's?«

Kim war sprachlos, als sie verstand, was der Rennarzt ihr da gerade unterstellte.

»Schauen Sie einfach, dass Sie möglichst bald mal eine Mütze Schlaf nachholen, dann kommt das schon wieder in Ordnung«, riet der Arzt ihr und ging wieder zurück Richtung Stadion.

»Halt!«, schrie Kim.

Der Rennarzt stoppte und drehte sich verdutzt um.

»Ich schwöre, hier hat vor fünf Minuten noch ein Mann mit einem Herzinfarkt gelegen. Und da vorne stand ein schwarzes Auto. Und da war noch ein Mann, ein Arzt«, brach es jetzt voller Empörung aus Kim heraus. »Ich denke mir so etwas nicht aus. Ich bin Inspektor bei Scotland Yard!«

Kim sah dem Rennarzt an, wie wenig ihn ihre Polizeikarriere beeindruckte. Trotzig hob sie ihr Kinn und deutete dem Arzt mit einem kurzen Kopfnicken an, dass sie eine Antwort von ihm erwartete.

»Gut, ich habe diese Nacht auch praktisch nicht geschlafen«, antwortete der Arzt mit unerwartet milder Stimme. »Vielleicht hat ja ihrem Mr. X das Warten zu lange gedauert, und er hat unseren Herzinfarktpatienten selbst in das nächste Krankenhaus gefahren. Ich verspreche Ihnen, ich werde gleich nach dem Rennen entsprechende Erkundigungen einholen.«

***

Kim schnaubte vor Wut, während sie dem Rennarzt zurück ins Stadion folgte. *Auf die Idee, die Krankenhäuser in der Umgebung abzutelefonieren, hätte ich auch selbst kommen können. Und natürlich habe ich während der Nacht fast nicht geschlafen, aber deswegen habe ich noch lange keine Tagträume. In was für eine bescheuerte Situation bin ich da wieder reingeraten. Die halbe Londoner Polizei weiß, was hier in diesem Stadion abläuft, nur mich lässt man ohne jegliche Informationen alleine zurück.*

Wo steckt zum Beispiel mein Vater, der alte Geheimniskrämer schon wieder? Dem werde ich jetzt mal so richtig meine Meinung geigen, schwor sich Kim und holte ihr Handy aus der Hosentasche.

»Dich wollte ich auch gerade anrufen«, fiel ihr George direkt ins Wort, als die Verbindung zustande gekommen war. »Ob du es glaubst oder nicht, aber ich bin aufgehalten worden. Hier in der Tooting Police Station hat ein neuer Kollege angefangen, und der kennt mich nicht.«

»Soll es geben«, antwortete Kim kühl.

»Nein, ich meine das ernst. Der Kollege Capper hatte tatsächlich noch nie etwas von mir gehört. Und da Fionas Mann behauptet hat, ich hätte ihn völlig grundlos angegriffen, überwältigt und zur Wache geschleppt, dauerte das Ganze länger als geplant. Nachher ist dann Terence Boyle von der Streife zurückgekommen und hat den jungen Capper erst einmal kräftig eingenordet.«

»Dad. Martin Bolton ist verschwunden.«

»Wie verschwunden?«

»Bolton war im Stadion. Er hat sich auf der Tribüne mit einem Läufer Namens Andrew Davies getroffen.«

»Andrew Davies?«

»Du erinnerst dich doch? Der Neuseeländer mit der Startnummer 46, der nicht im Programmheft stand.«

»Bolton hat sich mit Stewart unterhalten?«, fragte jetzt George entsetzt.

»Stewart?«

»Egal, das erkläre ich dir später. Wo ist Bolten jetzt?«

»Bolten hat einen Herzinfarkt erlitten, als er das Stadion verließ.«

»Was?«

»Der Freund von Bolton, der auf dem Parkplatz auf ihn wartete, war Arzt und hat mich gleich ins Stadion geschickt, einen Defibrillator zu holen, und als ich mit dem Rennarzt wieder auf dem Parkplatz war, waren beide weg.«

»Kim, geht's dir gut?«

»Was soll denn die Frage?«

»Wo ist Stewart, ich meine, wo ist dieser Andrew Davies jetzt?«

»Woher soll ich das denn wissen? Ihr seid doch hier mit der halben Londoner Polizei im Stadion und verratet mir nicht, was hier eigentlich gespielt wird.«

»Ganz ruhig Kim, nicht aufregen, Daddy ist gleich bei dir.«

»Sag mal, wie redest du mit mir? Ich bin eine erwachsene Frau!«

»Entschuldige bitte. Das Ganze ist eine sehr, sehr heikle Angelegenheit und scheint gerade völlig aus dem Ruder zu laufen. Ich rufe jetzt schnell mal Diana an und die meldet sich dann gleich bei dir und du erfährst alles, was du wissen möchtest, versprochen.«

Sonntag 11:52 Uhr – Kim

»Wie sah der Mann ganz genau aus, der vor dem Stadion auf Bolton gewartet hat?«

Kim spürte, dass alleine die Art, wie ihre ehemalige Chefin jedes einzelne Wort betonte, ausreichte, sie unter Druck zu setzen. Sofort war wieder alles wie früher. Dieses Unausgesprochene »aber enttäusche mich nicht«, das in jeder Silbe von Diana, wie sie Hall seit einem Jahr nannte, mitschwang.

»Der Arzt ...«, sagte Kim zunächst nur, um noch ein wenig Zeit zu gewinnen, um ihre Gedanken zu sortieren. »Der Arzt war in etwa so groß wie Bolton, aber deutlich jünger. So etwa dreißig würde ich sagen. Ja, und viel sportlicher als Bolton war er auch. Er wirkte regelrecht durchtrainiert. Wie jemand, der mehrmals in der Woche Krafttraining macht. Er hatte auffällig blaue Augen, dunkelblondes kurz geschnittenes Haar, und er war glattrasiert.«

»Hatte der Mann einen Bürstenhaarschnitt?«

Kim versuchte, sich das Bild wieder vor Augen zu rufen, wie der Mann vor ihr gestanden und seine Sonnenbrille hoch ins Haar geschoben hatte. »Ja, die Frisur könnte man auch so bezeichnen.«

»Und woher weißt du, dass der Mann Arzt war?«

»Das hat er mir gesagt.« Noch während sie antwortete, wusste Kim, sie hatte Diana einmal mehr enttäuscht. Die Aussage eines Zeugen ungeprüft zu übernehmen, das war nicht die Ermittlungsqualität, die Diana von ihren Mitarbeitern erwartete. »Ich bin nicht dienstlich hier. Ich bin aus rein privaten Gründen im Stadion. Ich betreue Fiona bei ihrem Lauf«, schob Kim entschuldigend nach.

»Ist mir klar, Kim. Ist schon gut. George sagte gerade am Telefon, du hättest ihm auch etwas von einer schwarzen Limousine auf dem Parkplatz erzählt. Was war das für ein Fahrzeug?«

Kim schloss die Augen und versuchte sich zu konzentrieren. »Ein schwarzer Vauxhall. Ich kenne mich bei den neuesten Modellen nicht so aus, aber ich glaube, es war ein Vauxhall Insignia.«

»Danke, du hast uns sehr geholfen.«

Danke, das war's, dachte Kim. Jetzt würde Diana auflegen und sie ohne weitere Informationen allein im Stadion zurücklassen.

»Kim, wir brauchen deine Hilfe weiterhin«, fuhr Diana fort. »Was ich dir jetzt erzähle, ist absolut vertraulich. Und nur für den Fall, dass dich künftig einmal jemand auf dieses Gespräch anspricht, es hatte einen rein privaten Inhalt.«

In Zeiten, in denen jede Telefonverbindung aufgezeichnet wird, wollte sich Diana absichern, verstand Kim. »Klar, du bist ja quasi meine Stiefmutter«, antwortete sie und versuchte, es wie einen Scherz klingen zu lassen.

Diana ging nicht auf den Scherz ein. »Bei deinem Arzt handelt es sich mit größter Wahrscheinlichkeit um den Bodyguard, den ich angefordert habe. Josh Corkindale hatte den Auftrag, einen Teilnehmer des 24-Stunden-Laufs zu schützen. Seit einer halben Stunde versuche ich vergeblich, ihn telefonisch zu erreichen. Er geht einfach nicht dran. Genauso wenig wie der Uhu, den ich auf dem Dach des Hochhauses platziert habe, um das Stadion und die Zufahrt von oben zu überwachen.«

»Der Uhu?«

»Der Sniper«, erklärte Hall. »Ein Scharfschütze mit einem Präzisionsgewehr.«

»Dann wurde der Neuseeländer Andrew Davies also bedroht«, kombinierte Kim.

»Es gibt hier keinen Andrew Davies. Die Schutzperson heißt Stewart Cantwell.«

»Stewart Cantwell!«, rief Kim erstaunt und blickte sich gleich um, ob eine der umherstehenden Personen sie gehört hatte. »Wollte denn Stewart ins Stadion kommen?«

»Du hörst mir nicht richtig zu, Kim. Ich sagte, der Bodyguard hat von mir den Auftrag erhalten, einen der Teilnehmer des Laufs zu schützen. Stewart ist einer der Läufer.«

»Aber definitiv nicht«, sagte Kim, die glaubte sich verhört zu haben. *Das wäre dann genau der Punkt, wo ich selbst anfangen würde, an meinen geistigen Fähigkeiten zu zweifeln, wenn der kleine, fette Stewart ...*

»Er ist der Läufer mit der Startnummer 46«, unterbrach Hall Kims Gedanken.

»Pah!« Brach es aus Kim heraus. »Bitte noch einmal ganz langsam zum Mitschreiben. Andrew Davies soll in Wirklichkeit Stewart Cantwell sein?«

Diana antwortete nicht. Kim deutete dies als sicheres Zeichen dafür, dass sie sich wohl im Ton vergriffen hatte. *Verdammt, heute ist einfach nicht mein Tag. Oder liegt es doch am fehlenden Schlaf?* Kim zwang sich, zweimal tief ein- und auszuatmen. *Das tut gut.* Kim spürte sofort, wie sie sich wieder beruhigte. *Okay, jetzt noch einmal ganz sachlich ohne Emotionen: Der Läufer mit der Nummer 46 ist mir von Anfang an bekannt vorgekommen. Und ich habe gesehen, dass er mehrfach verstohlen zu mir rübergeschaut hat.* Je mehr sie sich mit dem Gedanken beschäftigte, umso eher konnte sie sich vorstellen, dass Diana die Wahrheit erzählte. *Andrew Davies ist niemand anderes als Stewart Cantwell, und ich habe ihn die ganze Zeit nicht erkannt.*

»Und warum erhält Stewart Personenschutz?«, fragte Kim.

Durch den Lautsprecher in Kims Handy drang Dianas müdes Lachen. »Dass Cantwell seit rund einem Jahr Personenschutz erhält, hat etwas mit dir zu tun.«

»Bitte?«, sagte Kim erstaunt. Dann erinnerte sie sich an ihren letzten Kontakt mit Stewart. *Ja, das ist jetzt ungefähr ein Jahr her.* Mehrfach hatte Stewart versucht, sie anzurufen. Ehrlich gesagt, war sie ganz froh gewesen, dass er sie nicht erreicht hatte. Dann fing er an, ihr E-Mails ins Büro zu schicken. Er wollte sich interessant machen, daran hatte für Kim gar kein Zweifel bestanden. Und was er in seinen E-Mails schrieb, klang einfach nur absurd. Für einen solchen Unsinn habe ich jetzt keine Zeit, hatte sie damals beschlossen. Viel wichtiger war ihr gewesen, die Silver Otter für sich und Fiona herzurichten. Jede freie Minute hatte sie auf dem Hausboot zugebracht.

Erst als Kim eines Abends Fiona von einer weiteren Nachricht Stewarts berichtete, änderte sich Kims Meinung plötzlich. Schlagartig kam ihr die ganze Geschichte gar nicht mehr lächerlich vor. Zusammen mit Fiona fing sie noch am selben Abend an zu recherchieren. Den toten Segler gab es wirklich, und seine Yacht hieß tatsächlich Olympia. Auch den Londoner Klub Olympia 1908, von dem Stewart geschrieben hatte, konnten sie problemlos ausfindig machen.

»Erinnerst du dich nicht mehr?«, fragte Hall. »Du hattest George erzählt, Stewart fühlte sich bedroht, weil bei ihm eingebrochen worden ist. Die Einbrecher hatten als Warnung an ihn eine Petroleumlampe, die von einer Segelyacht stammte, auf seinem Kopfkissen zurückgelassen. Du hast dich total darüber aufgeregt, dass du die Informationen intern bei Scotland Yard weitergeleitet, aber keinerlei Rückmeldung erhalten hast.«

»Doch, ja, ich erinnere mich«, sagte Kim. »Stewart hatte damals private Ermittlungen angestellt. Irgendwie ging es da um Steuerhinterziehung rund um die Olympischen Spiele.«

»Nicht nur Steuerhinterziehung. Da wurde auch reichlich Schmiergeld gezahlt, um sich die lukrativsten Aufträge zu sichern. Und nach den Spielen in London war damit nicht Schluss. Mit dem Know-how-Transfer zu den nächsten Olympischen Spielen in Rio wurde dann noch einmal kräftig Kasse gemacht. Da haben einige Leute richtig viel Geld gescheffelt.«

»Und du hast vor einem Jahr dafür gesorgt, dass Stewart Personenschutz erhält?«

»Richtig. Wir haben ihm sogar eine komplett neue Identität spendiert. Bei der NCA ermittelten wir gerade an einem ähnlichen Fall, traten aber auf der Stelle. Das Prekäre dabei war, dass in unserem Fall eine Spur direkt zu Scotland Yard führte.«

»Das ist nicht wahr!«

»Leider doch. Und als ich die komplette Geschichte von Stewart Cantwell persönlich gehört hatte, habe ich mir natürlich die Frage gestellt, wie es den Tätern gelungen war, ihn als Schreiber der Drohbriefe zu identifizieren.«

»Du meinst, der Tipp kam von jemanden, der wusste, dass Stewart Zugang zu den Steuerdaten hatte, von jemanden bei der Polizei?«, fragte Kim ungläubig.

»Richtig. Der Informant musste entweder bei der City Police of London sitzen, wo Cantwell arbeitete, oder aber jemand bei Scotland Yard sein, der die Hintergründe zu deinem Fall mit dem Fußballer Kevin Campbell kannte.«

»Und warum habt ihr dann ausgerechnet Martin Bolton mit ins Team genommen?«

»Bolton ist erst letztes Jahr als mein Nachfolger zu Scotland Yard gekommen. Vorher hat er die Mordkommission in Southampton geleitet. Als Quereinsteiger bei Scotland Yard war er der ideale Kontaktmann für uns. Wir haben ihn auch erst vor wenigen Tagen eingeweiht, als wir hinter Cantwells Plan gekommen sind.«

»Stewart hatte einen Plan?«

Wieder vernahm Kim Dianas müdes Lachen durch das Telefon. »Die Zusammenarbeit mit Stewart Cantwell ist manchmal alles andere als leicht. Statt mit uns die weiteren Schritte abzustimmen, orakelte er immer nur. Er wolle sich seine alte Freiheit wieder zurückerobern. Und von einem High Noon während einer Veranstaltung heute in einem Londoner Stadion hat er gesprochen.«

Kim blickte instinktiv auf ihre Uhr. Gleich war es fünf Minuten vor zwölf.

»Ganz auf den Kopf gefallen sind wir bei der NCA auch nicht«, fuhr Diana fort. »Und so viele Veranstaltungen finden heute Mittag selbst in London nicht statt. Also haben wir jede einzelne geprüft und uns gefragt, ob dies der Ort sein könnte, den Cantwell sich ausgeguckt hat. Wir wollten schließlich nicht auf der falschen Party erscheinen. Als wir dann den 24-Stunden-Lauf in Tooting überprüft haben und dahintergekommen sind, dass die Schwester von Stewart den Lauf organisiert, waren wir uns sicher, den richtigen Ort gefunden zu haben. Dann kam gestern Mittag die Bestätigung durch den Bodyguard.«

»Mit wie vielen Personen seid ihr hier?«, fragte Kim.

»Unser Team besteht aus fünf Personen.«

»Fünf Personen nur für einen Lauf, der über vierundzwanzig Stunden geht?«

»Der Präsidentenbesuch«, erklärte Diana. »Wir haben den Bodyguard zum persönlichen Schutz Cantwells und den Uhu, der vor allem für die Sicherheit außerhalb des Stadions verantwortlich ist. Und schon die beiden haben wir nur, weil

Bolton sie bei Scotland Yard loseisen konnte. Dann haben wir deinen Vater, der für die Sicherheit im Stadion verantwortlich ist, und Bolton, der bereit war, am Ende des Rennens für einige Stunden dazu zu kommen. Und die Fünfte im Team bin dann auch schon ich als Kommandozentrale im Hintergrund.«

»Das heißt, im Stadion ist im Augenblick niemand oder wenigstens niemand, den du erreichst?«, fragte Kim kühl.

»Dein Vater ist in wenigen Minuten zurück im Stadion, und wir haben ja noch dich vor Ort«, antwortete Diana ebenso kühl. »Wo ist Stewart jetzt? Ist er in Sicherheit?«

»Woher soll ich das denn wissen! Bis gerade wusste ich ja nicht einmal, was hier eigentlich läuft«, empörte sich Kim.

»Sorry. Es war Bolton, der dich nicht abstellen wollte, als wir deine Unterstützung auf dem Dienstweg angefragt haben. Und George meinte, dann sagen wir dir besser gar nichts von den Ermittlungen, bevor du ... na, ja ... bevor du noch auf eigene Faust losziehst, hat dein Vater gemeint.«

Sonntag 11:55 Uhr – Stewart

Komisch. Gerade war es noch so schön warm. Warum friere ich jetzt? Wo kommt diese Kälte so plötzlich her? Sie kommt von meinem Rücken. Er fühlt sich nass an. Und kalt, eisig kalt.

Stewart lag auf dem Bauch, den Kopf nach links gedreht. Er hatte von Kim geträumt. In seinem Traum saß sie in einem Rollstuhl, der in einem völlig leeren Raum stand. Was ihn aber am meisten verstörte, war die Maske, die sie trug. Eine mattblaue Maske aus einem dünnen Metall oder Kunststoff. Das schwache Licht in dem Raum reichte gerade aus, um Kims ebenmäßige Gesichtszüge zu erkennen, die die Maske detailgetreu wiedergab. Aber es drang keinerlei menschliche

Regung durch die Maske nach außen. Von Kims unwiderstehlichem Lächeln, dem er einst verfallen war, ganz zu schweigen.

Diese Kälte. Inzwischen lief sie ihm auch die Seite herunter. Jetzt ergoss sich ein Schwall dieses kalten Nass über seinen Nacken. *Und was ist das für ein widerlicher Benzingestank!*

Stewart schlug die Augen auf. Im Halbdunkeln sah er die Schuhe und Beine eines Mannes, der dicht neben der Massageliege stand, auf der er lag.

»Mir ist so kalt«, raunte Stewart schlaftrunken.

»Nicht mehr lange, das verspreche ich dir.«

Stewart versuchte sich aufzurichten. Er wollte den Mann sehen, der ihm geantwortet hatte. *Was soll das?* Beim Versuch, seine Arme zu bewegen, die angelegt an seinem Körper lagen, spürte er einen Widerstand. Etwas Glattes, das sich immer weiter einschnürte und in seinen Unterarm schnitt, je mehr Kraft er aufbrachte. *Klebeband. Ich bin gefesselt.*

Der Mann bemerkte, dass Stewart versuchte, ihn anzuschauen. Er trat einen Schritt zur Seite und stellte den geöffneten Kanister, den er in der Hand hielt, auf den gefliesten Fußboden. »Das war die erste von zwei guten Nachrichten, die ich für dich habe.«

»Tom?« Der Mann, der ihn gerade mit Benzin übergossen hatte, war Tom, sein Bodyguard. Sofort war Stewart hellwach.

»Die zweite gute Nachricht ist, Bolton wird dir nichts mehr antun. Das Problem haben wir für dich gelöst. Bolton hat aufgrund deiner Recherchen einfach die Nerven verloren und eigenmächtig gehandelt. Über kurz oder lang hätte er uns alle mit in den Abgrund gezogen.«

»Bolton?«, fragte Stewart ängstlich.

»Der Typ von der Tribüne. Ann sagt, du hättest ihn Mr. Res genannt.«

»Ann?«

»Ann Worley. Sie ist die schlechte Nachricht für dich. Ann war Fackelträgerin bei den Olympischen Spielen 2012. Vielleicht ist sie deshalb auf die Idee gekommen, was wir jetzt als Nächstes mit dir machen.« Mit seinem Fuß stieß Tom den Benzinkanister an. »Sie meint, du hättest eine angemessene Strafe verdient für das, was du angerichtet hast.«

Tom bückte sich nach der Sporttasche, die neben dem Benzinkanister stand. Als er sich wieder aufrichtete, hielt er eine orangefarbene Leuchtpistole in der Hand. Während er den Lauf der Pistole abknickte und von hinten eine Patrone einschob, fixierte er Stewart mit festem Blick. »So, los geht's, mein 24-Stunden-Läufer. Sonst verpassen wir noch das große Finale.« Mit seiner freien Hand griff Tom nach einer Verbandsschere und durchschnitt das Klebeband, mit dem Stewart an der Liege gefesselt war. Dann wies er ihn mit der Pistole an aufzustehen.

Drei Minuten vor zwölf drängte Tom Stewart zu der Tür, die nach draußen zur Laufbahn führte und öffnete diese einen Spalt.

»Ach, frische Luft, die tut jetzt gut, oder?« Dicht neben Stewarts Ohr atmete Tom gut hörbar tief ein. »Wir haben noch mehr als eine Minute, daher werde ich dir noch einen kleinen Tipp geben.« Tom flüsterte Stewart jetzt direkt ins Ohr. »Du bist mir wirklich ein Stück weit ans Herz gewachsen mit deiner Starrköpfigkeit, weißt du das? Jetzt schau mal da vorne hin zur Hochsprunganlage. Auf halber Strecke, da hinten etwas links, da gibt's einen Wassergraben. Viel Glück!«

Stewart verspürte einen kräftigen Stoß, so dass er jetzt zwei Meter vor der Tür auf dem Vorplatz des roten Backsteingebäudes stand, als er versuchte, loszurennen. Aber seine Beine reagierten nicht auf sein Kommando. Panisch griff Stewart mit beiden Händen nach seinem linken Knie und zog es einen halben Schritt nach vorne. Dann umfasste er sein rechtes Bein und wiederholte die Prozedur. Unter Schmerzen und Aufbietung all seiner Willenskraft gelang es ihm so, in einen Bewegungsfluss zu kommen, der noch am ehesten als schnelles Hinken bezeichnet werden konnte. Hinter sich hörte Stewart, wie Tom laut loslachte.

Die Sekunden verstrichen. *Das schaffe ich nie bis zum Wassergraben.* Dreißig Meter. Eine Strecke, die er unter normalen Bedingungen in vier, maximal fünf Sekunden zurücklegen könnte. Gleich würde er von der Leuchtpatrone getroffen und selbst zur brennenden Fackel werden. *Warum schießt Tom nicht endlich?*

Stewart hatte die Laufbahn gerade erreicht, als sich ihm freundlich lächelnd ein Offizieller mit breit ausgestreckten Armen in den Weg stellte.

»Du musst dich erst bei deinem Rundenzähler zurückmelden, Sportsfreund.«

Sportsfreund? Sorry! Stewart hatte keinerlei Erfahrung im Nahkampf. Aber inzwischen war die Beweglichkeit seiner Beine wieder soweit hergestellt, dass sein Knie die lächelnde Wegsperre an einer Stelle traf, dass er die Laufbahn auch ohne das Okay seines Rundenzählers betreten konnte.

Mit Todesangst im Nacken überquerte Stewart die Tartanbahn. Die Beschimpfungen von zwei Läufern, die ihm ausweichen mussten, ignorierte er. Keine zehn Meter mehr bis zum Wassergraben. *Ich will noch nicht sterben!*

Plötzlich hörte Stewart das Zischen des Signalgeschosses. *Leb wohl, Jamie.* Dann war alles nur noch rot vor seinen Augen. Ungläubig blickte Stewart auf den gleißend hellen Punkt. Das Leuchtgeschoss war viel zu hoch abgefeuert worden, um ihn zu treffen. Langsam verglühte die rote Kugel über dem Stadion. Stewart sackte kraftlos zusammen. Kniend und mit Tränen in den Augen drehte er sich zur Umkleidekabine um.

Tom stand immer noch an der Tür. Er war ganz weiß im Gesicht. Auch sein Haar war weiß. Jetzt riss Tom seinen Arm schützend vor seine Augen, um sich vor einer weiteren Pulverwolke zu schützen. Stewart erkannte in dem Mann, der Tom mit einem roten Feuerlöscher attackierte, den älteren Herrn, der in den Morgenstunden schon Kim zu Hilfe geeilt war, als sie von dem Ehemann ihrer Freundin angegriffen wurde.

Sonntag 11:58 Uhr - Elena

Dave hatte recht. Die Läufer, mit denen sie sich in den letzten Runden noch unterhalten hatten, wirkten alle überaus erfreut, von ihr angesprochen zu werden. In der Stunde vor dem Ende des Laufes trat das ein, was Elena bislang vermisst hatte. Plötzlich löste sich die Stimmung unter den Läufern. Die meisten Positionskämpfe waren ohnehin ausgefochten, und die einzelnen Teilnehmer, die noch im Rennen waren, schienen glücklich und zufrieden damit zu sein, dass sie die vierundzwanzig Stunden aller Wahrscheinlichkeit nach bewältigen würden.

Natürlich erreichten nicht alle Läufer die Ziele, die sie sich selbst gesetzt hatten. Manche Ziele waren vermutlich von vornherein unrealistisch gewesen. Andere Läufer hatten einfach Pech, dass sich neue oder alte Verletzungen meldeten. *Manch einem mag es sogar so gegangen sein wie mir,* philosophierte Elena, *dass der Kopf einfach nicht das umsetzten konnte, was man sich vorher so fest vorgenommen hatte.* Aber eines war den meisten Läufern gemeinsam - sie wussten, dass sie keinen anderen dafür verantwortlich machen konnten. Selbst das Wetter taugte heute nicht als

Ausrede, hatte doch das angekündigte Tiefdruckgebiet auf sich warten lassen.

Wieder nahm Elena die Glückwünsche eines Läufers entgegen. Das ging jetzt schon eine halbe Stunde so, dass andere Teilnehmer ihr während des Laufs zu ihrer Leistung gratulierten. Selbst einige der schnellen Männer hatten es sich nicht nehmen lassen, ein Stück mit ihr zu laufen. Elena war überrascht gewesen, wie viel manche Läufer während des Rennens von ihren persönlichen *ups and downs* mitbekommen hatten.

Elena selbst war erst in der letzten Stunde aufgegangen, dass es bei diesem Lauf für die Mehrzahl der Läufer um ganz andere Dinge ging als um den Sieg. Auf einmal hatte sie auf der Laufbahn viele Sieger gesehen. Teilnehmer, die ihren ersten Lauf über vierundzwanzig Stunden bestritten. Läufer, die sich über neue persönliche Bestleistungen freuten, egal ob dies 100 Kilometer oder Meilen waren oder wie einige Männer bei diesem Lauf, die sogar die 200Kilometer-Grenze geknackt hatten. Und dann waren da noch Elenas persönliche Helden. Läufer, die keinen Preis gewinnen würden und sich auch nicht über irgendwelche Bestleistungen würden freuen dürfen. Läufern, denen man die Erschöpfung und die Blessuren, die sie während dieses Wettkampfs davongetragen hatten, mit jedem Schritt in ihren vor Schmerz verzerrten Gesichtern ansah und die trotzdem eine Runde nach der anderen absolvierten. *Was treibt diese Athleten nur an?*, überlegte Elena, als ein strahlender Dave an ihrer Seite erschien.

»Hier ist dein Glas.« Dave gab Elena ein mit Sand gefülltes Glas, das mit einem roten Deckel verschlossen war.

Elena betrachtete das Sandglas, auf dem ein weißes Etikett mit ihrer Startnummer klebte. »Was soll ich damit? Ist das ein

Sonderpreis für die Läuferin, die den meisten Sand im Getriebe hatte?«

Dave lachte laut und zeigte Elena das Sandglas, das er in der anderen Hand trug. »Hast du das denn nicht in der Ausschreibung gelesen? Jeder Teilnehmer erhält in seiner letzten Runde ein Glas mit seiner Startnummer. Sobald das Schlusssignal ertönt, dass die vierundzwanzig Stunden um sind, bleibt jeder dort stehen, wo er gerade ist und stellt das Glas ab.«

»Wie? Laufen wir nicht gemeinsam ins Ziel?« Elena konnte die Enttäuschung in ihrer Stimme nicht verbergen.

»Nein, das müssen wir uns für einen anderen Lauf aufsparen. Das Glas dient der Vermessung der Restmeter, die du in der angefangenen Runde noch gelaufen bist«, erklärte Dave.

Im selben Augenblick schoss eine rote Signalkugel in den Himmel, und Elena blieb völlig erschöpft stehen.

»Ich kann nicht mehr. Jetzt musst du mich ins Ziel tragen.«

Dave lächelte, dann herrschte plötzlich Unruhe unter den Läufern. Einige Teilnehmer liefen immer noch und forderten auch diejenigen, die stehen geblieben waren, zum Weiterlaufen auf.

»Er ist noch nicht zu Ende. Der Lauf geht noch fast eine Minute«, hörten die beiden jetzt eine Durchsage über die Lautsprecher. »Als Schlusssignal ertönt eine Sirene.«

Ungläubig schüttelten Elena und Dave den Kopf. Dann zwangen sie sich, noch einmal loszulaufen. Zum Ziel waren es noch gut einhundert Meter. Dave schaute auf seine Uhr und wieder nach vorn.

»Wenn wir dieses Tempo beibehalten, dann sind wir zur Schlusssirene genau im Ziel«, sagte er und ergriff Elenas Hand.

Kapitel 4

Sonntag 13:00 Uhr – Kim

Die Siegerehrung fand auf dem Platz vor dem roten Backsteingebäude statt. Fleißige Helfer hatten die Rundentafel, auf der während des Wettkampfs die Reihenfolge und die absolvierte Distanz der einzelnen Läufer abzulesen war, an das Gebäude gestellt. Links davon, auf einem weißen Tisch, warteten etwa zwanzig silberglänzende Pokale in unterschiedlichen Größen auf ihre neuen, stolzen Besitzer.

Jamie Cantwell ergriff das Mikrofon, das auf einer Lautsprecherbox neben dem Tisch lag. Sie führte das Mikrofon an ihren Mund, doch statt zu sprechen lächelte sie nur. Ihr Blick wanderte von links nach rechts über die Zuschauer, die sich zu dieser Siegerehrung versammelt hatten, als würde sie jemanden suchen. Die meisten der Aktiven saßen erschöpft, aber glücklich auf Stühlen, die in einem Halbkreis aufgestellt worden waren. In der zweiten Reihe hinter den Läufern standen die Helferteams, Freunde, Bekannte und Offizielle. Kim stand hinter dem Stuhl, auf dem sich Fiona erschöpft niedergelassen hatte und beobachtete die Szene.

»Das war ein langer Tag«, begann Jamie und schaute wieder lächelnd in die Runde. Auch der Organisatorin des 24-Stunden-Laufs war die Müdigkeit anzusehen. »Ihr alle habt heute Großartiges geleistet, seid über euch hinausgewachsen, habt eure eigenen Grenzen gesprengt.«

Kim und einige weitere Zuschauer applaudierten zurückhaltend.

»Jetzt seid ihr müde und wollt alle nach Hause. Einige von euch sind von weit her angereist. Wir werden also die Siegerehrung nicht unnötig in die Länge ziehen.«

Wieder war vereinzeltes Klatschen zu hören.

»Wir beginnen wie immer mit den beiden Tagessiegern, der ersten Frau und dem ersten Mann, bevor wir uns Platz für Platz nach hinten arbeiten. Alle Teilnehmer, die den Lauf gefinisht haben, erhalten zudem eine Erinnerungsmedaille.«

Kim merkte einmal mehr, wie Stolz sie auf Fionas Leistung war. Sanft legte sie ihre Hände Fiona von hinten auf die Schulter.

»Wenn ich als Erstes Elena Bontschewa und Paul O'Kelly nach vorne bitten darf.«

Jetzt brandete zum ersten Mal richtiger Applaus auf, und einige Läufer und Zuschauer brachten ihre Begeisterung und Anerkennung mit zusätzlichen Jubelschreien zum Ausdruck.

Unterschiedlicher könnten die Sieger nicht sein, dachte Kim. Auf der einen Seite Paul O'Kelly. Eine durchtrainierte, extrovertiert posende, braun gebrannte Laufmaschine. Und dann die blasse, schüchtern und zurückhaltend wirkende Elena Bontschewa, die unter sichtlichen Schmerzen nach vorne hinkte, ihren Pokal entgegennahm und sich gleich wieder setzten wollte.

»Halt Elena, bitte warte noch«, rief ihr Jamie Cantwell eilig hinterher. »Genau wie Paul hast du als erste Frau auch noch deine Altersklasse gewonnen.«

Jamie reichte ihr einen zweiten, kleineren Pokal, und zum ersten Mal öffneten sich Elenas Lippen für ein Lächeln. Die

Zuschauer quittierten das Lächeln und klatschten ein weiteres Mal Beifall.

Leicht verlegen machte sich Elena mit zwei Pokalen in der Hand auf den Weg zu ihrem Sitzplatz.

»E l e n a!«, sprach Jamie lang gezogen ins Mikrofon.

Die ersten Zuschauer lachten in Erwartung der Dinge, die jetzt noch folgen würden.

»Stell doch einmal deine Pokalsammlung ab, und komm wieder nach vorne.«

Elena tat, wie ihr aufgetragen war. Inzwischen war ihre Blässe einer leicht rötlichen Gesichtsfarbe gewichen.

Vor Kim lachte Fiona auf.

»Lach nicht, du kommst gleich auch noch dran«, flüsterte Kim ihr scherzend ins Ohr.

Jamie Cantwell begleitete Elena auf den Weg nach vorne, indem sie das Mikrofon im Takt ihrer Schritte schwang. Jamie genoss die Spannung, die sie aufgebaut hatte. Elena nicht. Es war mucksmäuschenstill im Stadion. Dann verbeugte sich Jamie theatralisch, langsam und tief vor Elena.

»Das musste jetzt sein!«, sprach Jamie laut und fröhlich ins Mikrofon, nachdem sie sich wieder aufgerichtet hatte. »Elena ist eine der ganz wenigen Läuferinnen, die ich kenne, denen es gelungen ist in der zweiten Hälfte eines 24-Stunden-Laufs fast die gleiche Distanz zu erzielen, wie in der ersten. Elena hat in den ersten zwölf Stunden 93,6 Kilometer absolviert und in den zweiten zwölf Stunden 93,2.«

Jetzt waren auch die Zuschauer nicht mehr zu halten und gaben auf unterschiedliche Art ihre Anerkennung zum Ausdruck. Die zweitplatzierte Frau Sue Lightfoot war sogar aufgesprungen und umarmte Elena herzlich.

»Sue, Du kannst gleich mal hier vorne bleiben«, sagte Jamie gut gelaunt. Es folgten allerdings zunächst die Siegerehrungen weiterer Männer, die stolz ihre Pokale und Medaillen entgegennahmen und für ein Erinnerungsfoto in die Kameras lächelten. Dann war Sue Lightfoot an der Reihe und wurde von den Teilnehmern und Zuschauern für den zweiten Platz und 172,1 gelaufene Kilometer ebenfalls mit viel Beifall bedacht.

Jamie Cantwell blickte auf ihr Blatt: »So, wenn das richtig ist, was hier steht, kommen wir jetzt zum jüngsten – oder richtigerweise muss es heißen zu der jüngsten Teilnehmerin des Feldes. Fiona McGahan ist gerade einmal sechsundzwanzig und hat sich mit 168,4 Kilometern bei ihrem ersten 24-Stunden-Lauf gleich den dritten Rang bei den Frauen gesichert. Fiona, bist du noch hier?«

Kim zeigte von oben mit dem Finger auf Fiona, die sich mühsam und unter sichtbaren Schmerzen aus ihrem Stuhl erhob. Ganz langsam, mit winzigen Schritten ging Fiona nach vorne und sorgte so unbeabsichtigt dafür, dass der Applaus besonders lange anhielt. Dann nahm Fiona vor Freude strahlend ihren Pokal entgegen, drehte sich zu Kim um und warf ihr eine Kusshand zu.

Kim war den Tränen nahe. Diesen Augenblick wollte sie für immer fest in ihrem Gedächtnis abspeichern, alles, was dazugehörte, in sich aufsaugen. Sie sah, wie Fiona ihr strahlendes Lächeln den anwesenden Fotografen präsentierte, sich dann ein weiteres Mal bei Jamie bedankte und vorsichtig mit kleinen, schleppenden Schritten auf sie zukam.

Kim war so glücklich und einmal mehr unglaublich stolz auf Fiona. Kim schaute in die Gesichter der anderen Teilnehmer und Zuschauer, die Fiona anerkennend zunickten und sie mit ihrem wohlwollenden Applaus begleiteten. Dann blickte sie in den Lauf einer Pistole.

Läufe, korrigierte sich Kim. Ihr Verstand arbeitete klar und schnell. Sie war jedoch absolut unfähig, sich zu bewegen. Auch konnte sie ihren Blick auf nichts anderes fokussieren als auf die kleine metallisch glänzende doppelläufige Pistole, mit der gerade jemand auf sie zielte. Die Waffe wirkte antiquiert und war mit ihren kurzen Läufen vermutlich nicht sehr treffsicher.

Aber auf diese kurze Entfernung wird sie ihr Ziel nicht verfehlen. Abstand zur Mündung weniger als ein Meter. Nicht das geringste Zittern. Maximal zwei Kugeln. Direkt ins Herz.

Kim versuchte, ihren Blick von der Waffe loszureißen, ihren Mund zu öffnen, zu schreien. Es gelang ihr nicht. Weder ihr Kopf noch ihre Augen gehorchten ihr. Kims gesamte Sinne schienen sich nur noch auf diese Pistole zu konzentrieren und auf die Hand, die sie hielt.

Keine ganz junge Hand mehr, eine Frauenhand, leicht gebräunt mit schwarz lackierten Fingernägeln.

Dann sah Kim, wie sich die Sehne unter der Haut der Hand langsam anspannte, als die Schützin ihren Zeigefinger krümmte.

Sonntag 13:17 Uhr – Elena

Elena betrachtete nachdenklich die beiden Pokale, die ihr überreicht worden waren. Wie fixiert sie über Monate darauf gewesen war, den größeren der beiden in den Händen zu halten. Das war ihr Ansporn gewesen, auch nach langen und anstrengenden Diensten im Krankenhaus noch in ihre Sportschuhe zu schlüpfen und die Laufeinheiten zu absolvieren, die ihr Trainingsplan vorsah.

Wie häufig hatte sie während der Vorbereitung geflucht und gezweifelt. Welche Entbehrungen hatte sie hierfür in Kauf genommen. War dieser etwa vierzig Zentimeter hohe, versilberte Plastikkelch, mit den beiden abstehenden und gleichfalls versilberten Plastikhenkeln, das alles wert gewesen? »24 Hour Race - 1st Lady« stand eingraviert im Fuß des Pokals.

Eine Momentaufnahme, ein glücklicher Augenblick, mehr nicht.

Elena blickte Sue an, die links neben ihr saß. Als hätte sie ihre Gedanken gelesen, lächelte Sue ihr zu und legte ihr eine Hand auf ihren linken Unterarm.

Vorne erhielt gerade die sympathische Fiona McGahan ihren Pokal. Sie hatte es geschafft und schien stolz und glücklich darüber zu sein, knapp hinter Sue den dritten Platz bei den Frauen gewonnen zu haben.

Erst jetzt fiel Elena das Plakat auf, das hinter dem Tisch mit den Pokalen an der Wand hing. »SELF TRANCENDENCE – 24 HOUR RACE«, stand dort in großen Buchstaben geschrieben. *Welche persönlichen Grenzen habe ich überschritten, und welche Erfahrungen habe ich dabei gemacht? Was ist meine Selbsterkenntnis, die ich aus den letzten vierundzwanzig Stunden mitnehme?* Im selben Augenblick, in dem sich Elena die letzte Frage stellte, schien sich diese auch schon zu beantworten. Dave, der auf dem Stuhl rechts von ihr Platz genommen hatte, ergriff ihre Hand.

Dann wurde Ann Worly, die viertplatzierte Frau aufgerufen. Ann Worly war eigentlich Triathletin, hatte England bei den Olympischen Spielen 1984 in Los Angeles im Modernen Fünfkampf vertreten und war Vizepräsidentin des Klubs Olympia 1908, wie Elena von Ann unaufgefordert beim Duschen erfahren hatte.

»Ann Worly? Ist Ann Worly hier?«, fragte Jamie Cantwell ein zweites Mal.

»Da ist ja Ann«, rief Sue fröhlich und zeigte in die Mitte der Zuschauer.

Dann ein Schuss. Das Kreischen erstarb augenblicklich, nur um eine Sekunde später in doppelter Lautstärke wieder einzusetzen. Stühle fielen um, Menschen drängten sich mit panischem Gesichtsausdruck an Elena vorbei.

Elena gelang es aufzustehen. Zwischen den panischen herumirrenden und hysterisch schreienden Menschen erhaschte sie einen kurzen Blick auf drei auf dem Boden liegende Frauen und einen älteren Mann, der eine der Frauen festzuhalten schien. Schlagartig verstummte für Elena alles um sie herum. Auf einmal war es ganz still. Sie spürte nur noch das ruhige Pochen ihres Pulses an der Schläfe. Mehr eine Bewegung als ein Geräusch.

Automatisch wusste Elena, was sie jetzt tun musste. Gedankenschnell bahnte sie sich humpelnd ihren Weg durch die orientierungslose Menschenmenge. In der Sanitätsstation schnappte sie sich einen bereitstehenden Erste-Hilfe-Koffer. »Wir haben einen medizinischen Notfall. Eine Frau wurde angeschossen. Wir benötigen schnellstmöglich eine Ambulanz«, informierte sie den verdutzt guckenden Sanitäter.

Elenas nächste Wahrnehmung war eine Menschenmenge, die sich vor ihr teilte und die Sicht auf zwei am Boden liegende Frauen freigab.

Ein Blick zurück. Die Täterin, die dritte Frau – Ann Worly – war längst überwältigt.

Die beiden Frauen vor ihr. Die dunkelhaarige Frau hielt sich beide Hände vor ihren linken Unterbauch. Blut quoll zwischen ihren Fingern hervor. Sie war bei Bewusstsein und schaute sie aus erschrockenen, braunen Augen an. Sie atmete gleichmäßig. Schweiß stand ihr auf der Stirn.

»Ich habe solche Bauchschmerzen.«

Und so große Angst, dachte Elena und streichelte Fiona über die Stirn.

Die zweite Frau, klein, blond, bewusstlos. Elena prüfte die Atmung, blickte auf und schaute einen der neben ihr stehenden Männer an. »In die stabile Seitenlage bringen, den Kopf leicht nach hinten neigen, Mund öffnen und gucken, dass die Atmung frei ist.«

Der Mann reagierte nicht. Ein anderer führte aus, was Elena angeordnet hatte.

Elena kniete sich wieder neben Fiona und öffnete den Erste-Hilfe-Koffer. Jetzt erinnerte sie sich. Die blonde Frau musste Fionas Betreuerin sein. Elena hatte sie während des Wettkampfs an der Strecke gesehen.

Fiona neigte den Kopf in Richtung ihrer Freundin und fragt mit zittriger Stimme: »Kim?«

»Deine Freundin ist bewusstlos, scheint aber ansonsten unverletzt zu sein.«

Ein müdes Lächeln zeigte sich in Fionas blassem Gesicht.

»Fiona, ich bin Ärztin. Du bist bei mir in guten Händen, und eine Ambulanz ist schon auf dem Weg.«

Das Lächeln in Fionas Gesicht wurde wieder von Angst verdrängt.

Elena zog ihre Sportjacke aus, faltete diese zusammen und legte sie als Kissen vorsichtig unter Fionas Kopf. Dann bemerkte sie Dave, der neben ihr stand und ihr eine Decke reichte, die sie behutsam über Fionas Beinen breitete.

»Ich werfe jetzt einen Blick auf deine Verletzung. Einverstanden?«

Fiona deutete ein Nicken an. Ohne Widerstand konnte Elena Fionas Hände, die sie auf die Wunde gepresst hielt, zur Seite legen. Vorsichtig tastete sie mit einer Hand um die schlanke Taille von Fiona herum. Es gab keinen Austrittskanal.

Während Elena die Wunde desinfizierte und beruhigend auf Fiona einredete, nahm sie im Unterbewusstsein wahr, dass Dave die anderen Teilnehmer, die zuvor um sie herumgestanden und zugeguckt hatten, weggeschickt hatte. Dann kam ihr unvermittelt die Erkenntnis, nach der sie so lange unglücklich gesucht hatte. *Ja, das, was ich gerade mache, ist nicht nur das, was ich am besten kann. Es ist auch das, was mir am meisten bedeutet.* Anderen Menschen mit ihren eigenen Fähigkeiten helfen zu können war viel, viel wertvoller, als irgendwelchen Pokalen hinterherzulaufen. Sicher, Laufen bedeutete ihr viel, es war herrlich – aber nicht wichtig. Sollte sie aus irgendwelchen Gründen mal nicht mehr laufen können, wäre sie zwar traurig, aber mit der Zeit würde sie sich einfach ein anderes Hobby suchen, das sie dann mit Freude ausüben würde.

Und Dave? Dave schien sich wirklich für sie zu interessieren. *Da muss ich jetzt erst mal abwarten,* überlegte Elena glücklich, während sie eine Rolle Verbandszeug öffnete und mit geübten Handbewegungen den Druckverband fixierte.

Kapitel 5

Montag 16:00 Uhr - Fiona

Blickt man plötzlich und völlig unvorbereitet in das Mündungsfeuer einer Pistole, verändert sich das eigene Leben schlagartig. Nichts ist mehr wie früher - wenn man denn überhaupt das Glück hat, am Leben zu bleiben.

Fiona beäugte aufmerksam die kleine, warme Hand, mit der ihr Dr. Stanislaw Balcerzak fast zärtlich über ihren flachen Bauch strich. Dann deutete er mit dem Zeigefinger auf eine Stelle direkt neben den Verband, der die Narbe abdeckte, die nach der Operation zurückgeblieben war.

»Zwei Zentimeter weiter rechts ...«, erläuterte Dr. Balcerzak mit einem unverkennbar osteuropäischen Akzent, »... und die Kugel hätte Ihre linke Beckenschlagader zerfetzt.«

Fiona sah dem Arzt, einem kleinen, etwas zerstreut wirkendem Mann mittleren Alters an, dass er dies wirklich bedauert hätte.

»Vermutlich wären Sie noch auf dem Weg ins Krankenhaus verblutet«, fügte er hinzu und schüttelte gedankenverloren den Kopf.

Aus die Maus! Und das mit gerade einmal sechsundzwanzig, schoss es Fiona durch den Kopf. Wäre dies vielleicht sogar die bessere Alternative gewesen? Was konnte sie - als

Bewegungsmensch – noch von einem Leben im Rollstuhl erwarten?

***

Nach ihrem Wettkampf, dem großen Blutverlust und der anschließenden OP war Fiona in einen tiefen Erschöpfungsschlaf gefallen und hatte bis zur Morgenvisite durchgeschlafen.

An die Fragen des Arztes konnte sich Fiona kaum erinnern, so sehr war ihr Geist noch benebelt gewesen. »Ja, nein, nein«, hatte sie geantwortet, während ihr Blick irritiert und ängstlich dem durchsichtigen Schlauch gefolgt war, der aus ihrem linken Arm zu kommen schien und zu einem Tropf hoch über ihrem Bett führte. Dann hatten der Arzt und die Krankenschwester das Zimmer auch schon wieder verlassen.

Zurückgeblieben war Fiona. Allein, in einem Einzelzimmer, in einem ihr unbekannten Krankenhaus, das »Nein« noch auf den Lippen, mit dem sie die letzte Frage beantwortet hatte.

»Können Sie Ihre Beine bewegen?«, hatte der Arzt gefragt. Nach ihrer Antwort hatte er der Krankenschwester nur zugenickt, worauf diese einen Eintrag auf einem Fragebogen gemacht hatte.

Wahrscheinlich hat die Kugel meine Wirbelsäule durchschlagen. Da war sich Fiona sicher gewesen und sie hatte begonnen, sich auszumalen, wie ein Leben aussehen würde, in dem sie nicht mehr gehen, nie wieder laufen könnte. Ihren Oberkörper konnte sie noch bewegen, und wahrscheinlich würde sie irgendwann auch ganz gut mit einem Rollstuhl zurechtkommen. Aber sie würde Kim vermutlich nie wieder auf der Silver Otter besuchen können, dem Ort, der ihnen beiden so viel bedeutete. Fiona hatte bis zur Visite von Dr. Balcerzak nur noch still vor sich hin geweint.

***

»Autsch! Was soll das?«, entfuhr es Fiona.

Dr. Balcerzak stand am Fußende ihres Krankenbettes, hatte die Bettdecke ein Stück hochgeklappt, hielt einen spitzen Gegenstand in der Hand und schaute sie überrascht an.

»Entschuldigung!«

Je länger Fiona den Arzt beobachtete, umso mehr verfestigte sich bei ihr der Eindruck, es mit einem verrückten Professor zu tun zu haben, wobei sie sich bei dem *Professor* noch nicht ganz sicher war.

»Dr. Hobbs hat auf dem Krankenblatt notiert, dass Sie Ihre Beine nicht bewegen können, und da dachte ich mir ...«, sagte Dr. Balcerzak, ohne seinen Satz zu vollenden.

»Ja?«, fragte Fiona ängstlich.

»Es ist nun wirklich nicht so, dass ich der Expertise von Dr. Hobbs nicht traue.«

»Ich kann meine Beine wirklich nicht bewegen!«

Dr. Balcerzak lächelte milde. »Bitte verstehen Sie mich nicht falsch. Dr. Hobbs ist ein netter Kerl, aber ...«

Dr. Balcerzak kratzte sich verlegen am Kopf.

»... aber er hat keine Ahnung«, fügte er hinzu und wirkte erleichtert, es endlich einmal ausgesprochen zu haben. »Wissen Sie, ich selbst konnte meine Beine auch einmal morgens nicht mehr bewegen. Was habe ich mir für Sorgen gemacht.«

»Und?«

Dr. Balcerzak gab Fiona mit einer Geste zu verstehen, jetzt nicht unterbrochen werden zu wollen. »Am Ende war es nicht so, dass ich meine Beine nicht mehr bewegen konnte. Es war mein Kopf, der meine Beine nicht mehr bewegen wollte«, flüsterte er verschwörerisch und riss dabei seine kleinen, graublauen Augen weit auf. Dann lächelte er wieder versonnen. »Bei mir hat dafür damals schon ein Halbmarathon ausgereicht. Ich bin ein echter Sportmuffel, müssen Sie wissen – immer gewesen. Und ja, das Ganze ist jetzt fast dreißig Jahre her. Wie jung wir damals noch waren ... und ja, wir hatten gefeiert ... also richtig gefeiert meine ich, nicht so wie heute, und irgendwie ist es meinen Freunden nach einer durchzechten Nacht gelungen, mich zum Start zu überreden.«

Dr. Balcerzak wippte auf seinen Zehenspitzen stehend auf und ab und schien seinen Faden verloren zu haben.

»Ach ja, was ich wirklich sagen wollte, ist: Mit Ihrer Wirbelsäule und Ihren Beinen ist alles in Ordnung«, sagte er und strahlte. »Sie haben einen 24-Stunden-Lauf gemacht! Dann der Schock und die OP. Machen Sie sich da bitte keine Sorgen. Geben Sie ihrem Körper einfach ein wenig Zeit, und in ein paar Wochen können Sie, auch wenn ich nicht verstehe, was Sie daran reizt, sogar wieder an Wettkämpfen teilnehmen.«

***

Erleichtert und glücklich war Fiona nach der Visite des Arztes noch einmal eingeschlafen, hatte von Kim geträumt und von ausgedehnten Läufen durch die reizvolle Landschaft Südenglands.

Ein Klopfen an der Tür des Krankenzimmers weckte sie.

»Herein!«, kam es schlaftrunken über ihre Lippen. Fiona schob sich mit ihren Armen ein wenig nach oben, betätigte den Schalter, um den oberen Teil ihres Krankenbettes in eine aufrechte Position zu bringen, und blickte gespannt zur Tür.

Die Klinke neigte sich, und die Zimmertür öffnete sich ein wenig. Dann schob sich ein Blumenstrauß durch den Spalt.

»Kim!«, dachte Fiona, und ein Lächeln huschte ihr über das Gesicht. Dann sah sie die behaarte Männerhand, die den

Blumenstrauß hielt, und ein Stück von einem grau karierten Hemd, das aus dem Ärmel eines dunkelblauen Anoraks hervorschaute.

In diesem Augenblick fiel Fiona auf, dass sie in den ganzen Stunden der Angst, die sie nach ihrem Aufwachen aus der OP durchlebt hatte, kein einziges Mal an ihren Mann gedacht hatte. Malcolm trug heute ausnahmsweise einmal seinen Ehering. Da schien aber jemand mit einem reichlich schlechten Gewissen zur Krankenvisite zu kommen. Malcolm hatte seinen Ehering nicht mehr getragen, seit ... ja, seit sie vor sechs Jahren nach dem Ende ihrer Flitterwochen in London Heathrow gelandet waren.

Mit dem überaus geistreichen Kommentar »der ist für dich«, reichte er Fiona den Blumenstrauß, stellte dann jedoch fest, dass Fiona keine Möglichkeit hatte, diesen irgendwo hinzulegen. Hilfe suchend wanderte sein Blick durch das karg möblierte Krankenzimmer.

Das konnte jetzt dauern, dachte Fiona, hatte aber in diesem Augenblick nicht die geringste Lust, ihren Mann in irgendeiner Weise vorzuführen. »Am besten legst du den Strauß einfach da vorne ins Waschbecken«, wies sie ihn an. »Die Schwester kümmert sich dann später um die Blumen.«

Malcolm nickte dankbar und legte den Strauß in das Waschbecken. Dann zog er seinen nassen Anorak aus und hängte ihn umständlich über die Lehne eines der beiden Stühle, die im Krankenzimmer standen. Den anderen Stuhl schob er wortlos an die Längsseite des Krankenbetts und setzte sich vornübergebeugt zu Fiona.

»Fiona, mein Liebling. Das hätte alles nicht passieren dürfen«, begann er mit seiner tiefen, samtigen Stimme, an der Fiona sich einst nicht hatte satthören können. »Wenn mich dieser Polizist da im Stadion nicht angegriffen hätte, wäre ich natürlich ...«

»Hör auf! Ich weiß genau, was da passiert ist«, sagte Fiona, und ihr wurde klar, jetzt war der Zeitpunkt für das Gespräch über ihre gemeinsame Ehe gekommen, das sie so lange aufgeschoben hatte.

Montag 16:30 Uhr – Kim

Kim fror. *Ist das nur die Kälte, die dieser sterile Krankenhausflur ausstrahlt?* Ungeduldig wartete sie darauf, zu Fiona vorgelassen zu werden.

Wann war ich das letzte Mal in einem Krankenhaus? Kim musste an ihre Mutter denken. Ein Gefühl der Einsamkeit überkam sie. Traurig blickte sie den langen, leeren Flur entlang. *Warum muss denn ausgerechnet die Neonröhre über der Tür zu Fionas Zimmer, als einzige auf der gesamten Etage, alle paar Sekunden flackern?*

Als Kim angekommen war, hatte die Schwester gesagt, sie müsste nur ein paar Minuten warten. Jetzt saß sie schon eine gefühlte halbe Stunde auf dieser unbequemen Bank. Ständig öffnete sich irgendwo eine Tür und entließ eine ihr unbekannte Krankenschwester oder einen Besucher. Die meisten Krankenschwestern verschwanden durch irgendwelche andere Türen, während die Mehrzahl der Besucher lautlos, manche auch mit leicht quietschenden Schritten, den langen Flur entlanggingen, der zum Treppenhaus und zu den Aufzügen führte. Nur die Tür zu Fionas Zimmer, die blieb die ganze Zeit verschlossen.

Es war ein komisches Gefühl, Fiona jetzt wieder unter die Augen zu treten. Kim schämte sich fast. Die Schilderungen der Augenzeugen zu den Ereignissen bei der Siegerehrung im Stadion waren nicht einheitlich gewesen. Klar war lediglich,

Ann Worley hatte mit einer alten, historischen Damenpistole auf sie geschossen.

Ann Worley hatte inzwischen gestanden, dass sie Kim umbringen wollte. Aus Rache, weil Kim ihren Bruder, Kevin Campbell, ins Gefängnis gebracht hatte. Aber auch, weil Kim damit zugleich ihr Leben ruiniert hatte. Unklar blieb, ob Ann Worley schlecht gezielt hatte, die alte Waffe einfach unpräzise war, oder, wie einige Zeugen behaupteten, Fiona sich in den Schuss geworfen hatte.

Ist Fiona – die Liebe meines Lebens – eine Heldin, die bereit war, ihr eigenes Leben für mich zu opfern?

Und ich selbst? Ich bin einfach nur in Ohnmacht gefallen, als die Waffe auf mich gerichtet wurde. Keine Reaktion. Nicht einmal ein zaghafter Schrei. Kein Film, der vor meinem geistigen Auge ablief – nein, einfach nur Licht aus.

Vermutlich bin ich der verdammt noch mal erbärmlichste Detective Inspector, den die Mordkommission je gesehen hat. Den ganz Scotland Yard je gesehen hat. Gleich bei der ersten Bedrohung ins Nirwana abtauchen. Und Tschüss, dann macht mal ohne mich weiter. Nur Bolton hat mich von Anfang an richtig eingeschätzt, grübelte Kim und kaute gedankenverloren an einer Ecke eines Fingernagels.

Bolton. Was gibt es eigentlich Neues zu dem Verschwinden von Bolton? Kim holte ihr Handy heraus und checkte ihre E-Mails. Bolton war jetzt, durch die Aussagen von Stewart und Ann Worley schwer belastet, selbst zur Fahndung ausgeschrieben, las sie. Genauso wie ein gewisser Josh Corkindale.

Wer um alles in der Welt war denn das jetzt schon wieder?

Kim gab den Namen in das Suchfeld ihres E-Mail-Programms ein und öffnete den ersten Treffer. Josh Corkindale war der richtige Name des Bodyguards, der Stewart während des Laufes hätte schützen sollen, stand da. Jetzt erinnerte sie sich auch wieder, Diana Hall hatte den Namen erwähnt. *Corkindale ist also der Mann, den ich vor dem Stadion gesehen habe, als ich Bolton gefolgt bin. Der Mann, der später vor der Feuerlöscher-Attacke von Dad geflohen ist.* Und er war der Stiefsohn von Ann Worley, las Kim weiter.

Oh je, das gibt sicher ein unangenehmes Nachspiel. Kim biss sich auf ihre Unterlippe. Den Abschlussbericht über die Sonderermittlung, die Diana Hall geleitet hatte, wollte sie nicht schreiben müssen. *Wenn Diana da mal keine Fehler unterlaufen sind, als sie ihr Team zusammengestellt hat.* Kim schloss das E-Mail Programm.

Wieder ging eine Tür auf, wurde aber gleich wieder von innen geschlossen. Diesmal war es die Tür direkt neben Fionas Zimmer. Kim öffnete die Fotogalerie auf ihrem Handy und betrachtete die wenigen Bilder, die sie während des Laufs von Fiona gemacht hatte.

Einfach nicht auszudenken, wenn der Schuss auf Fiona tödlich gewesen wäre. Würde auch ich mein Leben für Fiona riskieren, falls ich es müsste? Natürlich würde ich das! Wenn mich nur der Mut nicht vorher verlässt.

In diesem Moment öffnete sich die Tür zu Fionas Zimmer. Automatisch stand Kim auf, blieb dann aber vor der Bank, auf der sie gesessen hatte, stehen und wartete ab, was passierte.

Die Person, die das Zimmer verließ, war mit Abstand die letzte, die Kim jetzt sehen wollte. Malcolm, Fionas Mann. Wenn Kim sich nicht täuschte, ging es ihm wenigstens ahnlich wir ihr. Die Adern an seinem Hals traten deutlich hervor, als er sie erblickte. Sein Gesicht war gerötet, ebenso die Augen.

Mit schnellen Schritten kam Malcolm auf sie zu.

Der wird doch jetzt nicht wieder gewalttätig? Instinktiv wollte Kim zurückweichen, stieß dabei mit ihren Beinen aber nur gegen die Sitzbank. Einen knappen Meter vor Kim blieb Malcolm abrupt stehen und blickte auf sie herab. Jetzt veränderte sich sein Gesichtsausdruck plötzlich. Jede Form von Aggressivität verschwand auf einmal. Kim befürchtete sogar einen Moment lang, er würde gleich anfangen zu weinen. Dann begann Malcolm zu sprechen. Erst mit einer leisen, kläglichen Stimme. Dann wurde seine Stimme wieder fester und lauter, bis er am Ende fast schrie: »Sie hat es nicht geschafft. Es hat Komplikationen gegeben. Das ist alles deine Schuld, du Miststück!«

Montag 16:45 Uhr – Fiona

Warum dauert das denn nur solange? Fiona blickte auf die Digitalanzeige des Reiseweckers, der auf dem kleinen weißen Schränkchen neben ihrem Krankenbett stand. Ganze zehn Minuten waren jetzt schon vergangen, nachdem sie sich von Malcolm verabschiedet und ihn gebeten hatte, Kim zu ihr zu lassen. Sicher war sie noch einmal kurz auf die Toilette gegangen oder hinunter zu dem Krankenhauskiosk, um ihr eine Kleinigkeit zu besorgen. *Hoffentlich kauft sie nicht die gleichen Blumen wie Malcolm.* Schmunzelnd schaute Fiona zu dem Waschbecken, in dem immer noch der Blumenstrauß unversorgt lag, den ihr Mann ihr mitgebracht hatte.

Das Gespräch mit Malcolm hatte Fiona aufgewühlt, aber jetzt fühlte sie sich langsam besser. Sie hätte die Aussprache viel früher suchen müssen, hatte es immer wieder aufgeschoben, es war längst überfällig gewesen.

Über eine Stunde hatten sie so emotional und ehrlich miteinander gesprochen, wie schon lange nicht mehr, hatten gemeinsam gelacht und geweint. Nur einmal wurde ihr Gespräch durch eine Visite der Krankenschwester unterbrochen, die sie darüber informierte, dass Kim vor der Tür wartete.

Fiona hatte in dieser Stunde alle Themen angesprochen, die sie an Malcolm störten und die sie dafür verantwortlich machte, dass sie jetzt nach nur sechs Jahren Ehe dort standen, wo sie waren. Seine ständigen Dienstreisen, von denen er spät und müde nach Hause kam. Zu müde, um mit ihr noch etwas zusammen zu unternehmen, sich mit ihr einen gemeinschaftlichen Freundeskreis aufzubauen, gemeinsamen Hobbys nachzugehen. Aber nicht zu müde, um sich am Wochenende mit seinen Freunden abends auf ein Bier zu treffen oder sich mit irgendeiner Arbeitskollegin zu einem *dienstlichen* Abendessen zu verabreden.

Auch Malcolm hatte kein Blatt vor den Mund genommen. Ihr ihren Schichtdienst bei der Polizei vorgeworfen und ihren Sport für ihre sexuelle Lustlosigkeit verantwortlich gemacht. Wie lächerlich! Da sollte er aber einmal Kim fragen, hätte sie ihm beinahe an den Kopf geworfen. Wenigstens machte er Kim nicht für ihre Ehekrise verantwortlich, auch wenn er, als das Gespräch auf sie kam, Argumenten kaum noch zugänglich war.

Erschöpft von dem Gespräch, hatten sie gemeinsam Bilanz gezogen, was sie noch verband. Jetzt lag es an Malcolm zu entscheiden, wie es mit ihrer Ehe weitergehen würde. Fiona hatte ihm ihren Standpunkt mehr als deutlich gemacht. Sie hatte Malcolm gesagt, dass sie ihn immer noch lieben und die gemeinsame Ehe gerne fortsetzen würde. Und dass sie sogar bereit war, ihre Stelle bei der Polizei aufzugeben, um keinen Schichtdienst mehr machen zu müssen. Fiona hatte ihm aber auch gesagt, dass sie ihre Beziehung zu Kim nicht beenden würde und er sie nicht zu einer Entscheidung zwischen ihm und Kim zwingen sollte. Im Gegenzug wäre sie bereit, bei seinen Dienstreisen nicht so genau hinzuschauen.

Das hatte ihm nicht gefallen, hatte Fiona sofort gemerkt, und als sie ihn dann im Hinausgehen noch gebeten hatte, Kim Bescheid zu geben, dass sie jetzt reinkommen könnte ... Na ja. Über Fionas diplomatisches Geschick ließ sich sicherlich streiten. Aber sie wollte jetzt nur noch mit offenen Karten spielen. Und die Zeit heilt alle Wunden, sagte sie sich und spürte wieder den Schmerz in ihrem Unterbauch, als sie versuchte, sich weiter aufzurichten.

***

Wo bleibt Kim nur? Zwanzig Minuten waren jetzt schon vergangen, seitdem Malcolm das Zimmer verlassen hatte. *So lange kann es doch nicht dauern, runter zum Kiosk zu gehen, etwas einzukaufen und wieder hochzukommen. War Kim eventuell gerade nicht draußen vor der Tür gewesen, als Malcolm herausgekommen war? Hatten die beiden sich verpasst? Oder schlimmer. Die beiden hatten sich getroffen und den Streit aus dem Stadion fortgesetzt?*

So langsam machte sich Fiona ernsthafte Gedanken, warum ihre Freundin so lange auf sich warten ließ. *Bestimmt gibt es einen ganz einfachen Grund dafür,* dachte sie und streckte unter Schmerzen ihren linken Arm aus, um an ihr Handy zu gelangen, das außerhalb ihrer Reichweite auf dem weißen Schränkchen lag. Mit den Fingerspitzen gelang es ihr, das Gerät ganz langsam zu sich heranzuziehen. Zum Glück war der Akku noch nicht ganz leer, das hätte ihr jetzt noch gefehlt. Fiona wählte Kims Nummer und wartete angespannt darauf, dass Kim sich meldete. Sicherlich würde ihr Kim gleich mit fröhlicher Stimme bestätigen, dass alles in Ordnung war und sie schon auf dem Weg zu ihr.

Nichts! Nicht einmal eine Mailbox meldete sich. Fiona ließ es weiter klingeln. Dann öffnete sich die Zimmertür, und Fiona hörte erleichtert den ihr so vertrauten Klingelton von Kims Handy.

»Ihre Bekannte hat ihr Handy draußen liegen lassen«, sagte die Krankenschwester, als sie das Zimmer betrat. »Ist sie nicht mehr hier?«

»Nein, sie war noch gar nicht hier. Ist vermutlich nur noch einmal zum Kiosk runtergegangen«, sagte Fiona tapfer, als die Krankenschwester das Zimmer wieder verließ. Dann griff Fiona erneut nach ihrem Handy, und sie bemerkte, wie ihre Hand zitterte, als sie in ihrer Kontaktliste Georges Nummer auswählte.

Zum Glück meldete sich George sofort. »Fiona, schön, dass du anrufst. Kim hat mir schon erzählt, dass die OP ohne Komplikationen verlaufen ist.«

»Wann war das?«, unterbrach Fiona ihn sofort.

»Vor etwa zwei Stunden, kurz bevor sie aufgebrochen ist, um dich im Krankenhaus zu besuchen. Aber sie müsste doch schon längst bei dir sein?«

Fiona spürte, wie sich ihr der Hals zuschnürte, als sie antwortete: »Kim war auch hier. Hat vor der Zimmertür gewartet. Als mein Mann dann ging, ist sie aber nicht reingekommen. Das ist jetzt schon eine halbe Stunde her. George, ich mache mir Sorgen, ernsthafte Sorgen!«

»Nein, nicht doch, Fiona. Mach dir keine Sorgen. Du weißt doch, wie sprunghaft Kim sein kann. Sicher ist ihr noch irgendetwas eingefallen, was sie noch schnell erledigen wollte.«

»Aber dann hätte sie doch wenigstens kurz reinkommen können und Bescheid sagen. Die Krankenschwester hat ihr Handy draußen auf der Sitzbank im Flur gefunden. Ich habe Angst, George!«

»Vielleicht ist sie noch einmal rausgefahren zur Silver Otter. Eventuell hat sie dort etwas vergessen, was sie dir noch unbedingt mitbringen wollte. Ich bin gerade nur zehn Minuten von der Werft entfernt, in der die Silver Otter liegt. Ich fahre da jetzt mal schnell hin und melde mich dann bei dir.«

Kapitel 6

Montag 17:15 Kim

Nachdem Malcolm Kim berichtet hatte, dass Fiona gestorben war, hatte er unvermittelt angefangen, sie lautstark zu beleidigen. Für den Bruchteil einer Sekunde brachte sie sogar eine Spur von Verständnis für ihn auf, als er in seiner Trauer, Wut und Verzweiflung versucht hatte, sie zu schlagen. Dann war sie einfach losgerannt. Raus aus dem Krankenhaus. Raus in den strömenden Regen, der ihre Tränen wegspülte. Erst die Straße entlang, danach einfach nur noch planlos kreuz und quer, bis sie nicht mehr konnte, ihre Füße nicht mehr weiterwollten.

Jetzt stand Kim in einer Garageneinfahrt in der Wapping High Street. Nicht um sich unterzustellen und um sich vor dem anhaltenden Regen zu schützen. Nein, das war nicht notwendig. Denn noch mehr Wasser konnte ihre tropfnasse Kleidung definitiv nicht aufnehmen. Der Grund, warum sie hier seit zwanzig Minuten frierend ausharrte, war der relativ geschützte Blick auf die Fensterfront der Wapping Polizeiwerft.

Soeben waren die Lichter in den großen Fenstern, hinter denen Kim die Werkstatt vermutete, erloschen. Gleich musste auch der letzte Mitarbeiter der Werft seinen Arbeitstag beendet haben. Noch standen die beiden blauen Tore der Einfahrt weit offen.

Soll ich jetzt schon versuchen, unbemerkt an der Werkshalle vorbeizukommen? Die Silver Otter muss direkt hinter dem Gebäude liegen. Wenn ich renne, sind es nur 30 Sekunden bis dort. Aber wenn ich laufe, falle ich mehr auf, als wenn ich einfach nur langsam über den Hof schlendere. Dann kann ich mich immer noch rausreden, falls mich jemand anspricht.

In diesem Moment öffnete sich eine Tür an der Seite der modernen Halle, die Kim zuvor nicht bemerkt hatte. Ein Mann mit dichten grauen Haaren kam heraus, eine Aktentasche und einen schwarzen Regenschirm in der Hand. Skeptisch blickte er nach oben. Der Regen hatte aufgehört. Der Mann schloss die Tür. Sein Blick schien noch einmal alle Einzelheiten auf dem aufgeräumten Werkhof zu kontrollieren, auf dem nur ein großer blauer Altmetallcontainer sowie ein rostiger Gabelstapler standen und ein paar Pfützen glänzten. Dann machte er sich scheinbar zufrieden Richtung Wapping High Street auf.

Jetzt war der Mann nur noch etwa fünfzehn Meter von der Garageneinfahrt entfernt, in die sich Kim geflüchtet hatte. Er schien keine Notiz von ihr zu nehmen. Stattdessen blieb er kurz am blauen Eingangstor stehen und nestelte an seiner Hosentasche. Ein orangefarbenes Rundumlicht oberhalb der Tore begann zu blinken. Der Mann entfernte sich mit zügigen Schritten in die entgegengesetzte Richtung. Die blauen Tore setzten sich langsam und geräuschlos in Bewegung.

Jetzt oder nie. Kim sprintete über die Straße und konnte gerade noch durch die blauen Tore durchschlüpfen, bevor sich diese mit einem metallischen Klicken vollständig hinter ihr schlossen.

Kim schaute zurück. Es gab niemanden, der gesehen hatte, dass sie auf den Werkhof der Polizeiwerft gelangt war. Dann blickte sie in das Objektiv einer Überwachungskamera, die genau den Sektor hinter den Toren kontrollierte, in dem sie sich aufhielt.

Ob ich jetzt gerade auf einem Bildschirm in irgendeiner Polizeiwache zu sehen bin? Kim tastete von außen an der Tasche ihrer nassen Jeans. *Ja, da ist er. Gut, dass ich ihn dabeihabe.* Ihre Hand zwängte sich in die Hosentasche und förderte eine kleine Plastikkarte ans Tageslicht. Ohne sich Gedanken darüber zu machen, ob man ihn auf irgendeinem Bildschirm würde erkennen können, hielt Kim ihren Polizeiausweis mit ausgestrecktem Arm der Kamera entgegen. Dann ging sie mit entschlossenem Schritt über den Werkhof der Polizeiwerft auf den Schwimmponton zu, an dem die Silver Otter lag.

Von dem schwimmenden Anlegesteg aus konnte Kim nicht erkennen, ob mit der notwendigen Reparatur der Silver Otter schon begonnen worden war. Sie betrat das kleine offene Deck am Heck ihres Hausbootes, das gleichzeitig als Steuerstand diente. Die Bodenplatte, unter der sich der Motor befand, lag an ihrem Platz, und es gab keine Anzeichen dafür, dass sie in jüngster Zeit geöffnet worden war.

Die Silver Otter liegt jetzt seit Samstagmorgen hier. Heute, Montag, war der erste Arbeitstag, aber heute hat es den ganzen Tag geregnet. Wie wahrscheinlich ist es ... Egal. Diese Überlegungen spielen jetzt, wo Fiona tot ist, sowieso keine Rolle mehr.

Kim öffnete den kleinen Kasten, hinter dem sich das Schloss für den Motor der Silver Otter befand, steckte den Schlüssel rein und drehte ihn um. Dann vergewisserte sie sich, dass der verchromte Schalthebel, der an einem Kasten an der Heckreling des Bootes angebracht war, in der Leerlaufposition stand.

Kim drückte den Startknopf des Motors. Das Deck der Silver Otter vibrierte leicht. Hinter dem Heck wurde eine schwarzblaue Rauchwolke sichtbar, die von der nächsten Böe gleich davongetragen wurde. Kim, die den Motor ihres Hausbootes noch nie alleine gestartet hatte, schnaufte einmal tief durch.

Was ist jetzt als Nächstes zu tun? Erst einmal raus aus den nassen Klamotten. Kim steckte den Schlüssel in das Schloss der Kajütentür und wunderte sich, dass die Tür nicht verschlossen war. *Das darf ich mir an meinem Liegeplatz auf dem Grand-Union-Kanal nicht erlauben, wenn ich keine ungebetenen Gäste an Bord haben will,* tadelte sie sich.

***

Zwei Minuten später stand Kim mit einer trockenen Jeans und einer warmen Fleecejacke wieder auf dem Deck der Silver Otter. Dann sprang sie auf den Schwimmponton, an dem das Hausboot mit zwei Tauen befestigt war. Kim wollte die dicke vordere Festmacherleine schon von dem Poller lösen, als sie die Welle am Bug der Silver Otter sah. Eine ausgewachsene Bugwelle, als befände sich das Boot in voller Fahrt. Kim überlegte. Die Silver Otter hatte so an dem Ponton angelegt, dass der Bug themseaufwärts, Richtung Tower Bridge zeigte. Die gewaltige Welle, die sich am Bug gebildet hatte, signalisierte ihr, dass die Ebbe inzwischen eingesetzt haben musste. Das Wasser, das den Flusspegel in den letzten Stunden um mehr als zwei Meter hatte ansteigen lassen, drängte jetzt mit großer Geschwindigkeit Richtung Nordsee.

Was spricht denn dagegen, dass ich mich gleich hier in die Fluten stürze?

Montag 17.40 Uhr – George

Nachdem George die Tore der Polizeiwerft verschlossen vorgefunden hatte, war er zum benachbarten Bootssteg der zur London Metropolitan Police gehörenden Wasserschutzpolizei geeilt, der sich nur rund zweihundert Meter flussabwärts befand. Von hier aus wollte er sich vergewissern, dass die Silver Otter noch vor Ort und Stelle lag.

Inzwischen befürchtete auch George das Schlimmste. Gerade hatte er ein weiteres Mal mit Fiona telefoniert, die ihn über ihre neuesten Erkenntnisse zum plötzlichen Verschwinden von Kim informiert hatte. Im Nachhinein wünschte George sich, er hätte diesem Malcolm im Stadion den Garaus gemacht, als er die Gelegenheit dazu hatte. *Na ja, das lässt sich nachholen. Jetzt muss ich erst mal dringend Kim finden.*

Wie kann dieser studierte Idiot Kim nur so anlügen? Hoffentlich war es noch nicht zu spät. George wusste, wie überschwänglich seine Tochter Fiona liebte – ja, wie emotional abhängig Kim von ihr war. Er wusste aber auch, zu welchen unbeherrschten, impulsiven Handlungen seine ansonsten stets auf Selbstkontrolle bedachte Tochter fähig war, wenn sie in eine seelische Stresssituation geriet.

Da die Halle der Polizeiwerft weiter in die Themse hineinragte als der Bootssteg der Wasserschutzpolizei, musste George auf eines der am Steg festgemachten Polizeiboote klettern, um den Liegeplatz der Silver Otter einsehen zu können.

»Eh, Sie da vorne. Sind Sie sich sicher, dass Sie hier sein sollten?«, rief ein junger, uniformierter Polizist vom Steg aus dem in zivil gekleideten George zu.

»Wann geht die Sonne unter?«

»Bitte? Kommen Sie da runter, aber schnell, Mann, sonst mache ich Ihnen Beine.«

»Die Silver Otter ist nicht mehr an ihrem Liegeplatz!«

»Na und?«, antwortete der Polizist und forderte George mit einer unzweideutigen Geste auf, das Boot zu verlassen.

»Mein Name ist Stanway. Inspector George Stanway von der Morden Police Station.«

»Morden Police Station? Oh Mann, dann fischen Sie aber hier im Augenblick gewaltig in fremden Gewässern. Finden Sie nicht?«

»Im Augenblick bin ich zu einem Sondereinsatz der National Crime Agency abkommandiert.«

»Sondereinsatz sagen Sie? Ein alter Bobby, der zu einem Sondereinsatz bei der NCA abkommandiert wird – Respekt!«

In dem Gesicht des jungen Polizisten war für George klar abzulesen, dass er trotz seines flapsigen Kommentars nicht so recht wusste, wie er diese Information einordnen sollte.

»Stanway heißen Sie? George Stanway?«

George nickte.

Dann hellte sich das Gesicht des jungen Polizisten etwas auf, als würde ihm gerade etwas einfallen.

»Sie sind aber nicht der George Stanway, von dem mein Vater früher immer berichtet hat?«

George atmete tief ein, seine Brust hob sich leicht, und er nickte abermals.

Jetzt prustete der Polizist vor Lachen los. »Mein Vater hat immer gesagt, wenn ich einmal in meinem Leben Polizist werden sollte, dann dürfte ich auf keinen Fall so werden wie Sie.«

George atmete leise aus.

»Aber ich habe sie geliebt, die Geschichten, die mein Vater über Sie zum Besten gegeben hat. Jede einzelne. Erinnern Sie sich noch an Jack Shelley?«

Jetzt musste auch George lachen. »Klar, der alte Jack. So schlecht hat er immer von mir gesprochen? Wie geht es denn dem alten Haudegen heute? Jack muss doch längst pensioniert sein?«

Mit einem Schlag erschlafften die Gesichtszüge des jungen Polizisten. Alle Lebensfreude schien ihn auf einmal verlassen zu haben. Er schaute zu Boden und schüttelte traurig den Kopf. »Im Februar 2016 ...«

»Oh nein – bitte nicht Jack! Das tut mir so unendlich leid.«

»Schon gut, Inspector Stanway. Was kann ich für Sie tun? Was ist mit dieser Silver Otter?«

George berichtete dem jungen Brian Shelley in wenigen Sätzen, was vorgefallen war, und welche Sorgen er sich jetzt um Kim machte.

»Falls die Silver Otter in der letzten Stunde abgelegt hat, dann kann sie eigentlich nur flussabwärts gefahren sein. Diese Narrowboats sind für Fahrten auf schmalen Kanälen gebaut worden und haben meistens einen schwachen Motor. In London werden sie heute häufig nur noch als billige Unterkünfte genutzt und sind nicht selten so schlecht gewartet, dass man froh sein kann, wenn sie nicht schon im Hafen untergehen.«

George nickte nachdenklich.

»Meiner Meinung nach sollte dieser Bootstyp auf der Themse sowieso erst oberhalb der Schleuse von Teddington Lock fahren dürfen, wo es keinen Tideneinfluss mehr gibt.«

»Und wenn sie, wie Sie sagen, nicht die themseaufwärts-gefahren ist?«

»Dann kann sie zum Beispiel die Schleuse zum Limehouse Bassin genommen haben und dann von dort in den Regent's Kanal eingebogen sein.«

George konnte sich beim besten Willen nicht vorstellen, dass Kim allein, mit einem zwanzig Meter langen Narrowboat durch eine Schleuse fuhr. »Gibt es da noch eine andere Möglichkeit?«

»Da gibt es nicht eine, sondern viele. Falls sich Ihre Tochter nicht aus irgendwelchen Gründen in den Londoner Docks aufhält, könnte sie in den kleinen Fluss Lea gefahren sein. Der mündet auf der Höhe des Millennium Domes in die Themse. Wenn Sie wollen, gehen wir in mein Büro, und ich führe ein paar Telefonate.«

***

Eine gute Stunde später war George tief beeindruckt von der Arbeit seiner Kollegen bei der Wasserschutzpolizei. Genauso tief besorgt war er allerdings, was den Verbleib von Kim anging, da die Silver Otter trotz aller Bemühungen, Kontakte und Überwachungstechnik unauffindbar war.

»Dass die Silver Otter durch die Themse Barrier gefahren ist, kann ich mir beim besten Willen nicht vorstellen. Und was sollte sie weiter flussabwärts? Da kommen dann noch die großen Industriehäfen und danach irgendwann die Nordsee«, erklärte Brian.

»Bei Kim kann ich im Augenblick nichts ausschließen. Sie verhält sich nicht immer rational.«

»Dann rufe ich jetzt noch bei den Kollegen vom Themse Barrier an. Die erfassen alle größeren Schiffe, die durch das Londoner Themse-Wehr fahren«, sagte Brian und drückte eine Schnellwahltaste auf seinem Telefon.«

»Ich möchte gerne selbst mit denen reden«, sagte George, den die Sorgen und die eigene Tatenlosigkeit immer nervöser machten.

Brian sprach einige erklärende Sätze ins Telefon und reichte dieses dann an George weiter.

»Es ist genauso, wie ich das gerade schon ihrem Kollegen erklärt habe. Hier geht kein Schiff durch, das wir nicht sehen«, erläuterte eine ruhige männliche Stimme. »Und um was für ein Schiff geht es denn überhaupt?«

»Das Schiff, das wir suchen, ist ein zum Hausboot umgebautes, traditionelles Narrowboat. Schwarzer Rumpf, rot gestrichene Decksaufbauten, mit einem weißen Dach. Das Boot heißt Silver Otter und ist knapp zwanzig Meter lang.«

»Nein, so ein Boot ist hier sicher nicht durchgefahren, und schon gar nicht bei diesem Wetter.«

George blickte zum Fenster, vor dem jetzt alle drei in der Wache anwesenden Officer standen und zusahen, wie der Wind einen neuerlichen Regenschauer über das Wasser trieb. Man konnte das andere Ufer der Themse nur erahnen, so dicht fiel der Regen.

Wo ist Kim? Was hat sie nur vor? George ballte verzweifelt seine freie Faust. »Hören Sie. Sie müssen mir helfen!«, schrie George so laut ins Telefon, dass die drei Officer sich kurz zu ihm umdrehten. Dann fuhr er leiser, aber mit beschwörender Stimme fort: »Meine Tochter ist an Bord. Alleine! Ich habe Angst, dass sie eine große Dummheit begehen könnte.«

Am anderen Ende der Leitung herrschte Schweigen. Dann stöhnte der Mann tief: »Also noch einmal zurück auf null«, sagte er mit ruhiger Stimme. »Natürlich verstehe ich Sie, und dass sie sich Sorgen um ihre Tochter machen. Aber hier durch das Themse Barrier kommt keine Maus, ohne dass wir es bemerken. Da müsste sich die Silver Otter schon hinter einer

Armada an Kriegsschiffen verstecken, damit wir sie nicht sehen.«

In diesem Augenblick wurden die drei Officer, die am Fenster standen, immer unruhiger. Einer schaute durch sein Fernglas in den Regen. Der andere zeigte Brian etwas mit ausgestrecktem Arm.

George bedankte sich bei dem Mann im Kontrollcenter der London Barrier und legte auf.

Brian, der den enttäuschten Gesichtsausdruck von George erkannt hatte, kam auf ihn zu und schaute ihn fragen an.

»Nichts«, erklärte George deprimiert.

Brian nickte, wartete dann einen Moment zögerlich und deutete auf die Fenster zur Themse. »Die *USS Manchester* kommt gerade die Themse hoch. Sie haben sicher davon gehört, wegen des Präsidentenbesuchs.«

George hatte davon gehört, wie jeder andere auch, der nicht das Glück hatte, die vergangenen Wochen auf einer abgelegenen Südseeinsel zu verbringen. Die Medien hatten sich im Vorfeld des Besuchs des neuen US-Präsidenten geradezu überschlagen. Der Präsident, ein ehemaliger Flottenadmiral, hatte es schon häufiger bei Auslandsreisen vorgezogen, an Bord eines seiner Kriegsschiffe zu übernachten. Dass er nun, bei seinem ersten Staatsbesuch in der britischen Hauptstadt Sicherheitsbedenken als Grund dafür vorschob, war jedoch nicht wenigen wichtigen Entscheidungsträgern in London negativ aufgestoßen.

Da kam sie also, in Begleitung zweier kleinerer britischer Kriegsschiffe, die Themse hoch. Die USS Manchester, die schwimmende »Präsidentensuite«, die modernste Kampfmaschine aus der Waffenschmiede der Supermacht.

George blickte gebannt durch das Fernglas. Auch er konnte sich dem Anblick dieses Schiffes nicht entziehen. Die kleine Armada war jetzt noch ungefähr vierhundert Meter entfernt und schien auf ihre Durchfahrt durch die Tower Bridge zu warten. Bei der USS Manchester, deren Namensgebung keine Verbeugung vor der englischen Stadt Manchester war, wie dies zunächst irrtümlich von einigen Medien berichtet worden war, handelte es sich um ein Tarnkappenschiff der Independence-Klasse. Ausgerüstet war dieser futuristisch aussehende Trimaran mit modernster Technik zur Bekämpfung von Luft- und Seezielen. Zusätzlich verfügte das Schiff über ein Hubschrauberlandedeck, auf dem vermutlich in zwei Tagen, so überlegte George, der Hubschrauber des Präsidenten landen würde.

»Wie geht es nun weiter?«, fragte Brian, als George sich endlich von dem Anblick des Schiffes losreißen konnte.

»Ich muss den Kapitän sprechen.«

Montag 22:14 Uhr -Kim

Die Wellen werden immer noch größer, stellte Kim sachlich fest. Inzwischen waren sie so hoch, dass sie nicht mehr über sie hinwegblicken konnte, wenn die Silver Otter in ein Wellental abtauchte. Dunkle, schwarze Wellenberge links und rechts. Dazwischen, parallel zu den Wellenbergen, die Silver Otter. Kim blickte, aufrecht auf dem offenen Deck stehend, auf das lange, schmale Dach ihres Hausbootes. Im schwachen Mondlicht schimmerte es silberfarben. Kim verspürte nicht die geringste Angst.

Wieder musste sich Kim mit aller Kraft gegen die Pinne stemmen, um die Silver Otter auf Kurs zu halten. *Auf Kurs,* dachte Kim und lächelte bitter. *Den einzigen Kurs, den ich halten will, ist der möglichst weit weg von London.* Und je größer der räumliche Abstand zum Ort ihrer Trauer wurde, umso höher wurde die Dünung.

Der nächste Wasserberg schob sich unter die Silver Otter und hob diese langsam an. War es im Wellental nahezu windstill, so spürte sie jetzt, wie ihr der Wind die Gischt ins Gesicht wehte. Der feine Sprühnebel aus Salzwasser traf sie jedes Mal, wenn die Silver Otter den Wellenkamm fast erreicht hatte. Kim kniff die Augen zusammen. Das Salzwasser brannte. Sie drehte den Kopf und blickte zurück Richtung Festland. Seit fünf Stunden war sie jetzt unterwegs. Verschwommen sah sie die letzten Lichter. *Goodbye old England.*

Aus dem Salon drang das Geschepper von Geschirr nach oben. Reflexartig griff Kims linke Hand nach der Heckreling, um sich festzuhalten. Dann schaute sie eilig wieder nach vorn. Sie hatte einen Augenblick nicht aufgepasst, und schon war die Silver Otter mit dem Heck voran ins nächste Wellental gerutscht und bedenklich ins Schlingern geraten.

Kim zog die Pinne energisch zu sich heran. Das Boot reagierte kaum, kam dann aber am Fuß des nächsten Wellenbergs wieder auf Kurs. Die heranrollende Welle hob das kleine Schiff an, und Kim musste sich beeilen, die Pinne in die andere Richtung zu legen.

Wenn die Silver Otter doch nur einen stärkeren Motor hätte. Vermutlich wäre sie mit größerer Geschwindigkeit einfacher zu manövrieren, überlegte Kim. Aber die Silver Otter war nicht dafür ausgelegt, mit ihr auf große Fahrt zu gehen. Sie war ein Hausboot, gebaut für die schmalen Kanäle des Binnenlandes. Sie war alles – nur nicht seetüchtig.

Genauso wenig seetüchtig wie ich, gestand sich Kim ein. Inzwischen verspürte sie ein deutliches Unwohlsein. Auf dem nächsten Wellenkamm suchte ihr Blick die Weite des Horizonts.

Die Dünung, die das Tiefdruckgebiet Debbie, ein ehemaliger Hurrikan, hinterlassen hatte, war weiterhin beträchtlich. Der Wind hatte dagegen spürbar nachgelassen, war aber immer noch so stark, dass sich Schaumkronen auf den Scheiteln der Wellen bildeten. Im Rücken von Debbie strömte kalte, trockene Polarluft über die Nordsee. Am Himmel flohen, vom Schein einer schmalen Mondsichel spärlich beleuchtet, die letzten kleinen Wolkenfetzen Richtung Süden.

Trotz ihrer Fleecejacke fror Kim erbärmlich. Die ständige Gischt hatte ihre Jacke inzwischen durchnässt. Selbst die körperliche Anstrengung beim Kampf mit der Pinne brachte ihr keine Wärme mehr, so erbarmungslos zog der Wind durch ihre Kleidung.

Was mache ich nur hier, so weit draußen mit meinem Hausboot auf der Nordsee? Bin ich gerade tatsächlich im Begriff, mir das Leben zu nehmen? Fühlt sich das so an? Kim wusste es nicht. Sie wusste nur, sie wollte nicht mehr leben. Das war ein Unterschied, fand sie, wenn auch kein bedeutender, denn ohne Fiona machte sowieso alles keinen Sinn mehr.

Nachdem Kim einige Zeit aus ausdruckslosen Augen vor sich hingestarrt hatte, stellte sie sich die Frage in leicht abgewandelter Art ein zweites Mal. *Bin ich gerade dabei, Selbstmord zu begehen ... oder bin ich wieder einmal zu feige?* Der Motor der Silver Otter beantwortete die Frage mit einem kurzen Stottern, drehte dann aber normal weiter.

Was erfordert mehr Mut: Noch weiter rausfahren und warten, bis das Schicksal zuschlägt und die See die Silver Otter verschluckt? Oder umkehren und den Schmerz eines Lebens ohne Fiona auf sich nehmen?

Kann ich jetzt überhaupt noch umkehren, oder ist es dafür nicht schon zu spät?

Was hat mich überhaupt veranlasst, auf die stürmische Nordsee rauszufahren? Zunächst hatte sie nur weggewollt. Einfach irgendwohin verschwinden, wo sie niemand kennt, sie niemand findet. Weil sie nicht gewusst hatte, wohin, war sie dann auf der Silver Otter gelandet und ohne jeglichen Plan losgefahren.

Tickt bei mir im Kopf eigentlich noch alles richtig oder werde ich langsam verrückt?, fragte sich Kim.

Benötige ich vielleicht Hilfe, um mit der Situation zurechtzukommen, professionelle Hilfe?

Wie würden andere sich in meiner Lage verhalten?

Wie soll ein einzelner Mensch mit einer solchen Achterbahn der Gefühle in so kurzer Zeit zurechtkommen? Erst das Glücksgefühl vor dem Start des Laufs. Dann der Streit mit Fiona. *Wie lange ist das jetzt her? Sechzig Stunden. Die intensivsten sechzig Stunden meines Lebens.*

Meinte ich das wirklich ernst, was ich zu Fiona gesagt habe? Dass ich am liebsten vor Glück sterben möchte. Trage ich insgeheim eine tiefe innere Todessehnsucht in mir? Dann die Angst im Stadion, nach der Prophezeiung dieses Verrückten. Zusätzlich noch angefeuert durch die Geheimniskrämerei ihres Vaters.

Du solltest nicht schlecht von Verrückten denken, ermahnte sich Kim, die zu ahnen begann, wie schmal der Grat manchmal sein konnte. *Wer weiß, welches Schicksal diesen selbst ernannten Philosophen geformt hat. Oder hatte er am Ende sogar recht gehabt und alles, was nachher geschehen war, vorausgesehen?*

Nach der Angst war Kim wieder auf Wolke sieben gelandet. Richtig aufgedreht und überglücklich war sie, als Fiona zur Siegerehrung aufgerufen wurde.

Es folgte dieser entsetzliche Mordanschlag auf sie, mit Fiona als unschuldigem Opfer. Wie hatte sie um Fiona gebangt und wie groß war ihre Erleichterung gewesen, als es hieß, die Verletzung sei nicht lebensbedrohlich. Dann gestern im Krankenhaus das Undenkbare.

Eine große Wolke hatte sich vor die Mondsichel geschoben. Kim zitterte am ganzen Körper.

Was war das für ein Auf und Ab der Gefühle. Höher rauf als die Silver Otter, wenn sie wieder einen Wellenkamm erklomm, und noch tiefer runter als in die totale Finsternis, die nun herrschte, wenn das Boot wieder in ein Wellental glitt.

Kenne ich überhaupt einen Menschen, der ein solch emotionales Auf und Ab meistern konnte? Dad mit Sicherheit nicht. Ihn hatte es vor sechs Jahren, als ihre Mutter unerwartet gestorben war, fast aus der Bahn geworfen. Kim hatte stets zu ihrem Vater aufgeschaut, weil er immer so stark und entschlossen war. Aber im Grunde war er ein labiler Charakter, der zwingend auf ein Umfeld angewiesen war, in dem er sich wohlfühlte, und der seine Stabilität nur dadurch erreichte, dass er sich ständig mit aller Kraft nach vorne warf.

Bei Fiona war das anders. Ja, sie hatte diese innere Kraft besessen. Sie wäre vermutlich auch mit einer solchen extremen Situation zurechtgekommen. Arme, starke, geliebte Fiona.

Kim wischte sich die Tränen aus den Augen und drückte entschlossen den Gashebel bis zum Anschlag nach vorn. Der Motor dröhnte. Die Entscheidung war gefallen, es gab kein Zurück mehr. Irgendwann würde der Silver Otter der Sprit ausgehen, und sie würde manövrierunfähig zu einem Spielball der Wellen werden. Vermutlich würde sie kentern, mit Wasser volllaufen und auf Nimmerwiedersehen auf den Grund der Nordsee absacken. Ein weiteres namenloses Wrack.

Und ich? Kim überlegte. *Wahrscheinlich werde ich beim Kentern des Boots einfach über Bord gespült und ertrinke. Falls meine Leiche überhaupt gefunden wird, dann vielleicht in*

Belgien, von Spaziergängern, an irgendeinem langen, windigen Sandstrand. Blass, aufgequollen, anonym.

Verdammt! Warum kann ich nicht wenigstens im Tod mit Fiona vereint sein?

***

Der Gedanke ließ Kim nicht mehr los. Ein gemeinsames Grab, an der Seite von Fiona. *Ja, das ist mein letzter Wunsch.* Es gab nur niemanden, dem sie diesen Wunsch noch mitteilen konnte. *Wie einfach wäre doch alles gewesen, wenn die Kugel im Stadion mich getroffen hätte und nicht Fiona.* In wenigen Stunden wären sie nun beide im Tod vereint und doch für immer getrennt.

Oder vielleicht auch nicht. Kim hatte eine Idee. Ihr musste es gelingen, ihren letzten Wunsch der Nachwelt mitzuteilen. Die Silver Otter schied als Ort für diese letzte Mitteilung aus. *Wird man überhaupt nach ihr suchen, sie finden, sich die Mühe machen, sie zu bergen? Nein. Ich muss einen anderen Weg finden. Ich muss unter Deck. Ich brauche einen Kugelschreiber.*

***

Es hatte Kim einige Zeit und Mühen gekostet, die Festmacherleinen der Silver Otter so um die Heckreling und die Steuerpinne zu knoten, dass das Ruder in einer stabilen Position stand und das Boot Kurs hielt. Als sie endlich unter Deck gehen konnte und das Licht anmachte, flackerte dieses nur einmal kurz auf, um dann für immer zu erlöschen.

Vermutlich war Wasser in die altersschwache Bordelektronik eingedrungen, hakte Kim den Versuch, für Licht zu sorgen, schnell ab. Zum Glück befand sich in der Nähe der kleinen Holztreppe, die vom Deck in den Salon führte, ein

Fach, in dem sie für Notfälle eine Stirnlampe aufbewahrte. Dort fand sie auch den gesuchten Kugelschreiber.

Nun saß Kim am Rand ihres Doppelbettes, das sich etwa in der Bootsmitte befand. Im Schein ihrer Stirnlampe versuchte sie, sich ihren letzten Wunsch auf ihren Unterarm zu schreiben. Immer wieder hauchte sie die Mine des Kugelschreibers an, aber das verdammte Ding weigerte sich hartnäckig, mehr als einen kurzen blauen Strich auf ihrer vor Kälte geröteten Haut zu hinterlassen. Das konnte dauern. Zum Glück schien ihre selbst erdachte Selbststeueranlage zu funktionieren.

Wieder setzte Kim den Kugelschreiber an. Erneut war nicht viel mehr als ein blauer Punkt auf ihrem Unterarm zu sehen. Ungeduldig erhöhte Kim den Druck beim Schreiben immer weiter, begann in ihrer Verzweiflung die Buchstaben mehr und mehr in ihre Haut zu ritzen. Der körperliche Schmerz, den sie sich dabei zufügte, schien sogar etwas Befreiendes zu haben, von ihrem seelischen Leid abzulenken.

***

Skeptisch betrachtete Kim das Ergebnis ihrer Arbeit, die eher aussah wie ein schlecht eingefärbtes Tattoo, mit kleinen Blutstropfen an den Rändern. *Vielleicht hat dieses Geritze ja am Ende sogar etwas Positives. Wer weiß, wie lange eine mit Kugelschreiber aufgetragene Nachricht dem Salzwasser standhält,* überlegte sie, als vom Deck ein metallisches Knirschen zu hören war.

Im nächsten Augenblick fand sich Kim liegend in dem schmalen Durchgang vor ihrem Bett wieder. Die Silver Otter hatte sich plötzlich stark zur Seite geneigt, und sie hatte beim Versuch, sich abzustützen, ins Leere gegriffen. Kim fluchte. Vermutlich löste sich ihre eilig zusammengeschusterte

Selbststeueranlage gerade in ihre Bestandteile auf. Kim versuchte, sich aufzusetzen. Im selben Moment hob eine Welle das Boot an. Die Silver Otter stabilisierte sich auf dem höchsten Punkt des Kamms. Dann kippte sie auf der Rückseite der Welle mit mindestens einer ebenso großen Schräglage auf die andere Seite.

In den Schränken schepperte das Geschirr. Dann hörte Kim direkt über sich Holz zersplittern. Im Halbschatten ihrer Stirnlampe nahm sie aus dem Augenwinkel wahr, wie sich die aus dem Schloss gebrochene Tür des Einbauschrankes über ihr öffnete. Im nächsten Moment wich Kim die Luft aus den Lungen, und ihr Brustkorb wurde schmerzhaft zusammengedrückt.

Der Inhalt des Einbauschrankes erdrückte sie fast. *Was zum Teufel ist denn da auf mich gestürzt?* In jedem Fall nichts von dem, was sie üblicherweise in dem Schrank aufbewahrte. Es fühlte sich an, als würde ein Baum auf ihr liegen.

Kim atmete unter Schmerzen ein. Dann rückte sie ihre Stirnlampe zurecht, die sich bei dem Sturz verschoben hatte. Es war kein Baum, der auf ihr lag, sondern ein dunkelblauer Sack, erkannte sie im Lichtkegel. Sie versuchte unter dem steifen, schweren Bündel hervorzukriechen. Dazu drückte sie ihn mit aller Kraft von sich weg. Zentimeter um Zentimeter arbeitete sie sich rücklings nach hinten. Von der Anstrengung erschöpft gelang es ihr endlich, mit einem Ruck ihre Knie unter dem Sack hervorzuziehen. Dabei musste sie an dem dunkelblauen Stoff des Bündels hängen geblieben sein. Etwas Weißes kam zum Vorschein. Eindeutig ein Hemd. Mit einer Knopfleiste, in deren Mitte ein großer, dunkelroter Fleck prangte.

Kim wurde übel. Die Silver Otter richtete sich langsam wieder auf. Geistesgegenwärtig zog Kim nun auch noch ihre Füße unter dem Toten hervor. Beim Versuch aufzustehen kullerte ein goldener Knopf durch den Lichtkegel ihrer Stirnlampe. Überall auf ihrem Weg zurück an Deck lagen Dinge kreuz und quer verstreut. Kleidung, Geschirr, Zeitschriften. Nur mit Mühe schaffte sie es die kleine Holztreppe hinauf, wo sie sich anschließend auf dem Deck kniend übergab.

Dann fiel ihr Blick auf die Steuerpinne, die quer zur Fahrtrichtung des Boots stand. Die Leine war immer noch um die Pinne geknotet. Die Reling, an der das andere Seilende befestigt war, hatte sich jedoch verbogen. Mit einem Satz war Kim an der Pinne und richtete diese wieder in Fahrtrichtung aus. Gerade noch rechtzeitig, bevor die nächste Welle das taumelnde Boot erfassen und wieder auf die Seite drücken konnte.

Die Silver Otter hatte Wasser genommen. Viel Wasser. Sie lag jetzt tiefer in der rauen See und tauchte weiter in die Wellen ein als zuvor. Daran konnte sie jetzt nichts ändern. Sie musste erst einmal wieder zu sich selbst finden. Sie hatte eine Leiche an Bord. Einen toten Mann, der einen dunkelblauen, einreihigen Blazer mit goldfarbenden Knöpfen trug. *Hatte Bolton nicht so einen Blazer an, als ich ihn im Stadion zuletzt gesehen habe?* Kims Magen machte sich wieder bemerkbar.

Kann es sein, dass es sich bei dem Toten um meinen Chef bei der Mordkommission handelt, nach dem seit gestern eine landesweite Fahndung läuft? Kim musste das überprüfen. Sie musste noch einmal unter Deck. Mit ein paar schnellen Handgriffen befestigte sie das lose Ende der Leine, die immer noch um die Pinne geknotet war, am Fuß der verbogenen Heckreling. Diesmal würde es nicht lange dauern, bis sie zurück war. Solange würde ihre neue Konstruktion halten.

Kim nahm noch einen tiefen Atemzug, als würde sie tauchen gehen, bevor sie wieder unter Deck stieg. Die Position des Toten hatte sich beim Hin- und Herschaukeln des Bootes verändert. Sein Gesicht blickte jetzt direkt Richtung Holztreppe. *Zum Glück sind die Augen geschlossen*, dachte Kim.

Es gab keinen Zweifel. Der Tote an Bord war Martin Bolton. Und er war seit mindestens achtzehn Stunden tot, erkannte Kim an seiner starren Körperhaltung.

***

Unbewusst war Kim immer weiter von ihrem ursprünglichen Kurs, der sie parallel zu den Wellen geführt hatte, abgewichen. Die Silver Otter fuhr jetzt in einem Winkel von dreißig Grad gegen die Wellen an. Bei diesem Kurs ließ sich die Silver Otter leichter steuern, hatte sie festgestellt. Und Kim wollte es gerade möglichst leicht haben, wollte sich nicht auf das Steuern konzentrieren müssen, wollte nachdenken.

Wer hat Martin Bolton umgebracht? Und warum? Bolton trägt seinen Anzug. Müsste er nicht eigentlich im Krankenhaus liegen? Er hatte doch einen Herzinfarkt.

Achtung Kim! Das weißt du nicht, meldete sich die Stimme von Diana Hall in Kims Unterbewusstsein.

Wer schießt auf einen Mann mit einem Herzinfarkt?

Kim! Enttäusche mich nicht.

Bolton hatte gar keinen Herzinfarkt. Die Kugel hat Bolton schon beim Verlassen des Stadions getroffen. Direkt vor meinen Augen. Und ich hab´s nicht gerafft. Ich hab mich reinlegen lassen. Und jetzt versucht da gerade jemand, mir den Mord an Martin Bolton in die Schuhe zu schieben.

Das sehe ich genauso, meldete sich abermals die Stimme von Diana Hall in Kims Kopf.

Und ich bin hier draußen und kann mich nicht dagegen wehren, nicht sagen, wie es wirklich war.

An wen wird man sich erinnern, wenn man künftig von mir spricht? Von der Frau, die aus Kummer über den Tod ihrer

Geliebten den Freitod auf der stürmischen Nordsee gesucht hat? Oder wird man von einer jungen, frustrierten Inspektorin der Mordkommission sprechen, die sich beruflich nicht durchsetzen konnte, ihren Chef ermordete und auf ihrer stümperhaft geplanten Flucht umkam?

Für welche der beiden Storys sich die Londoner Medien entscheiden würden, konnte Kim sich denken. Den traurigen Dreizeiler zwischen der Meldung von einem entflogenen Papagei und der Nachricht von der Schließung einer weiteren Poststelle würde es nicht geben. Stattdessen würde ihr Bild unter den Headlines auf der Frontseite auftauchen, ihr Leben aufgerollt und ausgeschlachtet werden, ihre Liebe zu der verheirateten Fiona in den Dreck gezogen werden.

Das werde ich nicht zulassen!

***

Wenn es Kim zurück nach England schaffen wollte, musste sie mit dem Boot wenden. Dabei würde sie eine Zeit lang mit dem Bug der Silver Otter direkt auf die immer noch steilen Wellenberge zufahren. Das war der gefährlichste Moment, bis sich das Boot so weit gedreht hatte, dass die Dünung wieder von schräg vorne kam. *Auf den richtigen Augenblick für die Wende kommt es an*, überlegte Kim. So tief, wie die Silver Otter jetzt schon im Wasser lag, und so langsam, wie sie wurde, wenn sie schräg gegen die Wellenberge fuhr, bestand die Gefahr, dass sie zum Stillstand kam, wenn sie direkt gegen die steile See fuhr. Was in einem solchen Fall geschah, wusste Kim nicht mit Sicherheit, aber ihr Gefühl sagte ihr, es war nichts Gutes.

Hatte sie die Wende erst geschafft, traute sich Kim auch zu, das Boot wieder zurück nach England zu steuern. Obwohl die Mondsichel nur noch selten durch die Lücken eines neuerlichen Wolkenbandes schien, war Kim zuversichtlich, sich an der Dünung orientieren zu können. Spätestens nach drei Stunden sollte sie dann die ersten Lichter des Festlandes sehen. Und ihr Trumpf war, sie musste gar nicht zurück nach London. Der erstbeste britische Hafen würde ihr reichen. Zur Not sogar ein großer Frachter mit Kurs Richtung England. *Ja, das könnte klappen. Das muss einfach funktionieren.*

Kim versuchte, die Wellen jetzt noch etwas steiler zu kreuzen als bislang. Sie wollte sich langsam herantasten an das Wendemanöver, noch ein paar Erfahrungen sammeln, wie das Boot reagiert.

Je steiler Kim die Wellen anging, umso mehr ächzte die Silver Otter, wenn sie über den Wellenkamm kippte. Bei ihren aggressivsten Versuchen hatte sogar der Motor aufgeheult, weil die Antriebsschraube beim Erreichen des höchsten Punktes auf der Welle kurzzeitig in der Luft drehte. Und doch hatte Kim das Gefühl, es war zwingend notwendig, die Silver Otter möglichst auf dem Kamm der Welle auf ihren neuen Kurs zu bringen, um sich nicht frontal in den nächsten Wellenberg hineinzubohren.

Kim beobachtete den Himmel. Nur noch ein wenig Geduld, dann tat sich die nächste Wolkenlücke auf. Vom Wellenkamm aus konnte sie den etwas helleren Fleck, der auf dem Wasser auf sie zukam, schon sehen. *Nun ist es gleich so weit. Jetzt sauber über den nächsten Kamm steuern, und dann möglichst steil die Welle runter, um Fahrt aufzunehmen.* Kaum wahrnehmbar wurde die Silver Otter schneller. Mehr eine Drehung als eine Beschleunigung. Der nächste Wellenberg türmte sich bereits vor dem Hausboot auf. Energisch drückte Kim die Pinne von sich weg und korrigierte den Kurs damit so, dass das lange, schmale Boot beim Anstieg die Fahrt nicht gleich wieder verlor. *Und jetzt, jetzt drehen so weit, wie es geht,* spornte sich Kim an, als sie die Gischt, die sich vom Wellenkamm losriss, in ihrem Gesicht spürte.

Kim kniff die vom Salzwasser brennenden Augen zusammen. Die Silver Otter durchlief der Länge nach ein knirschendes Geräusch. Dann lösten sich Bug und Heck fast gleichzeitig aus den Wassermassen. Ein Zittern durchlief das Boot. Für eine Sekunde heulte der Motor auf, dann sackte das Boot nach unten und der Bug pflügte bis zur nächsten Welle tief durch das Wasser.

»Viel zu steil, viel zu steil!«, schrie Kim panisch, aber die Silver Otter hatte auch im Anstieg der nächsten Welle noch genügend Geschwindigkeit. Sie drehte sicher weiter, ganz langsam nur, aber sie drehte sich. Als das Boot all seinen Schwung verloren hatte und zum Stillstand kam, thronte es bereits auf der nächsten Welle.

Ich habe es geschafft, tatsächlich geschafft. Wie zur Bestätigung erblickte Kim vom Wellenkamm aus die Positionslichter eines weit entfernt fahrenden Schiffs, das Kurs Richtung Themsemündung zu nehmen schien.

»Meinen Glückwunsch«, hörte Kim aus dem Dunkeln des Niedergangs eine Männerstimme. »Ihr Vater hat mir zwar erzählt, dass sie ein Narrowboat besitzen, aber dass sie damit so gut umgehen können, hat er mir verschwiegen. Ich bin beeindruckt!«

Kim erstarrte. Das war nicht die Stimme von Bolton, die sie da hörte. Bolton war also nicht von den Toten auferstanden. Es musste sich die ganze Zeit über, in der sie an Bord war, noch eine zweite Person auf der Silver Otter aufgehalten haben. Vermutlich vorne in der Bugkajüte, einen Raum, den Kim aufgrund der Nähe zum einzigen Ofen an Bord vor allem im Winter nutzte und der die übrige Zeit des Jahres als Rumpelkammer diente.

»Sie brauchen keine Angst vor mir zu haben. Ich werde Ihnen nichts tun, solange Sie kooperativ sind. Ich selbst wäre ja aufgrund des Wetters erst mit der nächsten Ebbe aus London ausgelaufen, aber vermutlich habe ich einfach nicht so viel Mut wie sie«, sagte der Mann und kam die kleine Holztreppe zum Deck hinauf.

Ein Riese von Mann, erkannte Kim im schwachen Licht des Mondes. Muskulös, durchtrainiert. Kim traute sich nicht, richtig hinzuschauen, war sich aber sicher, in der Hand des Mannes eine Pistole gesehen zu haben, die er lässig nach unten gerichtet hatte.

»Sie gestatten, dass ich mir ihre Leine ausborge?«, fragte der Mann. Dabei steckte er sich seine Pistole hinten in die Hose und beugte sich zu ihr herab.

Kim konnte die Wärme spüren, die der Mann ausstrahlte, so nah kam er ihr auf dem kleinen Deck, als er die Leine von der Reling löste. Dann verschwand er mit der Leine unter Deck.

Woher kennt der Mann meinen Vater? Woher kennt er mich? Kim holte ihre Stirnlampe aus der Tasche ihrer Fleecejacke und setzte sich diese auf, ohne sie einzuschalten.

***

Vom Niedergang her waren Geräusche zu hören. Dann das tiefe Einatmen eines Mannes. Im nächsten Augenblick wurde ein langes Paket an Deck gewuchtet, eingewickelt und verschnürt in der Heckleine der Silver Otter.

Einen Moment später erschien der Mann wieder an Deck. Er schulterte das mannsgroße Bündel ohne sichtbare Anstrengung. Dann ging er einen Schritt auf die Heckreling zu und wuchtete das Paket über die Reling, als würde er ein großes Fischernetz zu Wasser lassen.

Dankbar nahm die schwarze See das Geschenk an, verschluckte es augenblicklich. Der Mann wischte sich die Hände an seinen Hosenbeinen ab und fischte sich die Pistole aus seinem Hosenbund. »So, seine Reise ist hier zu Ende, aber unsere Reise beginnt jetzt erst. Wir fahren nach Frankreich. Ich habe mir überlegt, dass wir beide, als Mann und Frau auf unserer Reise auf den französischen Kanälen nach Süden, weniger Aufmerksamkeit erregen.«

»Ich fahre nicht nach Frankreich«, erwiderte Kim energisch und schaltete das Licht ihrer Stirnlampe an.

»Licht aus!«, schrie der Mann sie in einem militärischen Befehlston an.

Kim zuckte kurz zusammen, fasste sich aber sofort wieder. Sie war nicht länger bereit, sich von irgendjemandem einschüchtern zu lassen. *Von niemandem!* Auch nicht von dem Mann, der im Lichtschein ihrer Stirnlampe gerade seine Pistole auf ihren Kopf richtete und den sie als Bodyguard Tom kennengelernt hatte. Oder vielleicht sollte sie den Stiefsohn von Ann Worley lieber Josh Corkindale nennen, wie er laut Polizeibericht wirklich hieß.

Jetzt lächelte Tom sie an und fuhr mit fast zärtlicher Stimme fort: »Ich kann das Licht auch ausschießen, Schatz!«

Für einige Sekunden schwiegen sich Kim und Tom an. Dann verschwand das Lächeln aus Toms Gesicht. Genervt griff er mit seiner freien Hand nach Kims Stirnlampe, als hätte er entschieden, Kim sei keine seiner Kugeln wert.

Die Silver Otter hatte ihren höchsten Punkt auf dem Wellenkamm gerade erreicht, als er ihr die Lampe vom Kopf riss und diese in die tosende Nordsee warf.

Tom schaute dem erlöschenden Licht noch nach, als Kim die Pinne mit aller Kraft von sich wegdrückte. Überrascht von der Bewegung, rutschte Tom genau an der Stelle aus, an der sich Kim zuvor erbrochen hatte.

Etwa zeitgleich mit dem Schuss tauchte die Silver Otter ein letztes Mal frontal in einen Wellenberg ein.

Epilog – 11½ Monate später

Der Klang der Alphörner, die den Teilnehmern auf zweitausend Meter Höhe am Anfang des letzten langen Anstiegs noch einmal Mut gemacht hatten, war immer noch zu hören, als Fiona zu ihrem Vordermann aufschloss. An ein Überholen war jetzt nicht mehr zu denken. Zu sehr hatten ihr die bisher absolvierten vierzig Kilometer zugesetzt, besonders aber die letzten fünfzehn, die alleine mit tausendzweihundert Höhenmetern gespickt waren.

Fiona stützte sich mit ihren Händen bei jedem Schritt auf ihren brennenden Oberschenkeln ab. Trotz der Schmerzen, die sie in den Beinen spürte, betrachtete sie fasziniert die Bergwelt, die sie umgab. Der wolkenlose und tiefblaue Himmel bildete in der klaren Bergluft einen scharfen Kontrast zu den schneebedeckten Gipfeln von Eiger, Mönch und Jungfrau, die mit ihren steilen Felsflanken noch einmal weitere zweitausend Meter in die Höhe ragten.

Hier stimmen die Proportionen zwischen Mensch und Natur einmal, dachte sie und blickte auf die lange Kolonne von bunt gekleideten Läufern, die sich nunmehr wandernd, wie auf einer Ameisenstraße, den schmalen und steinigen Pfad auf der Moräne des Eigergletschers hochquälte.

Viertausend dieser Ameisen waren vor knapp fünf Stunden in Interlaken gestartet. Jeder Einzelne gut trainiert, mit seinen eigenen Wünschen und Hoffnungen.

Nachdem sie vor dem Start andächtig der Schweizer Nationalhymne gelauscht hatten, ging es zunächst auf flacher Strecke durch Interlaken und dann hinaus zum Brienzersee.

In der Mitte des Läuferfeldes, in dem Fiona sich befand, wurde an diesem sonnigen Spätsommermorgen viel Englisch gesprochen, gescherzt und gelacht. Es folgten die ersten leichten Steigungen entlang der Lütschine, einem munter dahinsprudelnden Gebirgsbach.

Bei Fiona lief es auf diesem Streckenabschnitt extrem locker, und sie hatte viel an die schöne und unbeschwerte Zeit gedacht, die sie mit Kim auf der Silver Otter verbracht hatte. Das war jetzt gerade einmal ein Jahr her.

Je näher sie Lauterbrunnen gekommen waren, umso mehr waren die Gedanken an Kim in den Hintergrund gerückt. Erst das laute Kuhglockengeläut, mit dem die Läufer von den Zuschauern in dem Ort angefeuert wurden. Dann die fantastische Kulisse, die sich hinter dem Dorf auftat und die Fiona mit fast kindlicher Freude bestaunt hatte. Ein grünes, lang gestrecktes, enges Tal, das zu beiden Seiten von nahezu lotrecht abfallenden gigantischen Felsflanken eingerahmt war, an denen zahlreiche Wasserfälle in die Tiefe stürzten. Und als wäre dies alles nicht genug, eröffnete sich zum Talende der Blick auf die über viertausend Meter hohen Gipfel des Berner Oberlandes.

Würde sie noch einmal angeschossen und der Film des Lebens vor ihrem geistigen Auge vorüberziehen, war es genau dieser Anblick, an dem sie festhalten wollte, hatte sie sich geschworen.

Nach einer Runde durch das Bergtal war das immer noch dichte Läuferfeld bei Kilometer 25 auf eine drei Kilometer lange, 23-prozentige Steigung eingebogen, die von den Teilnehmern ehrfurchtsvoll als die Wand von Wengen bezeichnet wurde. Fiona hatte sich hier zum ersten Mal auf schnelles Gehen verlegen müssen. Von einem Augenblick auf den anderen war die Leichtigkeit, mit der sie gerade noch unterwegs gewesen war, einem kräftezehrenden Kampf gewichen. Da dieser Kampf vor allem körperlicher Natur war und, was viel entscheidender war, selbst gewählt, hatte sie ihn genauso wie ihre Mitstreiter gerne angenommen. Viel schwieriger war da der emotionale Kampf gewesen, den sie vor fast einem Jahr hatte bestreiten müssen – nachdem sie erfahren hatte, dass ihr Mann Kim im Krankenhaus angelogen und ihr weisgemacht hatte, sie, Fiona, wäre ihrer Verletzung erlegen. Noch vom Krankenbett aus hatte sie die Scheidung eingereicht.

Sicher, auch sie hatte Fehler gemacht, und die Zeit ließ sich nicht mehr zurückdrehen.

Nur noch wenige Meter trennten Fiona von dem Dudelsackspieler, der am Ende der Moräne in seine Bagpipes blies. Jetzt ging es links die Moräne runter. Dann ein letzter Anstieg zur Loucherflue, dem höchsten Punkt der Strecke. Der Applaus der Zuschauer, die hier standen, tat ihr gut. Fiona schaute auf ihre Uhr. Eine Zeit unter fünf Stunden war von vornherein unrealistisch gewesen. Und das, obwohl Fiona das gesamte letzte Jahr eine Auszeit von ihrem Dienst bei der Polizei genommen und sich ganz auf ihr Hobby konzentriert hatte, und darauf, ihr Gefühlsleben neu zu ordnen.

Es war ein Vorschlag ihrer Mutter gewesen, in die leerstehende Einliegerwohnung ihres Hauses am Genfersee einzuziehen. Fiona hatte nur zu gerne zugesagt, und mit ihrem Anteil vom Verkauf ihres Reihenhauses ließ sich auch die finanzielle Lücke, die ihr Sabbatical riss, leicht wieder schließen.

Von der Loucherflue ging es nur noch bergab, runter zur kleinen Scheidegg. Nach all den Strapazen des langen Aufstiegs und mit dem Ziel direkt vor Augen, fühlte es sich für

Fiona an, als würde sie jetzt fliegen. Geschafft! Endlich frei, frei wie ein Vogel. Tränen des Glücks sammelten sich in Fionas Augen, als sie über die Ziellinie lief.

Immer noch durch einen Tränenschleier blickend, nahm Fiona wahr, wie ihr jemand ein Band mit einer Medaille über den Kopf stülpte. Gleich darauf hörte sie eine vertraute Stimme.

»Well done, Fiona!«, rief ihr ein mit einer winzigen englischen Fahne in der Hand bewaffneter, kleiner, graublonder Mann zu.

»Great job«, ergänzte die Frau an seiner Seite freudestrahlend.

George und seine Lebensgefährtin Diana Hall waren extra aus London zu diesem Wettkampf angereist. Wie viel hatte sie den beiden zu verdanken. Im gesamten letzten Jahr waren sie ihr Kontakt zur alten Heimat gewesen.

***

Fiona hatte sich im Zielbereich zunächst mit Getränken versorgt. Jetzt stand sie gewärmt von einer Daunenjacke, die George und Diana ihr mitgebracht hatten, zusammen mit den beiden hinter dem Zieleinlauf.

Immer wieder blickte George durch sein Fernglas und schaute auf die weiteren Läufer, die wie aus dem Nichts auf der Loucherflue auftauchten, dann ein letztes Mal ihre Beine in die Hand nahmen, um auf der Kleinen Scheidegg in Würde zu finishen.

Den Emotionen der Läufer beim Überqueren der Ziellinie merkte Fiona an, dass jeder Einzelne seine eigene Geschichte mit sich herumtrug und wenigstens heute seinen eigenen Kampf gewonnen hatte.

»Da kommt, glaube ich, gerade jemand den du kennst«, sagte George und reichte Fiona das Fernglas.

Fiona nahm das Fernglas und suchte damit den Weg ab, der von der Loucherflue zum Ziel führte. Das konnte doch nicht sein? Wie konnte er jetzt schon hier sein? Aber es gab keinen Zweifel, das war er unverkennbar. In seinem hellgrünen Laufshirt war er nicht zu übersehen. Auf der Spitze der Loucherflue stehend schwenkte er seine weiße Kappe und schien auf sich aufmerksam machen zu wollen.

Gebannt schaute Fiona weiter durch das Fernglas, stützte sich mit den Ellenbogen auf einem der Absperrgitter ab und regulierte die Schärfe des Fernglases nach, damit ihr nichts entging.

Fiona kannte Patrick erst seit einem Monat, aber es entwickelte sich zwischen den beiden gerade viel in eine Richtung, die ihr sehr gefiel.

Jetzt zeigte Patrick mit dem ausgestreckten rechten Arm auf den Anstieg auf der anderen Flanke der Loucherflue, den Fiona von ihrem Standpunkt aus nicht einsehen konnte. Dann trat er zur Seite und applaudierte zwei Läufern, die gerade den Weg heraufkamen.

Schweiß brannte Fiona in den Augen, aber sie traute sich nicht, jetzt das Fernglas abzusetzen. Dann erklomm eine kleine blonde Frau in einem ärmellosen gelben Trikot den Kamm, riss die Arme hoch und fiel Patrick gleich darauf um den Hals. Patrick schien der Frau zu erklären, dass sie das Ziel noch nicht erreicht habe, wenigstens deutete er in die Richtung, in der Fiona stand, und beide liefen langsam den Weg hinunter.

Fiona blickte auf ihre Uhr und traute ihren Augen nicht. *Du darfst Kim nie wieder unterschätzen,* schwor sie sich. *Wie hat sie das nur in dieser Zeit geschafft?* Und dabei meinte sie nicht nur den Lauf, den Kim gleich beenden würde, sondern auch die Vorbereitung darauf.

Vor einem Jahr war Kim nicht einmal regelmäßig joggen gegangen. Und dann diese einschneidenden Erlebnisse, die sie letztes Jahr hatte.

Die Ärzte waren sich sicher: Kim wollte sich das Leben nehmen, als sie mit der Silver Otter allein auf die Nordsee fuhr. Und sie hätte es fast geschafft. Erst in allerletzter Sekunde hatte der Suchscheinwerfer des Hubschraubers der *USS Manchester* das schon gekenterte Hausboot erfasst. Kims Körper konnte wiederbelebt werden, nur ihr Geist weigerte sich hartnäckig, in die reale Welt zurückzukehren.

Es dauerte lange und war nach Fionas fester Überzeugung ausschließlich der Verdienst von George und Diana, dass Kim es schaffte. Sie selbst konnte keinen Beitrag dazu leisten. Sie musste für sich eine Entscheidung treffen, die schwierigste ihres Lebens.

So rational und nachvollziehbar ihr Entschluss war, sich von ihrem Mann zu trennen, so schwierig war die zweite Entscheidung. Auch wenn es ihr das Herz brach. Fiona konnte nicht mit dem Gedanken leben, dass Kim sich wegen ihr umbringen wollte. *Begrabt mich mit Fiona*, hatte Kim sich kurz vor dem Kentern der Silver Otter noch mit einem Kugelschreiber mehr auf ihren Unterarm geritzt als geschrieben. Das war für Fiona zu viel gewesen. Diese Verantwortung. Dieser permanente und unausgesprochene Druck, dem sie sich aussetzen würde, wenn eine Beziehung wie eine Droge ist. Drogen führen in die Sucht, aber nicht in die Liebe. Fiona konnte und wollte so nicht weiterleben.

Welcher Herkulesaufgabe sie damit den behandelnden Ärzten der Sussex Psychiatry Care Clinic auferlegte, konnte Fiona nur ahnen. Sie mussten Kim in die reale Welt zurückholen, ihr klarmachen, dass ihre Freundin – die sie für tot gehalten hatte – noch lebte, sich aber von ihr trennen wollte.

Fiona hatte eine riesige Angst davor gehabt, ihre Entscheidung George und Diana mitzuteilen. Als sie es endlich tat, nahmen beide sie nur wortlos in den Arm und versprachen, sie über die weitere Genesung von Kim auf dem Laufenden zu halten.

Dann, fast zwei Monate später, wendete sich Kim zum ersten Mal in einem Brief an sie. Briefe können so schmerzhaft sein. Dabei waren es weder die Worte noch die Gedanken, die Kim mit einer kleinen, sauberen Handschrift auf das Papier gebracht hatte, die sie so trafen. Die Worte waren gut gewählt. Die Sätze, mit denen Kim ihre gemeinsame Beziehung beschrieb und ihr Handeln erklärte, waren vernünftig und nachvollziehbar. Sie hatten nur überhaupt nichts mit der Kim zu tun, die sie so geliebt hatte. Sie klangen wie die Worte eines Therapeuten, die eine willenlose Kim ungefiltert übernommen hatte.

Fiona hatte den Brief schon tief deprimiert zur Seite gelegt, als sie auf der Rückseite ein kleines Postskriptum entdeckte: »Ich würde Dir gerne beim Jungfrau-Marathon die Hacken zeigen.«

Wie hätte sie Kim den Wunsch nach einem gemeinsamen Lauf abschlagen können, nach all dem, was sie gemeinsam erlebt hatten?

Auf die Bitte von Kim hatten sie sich vor dem Lauf nicht gesehen. George hatte Fiona aber schon gewarnt, wie gut Kim in Form war und ihr erzählt, dass Kim nach ihrer Zusage wie eine Besessene angefangen hatte zu trainieren.

Fiona hatte das zur Kenntnis genommen, aber nie gedacht, dass Kim zu einer solchen Leistung fähig war. Wenigstens hatte sie dafür gesorgt, dass Patrick, mit dem Kim jetzt jubelnd über die Ziellinie lief, während des Laufs ein Auge auf sie warf.

Patrick signalisierte Fiona, er würde sich ab jetzt wieder im Hintergrund halten.

Kim war direkt hinter dem Zielstrich erschöpft stehen geblieben und wurde jetzt von Betreuern zur Seite geführt. Fiona ging ihr entgegen. Kim schien sie bislang noch nicht entdeckt zu haben.

Erschöpft stützte sich Kim auf einem der Absperrgitter im Zielbereich ab, als Fiona neben sie trat. Kims Lungen pumpten in der kalten Höhenluft nach Sauerstoff. Dabei schaute sie zu Boden. Fiona beobachtete sie still. Dann fiel ihr Blick auf Kims Unterarm. An der Stelle, wo einst mit Kugelschreiber Kims letzter Wunsch gestanden haben musste, war jetzt ein Spruch tätowiert. »Die Kraft liegt in dir«, las Fiona laut.

Kim richtete sich angestrengt lächelnd auf und blickte Fiona in die Augen. »Und in dir«, sagte Kim leise.

Dann schauten sich die beiden Frauen lange schweigend an. Kims Augen musterten die braun gebrannten Gesichtszüge Fionas. Fiona blickte in Kims salzverkrustetes, gerötetes Gesicht. Ihr leicht erhobenes Kinn signalisierte einen gewissen Stolz. Im Gegensatz dazu standen ihre blauen Augen, die sie ängstlich und flehend anblickten.

»Ich habe meine Ecken und Kanten«, durchbrach Kim das Schweigen.

»Ich weiß«, antwortete Fiona sanft.

»Ich meine richtige, ausgewachsene Macken. Und ich mache auch manchmal Fehler.«

Fiona nickte.

»Richtig große Fehler!«

»Wer macht die nicht?« Fiona strich Kim mit ihrer Hand zärtlich über die Wange.

»Du meinst … wir könnten in Zukunft einfach Freunde sein?«

»Freunde fürs Leben, wenn du willst.«

Anmerkung:

Den 24-Stunden-Lauf in London Tooting gibt es tatsächlich, und er ist eine großartige Laufveranstaltung.
Die meisten der in dem Buch aufgeführten Personen gibt es dagegen nur in der Fantasie des Autors.
Wie in dem Buch beschrieben, gibt es bei dem Lauf auch eine große Tafel, auf der stündlich die Reihenfolge der Läufer mit der bislang bewältigten Distanz aktualisiert wird. Die Angabe der Distanz erfolgt jedoch anders als in diesem Buch dargestellt nicht in Kilometern, sondern in Meilen.

Für Steffi,
die ich zu ihrem ersten 24-Stunden-Lauf
nach London Tooting begleiten durfte.
Dadurch hat sie mir Einblicke in die Welt des Ultralaufens
ermöglicht, die mir sonst verborgen geblieben wären.

Danksagung:
Liebe Steffi,
lieber Georg, Reinhard und Ralf,
danke für Eure Hilfe, Eure Ideen, Eure Geduld und Eure Korrekturen.

Bisher erschienen:

Der Tote vom Swan Pub – Ein London-Krimi

Detective Inspector Kim Stanway startete mit großen Ambitionen bei der Mordkommission von Scotland Yard. Nach einem schwierigen Beginn fasste sie gerade Fuß, als ein seltsamer Vorfall, der ihrem Vater den Spitznamen »Aunt George« einbrachte, sie beinahe aus der Bahn warf. Seitdem geht Kim ihrem Vater nach Möglichkeit aus dem Weg. Als sie jedoch versucht, den mysteriösen Mord an einem jungen Israeli aufzuklären, scheint der aktuelle Fall ihres Vaters der Schlüssel zur Lösung zu sein.

Als ehemaliges Mitglied einer bewaffneten Spezialeinheit lässt es Inspector George

Stanway heute deutlich ruhiger angehen. Kurz vor seiner Pensionierung ist er als Bobby in einer Polizeiwache im Londoner Süden der Mann für »besondere« Fälle. Als in einem Park ein getöteter Schwan gefunden wird, wittert George Stanway eine Chance, das zerrüttete Verhältnis zu seiner Tochter wieder zu kitten.

Taschenbuch (ISBN): 979-8607602079
E-Book bei Amazon (ASIN): B07SR81LG6

www.schiffgen.net

Der Autor ist Teil des Autorenduos hinter dem Pseudonym John Kellermann. Im Herbst 2020 erschien der Öko-Thriller:

CREE – Die Weissagung

In der Nähe von Aachen wird ein Umweltaktivist eiskalt hingerichtet. Wollen die Auftraggeber des Killers vertuschen, dass Europa eine Naturkatastrophe ungeahnten Ausmaßes droht? Gibt es einen Zusammenhang mit der Ermordung des Schweizer Klimaforschers, der den hochbrisanten Pandora-Report verfasst hat?
Fast zeitgleich gerät im Eis der Antarktis ein todbringendes Virus außer Kontrolle.
Der Reporter Markus Manx begibt sich auf Spurensuche. Kann er seinen Beweisen trauen? Fast zu spät wird ihm klar, dass er sich durch seine Recherchen ganz oben auf die Liste der

bedrohten Arten katapultiert hat.

Wir waren die ersten, die alle Informationen hatten.
Warum haben wir nicht gehandelt?

Taschenbuch (ISBN): 978-3751904292
E-Book bei Amazon (ASIN): B08FMVMBW

www.john-kellermann.de

Printed in Poland
by Amazon Fulfillment
Poland Sp. z o.o., Wrocław

76977812R00137